U0552523

中国古典诗词
名家菁华赏析丛书

杜甫诗歌赏析

马 玮 主编

商务印书馆国际有限公司

丛书主编

马　玮

本册撰稿人

马静婉　胡连彬

丛书编委

（按音序排列）

曹晨曦　　方周立
胡连彬　　马佳明
马静婉　　马　骎
马　玮　　南　方
徐　斌　　杨二宁
杨　芳　　杨　敏
　　　　张　一

总 目

说明·················· 2

序·················· 3

杜甫简介··············· 5

目次················· 9

正文················· 1—284

说 明

一、本书选取唐代诗人杜甫不同时期不同风格的代表性诗作 81 首。

二、所收诗以《全唐诗》为底本，同时参考其他版本。

三、所收诗按照创作年代的先后顺序排列。

四、正文前撰有杜甫简介，内容涉及诗人的生卒年、名号、籍贯、主要仕历或人生经历、创作经历、创作特点、他人评价或在文学史上的地位等。

五、诗原文后列有对一些难解字词、生僻字、历史词、方言词、古地名、出典、重要事件等的注释。

六、每首诗都设有题解，内容包括诗的类型、写作背景（或人物关系）、思想内容以及其他需要交待的内容等。

七、每首诗都有赏析，主要阐述诗所蕴含的文学性和思想性，对于比较难懂的诗，一般有逐句翻译式的串讲，有名句的，大都给予点出。

八、一般对一首诗撰写一篇赏析文字，某些内容联系紧密的组诗，也有合撰一篇的情况。

九、本书使用简化字和现代汉语标点，在可能有歧义时，酌用繁体字或异体字。

十、行文中涉及的年份，一般用旧纪年，其后括注公历纪年，"年"字从略。

十一、行文中如涉及与今地名不一致的旧地名时，在旧地名后括注今地名或其归属地。

序

梁 静

"中国梦",这个富于诗意的名词,激发了国人对于未来的美好憧憬。这一梦想承载着每个华夏子孙的使命与担当,寄托着无数神州儿女的未来与希冀。中国梦更是面向未来的事业,需要一代又一代青少年励志成长成才,矢志逐梦圆梦,努力让美丽青春焕发绚丽光彩!

实现美丽的中国梦,必须走中国道路,弘扬中国精神,凝聚中国力量。在中华民族五千年悠悠文明史中积淀的优秀传统文化,无疑是凝聚民族精神的思想内核。一代文学大家巴金曾说:"我们有一个丰富的文学宝库,那就是多少代作家留下的杰作,它们教育我们,鼓励我们,要我们变得更好,更纯洁,更善良,对别人更有用。文学的目的就是要人变得更好。"这座文学宝库中,唐诗宋词等闪耀着瑰丽光芒的奇葩,历千年而不朽,给世人以丰润的精神滋养:这里有杜甫"穷年忧黎元,叹息肠内热"的忧国忧民的伟大情怀;有李白"仰天大笑出门去,我辈岂是蓬蒿人"的自我肯定;有王维"行到水穷处,坐看云起时"的随缘自适;有李商隐"春蚕到死丝方尽,蜡炬成灰泪始干"的无私奉献;有苏轼"莫听穿林打叶声,何妨吟啸且徐行。竹杖芒鞋轻胜马,谁怕,一蓑烟雨任平生"的淡定、旷达。每每读之,掩卷沉思,这些诗词不仅给我们带来了唯美的精神享受,帮我们构筑起永恒的精神家园，同时，让我们的人生变得更加诗意。

众所周知，文学即是人学。无论是文学创作，还是文学阅读，出发点与归宿都是"人"，是人的心灵，人的情感，人的精神。"古人为诗贵于意在言外使人思而得之"（司马光语）。对于正处在接受德育、修养品性最佳年龄段的青少年来说，大量阅读唐诗宋词等经典作品，不仅能够让他们突破时空的限制，与千年之远、万里之外的人、生物乃至宇宙的一切生命进行对话，进行思想的沟通与心灵的交流；而且能够让他们从中汲取丰富的精神养料，以此陶冶性情与提高修养；同时，还能够让他们从先贤的境遇中学会如何面对人生，解决人生的种种问题，最终成长为具有美丽心灵的健全的"人"。

此外，大量阅读经典也能够让青少年对汉语的魅力有更深刻的感受。汉语是世界上最精练的语言文字，唐诗宋词则将汉语的这种优势发挥得淋漓尽致。在这些文学大师的笔下，语言就像是被赋予了生命一般，富有灵气，蕴藉深邃。

随着"国学热""汉语热"的回潮，以凝聚着民族和时代精神的"文学名作"为主体的大量青少年课外读本被开发、推广。商务印书馆国际有限公司出版的这套中国古典诗词名家菁华赏析丛书，首批十本，分别选取了唐代开宗立派的诗人，如王维、李白、杜甫、白居易、杜牧、李商隐，以及宋代成就卓著的词人，如柳永、苏轼、李清照、辛弃疾。每本选取一位诗词大家的具有代表性的作品近百篇，在尽可能尊重原作意旨的基础上，进行深层的赏析与阐发；同时，对作品的创作背景简单介绍，做到知人论世。至于诗作版本方面，则择善而从，一般不作校勘说明。

这套书应时而出，定会对广大青少年提高审美鉴赏能力、提升思想境界起到积极的作用。

杜甫简介

杜甫（712—770），字子美，自号少陵野老，又称杜陵野老、杜陵布衣，生于河南巩县（今河南巩义），唐朝伟大的现实主义诗人。因其曾任左拾遗、检校工部员外郎，因此后世称其杜拾遗、杜工部；又因为他搭草堂居住在长安城外的少陵原，也称他杜少陵、杜草堂。被世人尊为"诗圣"，其诗被称为"诗史"，与李白合称"李杜"。

一、杜甫生平

杜甫自小好学，七岁能作诗。十九岁时，他出游郇瑕（今山东临沂）。二十岁时，漫游吴越，历时数年。唐玄宗开元二十三年（735），回故乡参加乡贡。次年在洛阳参加进士考试，结果落第。他的父亲时任兖州（今属山东）司马，杜甫遂赴兖州省亲，开始齐赵之游。开元二十九年（741），返回洛阳，与司农少卿杨怡的女儿结婚。唐玄宗天宝三载（744）四月，杜甫在洛阳与被唐玄宗赐金放还的李白相遇，两人相约为梁宋之游。之后，杜甫又到齐州（今山东济南）。天宝四载（745）秋，转赴兖州与李白相会，二人一同寻仙访道，谈诗论文，结下了深厚友谊。

天宝六载（747），玄宗诏天下"通一艺者"到长安应试，杜甫也参加了考试。但由于权相李林甫编导了一场"野无遗贤"的闹剧，参加考试的士子全部落选。天宝十载（751）正月，玄宗举行祭祀太清宫、太庙和天地的三大盛典，杜甫因在天宝九载冬天预献"三大礼赋"，得到玄宗的赏识，命待制在集贤院，然而仅得"参列选序"资格，没有得到官职。直到天宝十四载（755），才授得一个河西尉的小官，但杜甫不愿意任此官职，后改任右卫率府兵曹参军。十一月，"安史之乱"爆发，次年（756）六月长安沦陷，玄宗仓皇逃往成都。七月，太子李亨即位于灵武，是为肃宗。杜甫听闻立即北上投奔肃宗，途中为叛军俘虏，押至长安。唐肃宗至德二年（757）四月，逃归凤翔肃宗行在，被任命为左拾遗，故世称"杜拾遗"。唐肃宗乾元元年（758）因上疏营救房琯而被贬为华州司功参军。次年（759）七月，杜甫弃官，先往秦州（甘肃天水），十二月又往成都。

唐肃宗上元元年（760）春，杜甫在亲友们的帮助下，于成都西郊浣花溪畔筑茅屋而居，即为著名的成都杜甫草堂。唐代宗广德元年（763），朝廷召杜甫为补京兆功曹参军，他却不去任职。六月，好友严武表荐杜甫为节度参谋、检校工部员外郎，故世又称"杜工部"。唐代宗永泰元年（765）正月，杜甫退出严武的幕府。四月，严武病逝，杜甫失去依靠，于五月离开成都乘舟南下，经嘉州（今四川乐山）、戎州（今四川宜宾）、渝州（今重庆）、忠州（今重庆忠县）至云安（今重庆云阳），次年暮春迁居夔州（今重庆奉节），甚至以船为家。唐代宗大历三年（768）正月，杜甫携家出三峡，经江陵、公安，暮冬抵岳阳。之后，诗人漂泊湖南，贫病交加，濒临绝境。大历五年（770）冬，杜甫病死在湘江舟中，时年五十九岁。

二、诗歌创作经历及特点

提起杜甫的诗，首要的评价都是"沉郁顿挫"。之所以有这样的特点是因为，杜甫生活在唐朝由盛转衰的历史时期，动乱的社会现实，长期的生活磨难，使其年轻时的理想壮志逐渐为沉郁、感伤所取代，忧国忧民，慨叹身世，愈至晚年，其情绪愈加强烈。他的诗记录了唐代由盛转衰的历史巨变，表达了崇高的儒家仁爱精神和强烈的忧患意识，因而被誉为"诗史"。杜甫一生写诗一千五百多首，有《杜工部集》传世，其中很多是传颂千古的名篇，比如"三吏"(《石壕吏》《新安吏》《潼关吏》)、"三别"(《新婚别》《无家别》《垂老别》)。

杜甫很注意对现实生活做艺术的概括，善于把丰富复杂的社会现象和忧国忧民的情怀浓缩在一些场面中或个别人物形象上。如"朱门酒肉臭，路有冻死骨"(《自京赴奉先县咏怀五百字》)，十个字，揭示了令人触目惊心的阶级对立的社会现实。《洗兵马》中"三年笛里关山月，万国兵前草木风"，概括地写出战争带来的创伤。《羌村三首》中"妻孥怪我在，惊定还拭泪……邻人满墙头，感叹亦歔欷。夜阑更秉烛，相对如梦寐"，描写兵荒马乱中家人相逢的场面，虽然写的只是杜甫一家的遭遇，却反映了广大百姓的悲惨命运。《兵车行》写的是"道旁过者"和行人的对话，但众多行人的不幸也显示无余。《新婚别》中写的是一个征人妻的痛苦，却集中了安史之乱中无数青年夫妻生离死别的遭遇。

杜甫叙事诗的抒情色彩很浓郁，而在他的抒情诗中，也往往情事结合，如《赴奉先县咏怀五百字》《述怀》《秦州杂诗》《八哀诗》等，因为叙事和抒情的结合，突出了作品的时代色彩。在杜甫的抒情诗中，抒情还往往和议论相结合，特别是在近体诗中。如《诸将》中"独使至尊忧社稷，诸君何以答升平"，讽刺了诸将只能坐享太平，不能为国分忧；《登楼》中"北极朝廷终不改，西山寇盗莫相侵"，上句对社稷稳固充满了信心，下句警告入侵的吐蕃军队必败无疑；《蜀相》中"出师未捷身先死，长使英雄泪满襟"，既高度评价了诸葛亮一生的业绩，又寄万分感慨于笔端。

杜甫诗中大量地引用俗语，亲切、真实，有助于突出人物的性格。如《兵车行》中的"耶娘妻子走相送""牵衣顿足拦道哭"、《前出塞》中的"挽弓当挽强，用箭当用长。射人先射马，擒贼先擒王"、《新婚别》中的"兔丝附蓬麻，引蔓故不长""生女有所归，鸡狗亦得将"，都很符合普通百姓的身份和口吻。元稹《酬李甫见赠》诗云："杜甫天材颇绝伦，每寻诗卷似情亲。怜渠直道当时语，不著心源傍古人。"诗高度评价了杜甫诗运用口语、俗语，使诗歌更接近生活的表现手法。

其实杜甫十分注意诗句的锤炼，他的诗歌在格律上，具有炼字精到、对仗工整的特点，符合中国诗歌的"建筑美"，例如"风急天高猿啸哀，渚清沙白鸟飞回，无边落木萧萧下，不尽长江滚滚来"就是杜诗炼字与对仗高超的体现。另外，在体裁上杜甫有许多创新，他在五七律上的创造性也是他文学创作的独到之处。

三、诗歌地位及影响

杜甫善于运用古典诗歌的许多体制,并加以创造性地发展。他是新乐府诗体的开路人。他的乐府诗,促成了中唐时期新乐府运动的发展。他的五七古长篇,亦诗亦史,展开铺叙,而又着力于全篇的回旋往复,标志着我国诗歌艺术的高度成就。杜甫在五七律上也表现出显著的创造性,积累了关于声律、对仗、炼字炼句等完整的艺术经验,使这一体裁达到完全成熟的阶段。

杜甫在他的有生之年并没有受到多少嘉奖和重视,但从公元九世纪开始,他的作品已经影响世人。白居易推广了杜甫部分作品的伦理观点,推崇并践行诗歌的现实主义。到了十世纪初,五代诗人韦庄找到了草堂遗址,重新修建茅屋,使之得以保存。晚唐时期,"新乐府运动"兴起,杜甫作为现实主义诗歌运动的启发者备受推崇。除白居易外,皮日休、曹邺、聂夷中、杜荀鹤等人的创作都受杜甫影响,从而使晚唐形成了一个现实主义诗派,在诗坛上独领风骚。

到了宋朝,杜甫的声名达到顶峰,黄庭坚、陈师道等,专门探究杜诗奇峭的一面,形成了"江西诗派"。之后的王安石、陆游、文天祥也都在一定程度上受到了杜甫的影响,文天祥在狱中作了200首集杜甫五言诗,自序里说:"凡吾意所欲言者,子美先为代言之。"

清初文学家金圣叹,把杜甫所作之诗,与屈原的《离骚》、庄周的《庄子》、司马迁的《史记》、施耐庵的《水浒传》、王实甫的《西厢记》,合称"六才子书"。

杜甫不只在中国流名,还扬名海外。1481年朝鲜将杜诗翻译成朝鲜文,叫《杜诗谚解》。日本文学也受杜甫的影响,直到十七世纪杜甫在日本拥有和在中国一样的声名。美国诗人雷克斯·罗斯(Kenneth Rexroth)比较推崇杜甫,他曾经总结:"我的诗歌毫无疑问地主要受到杜甫的影响。我认为他是有史以来在史诗和戏剧以外的领域里最伟大的诗人,在某些方面他甚至超过了莎士比亚和荷马,至少他更加自然和亲切。"

目　次

1　望岳 – 岱宗夫如何

5　画鹰 – 素练风霜起

8　登兖州城楼 – 东郡趋庭日

12　房兵曹胡马 – 胡马大宛名

15　赠李白 – 秋来相顾尚飘蓬

18　饮中八仙歌 – 知章骑马似乘船

24　春日忆李白 – 白也诗无敌

27　送孔巢父谢病归游江东兼呈李白 – 巢父掉头不肯住

31　奉赠韦左丞丈二十二韵 – 纨绔不饿死

36　兵车行 – 车辚辚

41　贫交行 – 翻手为云覆手雨

44　同诸公登慈恩寺塔 – 高标跨苍穹

49　醉时歌 – 诸公衮衮登台省

53　月夜 – 今夜鄜州月

57　前出塞（其六）– 挽弓当挽强

60　悲陈陶 - 孟冬十郡良家子

63　哀江头 - 少陵野老吞声哭

69　春望 - 国破山河在

73　羌村三首（其一）- 峥嵘赤云西

77　曲江二首 - 一片花飞减却春／朝回日日典春衣

80　春宿左省 - 花隐掖垣暮

83　蜀相 - 丞相祠堂何处寻

87　石壕吏 - 暮投石壕村

91　潼关吏 - 士卒何草草

95　新安吏 - 客行新安道

100　垂老别 - 四郊未宁静

105　新婚别 - 兔丝附蓬麻

109　无家别 - 寂寞天宝后

113　赠卫八处士 - 人生不相见

117　佳人 - 绝代有佳人

122　天末怀李白 - 凉风起天末

125　不见 - 不见李生久

128　梦李白（其一）- 死别已吞声

131　月夜忆舍弟 - 戍鼓断人行

135　堂成 - 背郭堂成荫白茅

138　江村 - 清江一曲抱村流

141　茅屋为秋风所破歌 - 八月秋高风怒号

146　恨别 - 洛城一别四千里

149　野老－野老篱边江岸回

152　狂夫－万里桥西一草堂

155　戏题王宰画山水图歌－十日画一水

158　与朱山人－锦里先生乌角巾

161　绝句－迟日江山丽

164　江畔独步寻花(七绝句其六)－黄四娘家花满蹊

168　春夜喜雨－好雨知时节

171　题玄武禅师屋壁－何年顾虎头

174　水槛遣心二首(其一)－去郭轩楹敞

177　赠花卿－锦城丝管日纷纷

181　客至－舍南舍北皆春水

184　野望(其一)－西山白雪三城戍

187　江上值水如海势聊短述－为人性僻耽佳句

190　送韩十四江东觐省－兵戈不见老莱衣

193　奉济驿重送严公四韵－远送从此别

197　闻官军收河南河北－剑外忽传收蓟北

201　征夫－十室几人在

204　岁暮－岁暮远为客

207　登楼－花近高楼伤客心

210　归雁－东来万里客

214　绝句四首(其三)－两个黄鹂鸣翠柳

218　丹青引赠曹将军霸－将军魏武之子孙

223　别房太尉墓－他乡复行役

225	将赴成都草堂途中有作先寄严郑公（其四）	－常苦沙崩损药栏
228	宿府	－清秋幕府井梧寒
231	旅夜书怀	－细草微风岸
235	禹庙	－禹庙空山里
238	八阵图	－功盖三分国
241	白帝城最高楼	－城尖径仄旌旆愁
244	宿江边阁	－暝色延山径
247	白帝	－白帝城中云出门
250	咏怀古迹五首（其三）	－群山万壑赴荆门
253	阁夜	－岁暮阴阳催短景
256	又呈吴郎	－堂前扑枣任西邻
259	孤雁	－孤雁不饮啄
262	九日	－重阳独酌杯中酒
266	登高	－风急天高猿啸哀
270	登岳阳楼	－昔闻洞庭水
273	江汉	－江汉思归客
276	南征	－春岸桃花水
279	发潭州	－夜醉长沙酒
282	江南逢李龟年	－岐王宅里寻常见

望　　岳

岱宗夫如何①？齐鲁青未了②。
造化钟神秀③，阴阳割昏晓④。
荡胸生层云⑤，决眦入归鸟⑥。
会当凌绝顶⑦，一览众山小。

注　释

① 岱宗：泰山别名岱山，因居五岳之首，故又名岱宗。
② 齐鲁：古代二国名，这里泛指山东一带地区。
③ 造化：指天地，大自然。钟：赋予，集中。
④ 阴阳：阴指山北，阳指山南。割：分割。
⑤ 层云：云气层层叠叠，变化万千。
⑥ 决眦：形容极力张大眼睛远望，眼眶像要裂开了。决：裂开。眦：眼眶。
⑦ 会当：一定要。凌：跃上。

题　解

这首诗大约写于唐玄宗开元二十四年（736），杜甫漫游齐赵之时，诗人当时二十五岁。此前赴长安参加贡举考试，落榜后云游于齐赵之地（今河南、河北、山东等地）。此诗为诗人游览泰山时所作。山高称之为岳，位于山东省泰安市北郊的泰山，有"东岳泰山"之称，为五岳之首。青年时代的杜甫用这首诗歌，描绘出了泰山的气势磅礴与雄伟壮丽，抒发了诗人希望登上事业顶峰的雄心壮志以及对万里前程的乐观和自信，字里行间洋溢着青年杜甫那种蓬勃向上的朝气。

赏　析

被誉为"诗圣"的杜甫为表达自己对祖国河山的热爱，曾写下不少讴歌山川的名作。在杜甫诗集中以《望岳》为题的诗共有三首，分咏东岳（泰山）、南岳（衡山）、西岳（华山）。《望岳》是现存杜甫作品中年代最早的一首。这首《望岳》歌咏东岳泰山雄伟磅礴的气象，希望自己能凌顶而小天下，以抒胸中雄心壮志。表现的是青年时代的诗人那种勇于向上、积极进取的人生追求，诗文中蕴含了极其深刻的人生哲理。整首诗气势挺拔、笔力雄健，体现了诗人优秀的创作才情。

这首诗以"望岳"为题，从"望"字入题，以"望"的不同角度，将泰山壮美的自然景象和所象征的崇高人文内涵融为一体。开篇以问句"岱宗夫如何？"领起，"岱"是泰山的别名，因居五岳之首，故尊称为"岱宗"。"夫如何"的发问，准确地表达与再现了诗人首望泰山之时的惊喜与感叹之情。第二句"齐鲁青未了"是说从齐地到鲁地都是望不尽它一片青翠山色，以景色描写烘托出泰山横跨齐鲁两地的高大雄伟。

"造化钟神秀，阴阳割昏晓"两句，则是写诗人近望泰山时所见到的神奇秀丽与巍峨高大。"钟神秀"再现的是泰山的奇秀之景，而"钟"字的运用，传达出诗人对泰山极度的钟爱与赞美之情；"割昏晓"三个字中以一个动词"割"，表现出泰山雄伟而峻拔的气势，此处诗人表现的是泰山的宏伟与阔大。这一实

会当凌绝顶

一虚,一静一动,使壮丽、雄奇的泰山充满活力。

"荡胸生层云,决眦入归鸟"两句,写出诗人仔细凝望泰山时的所见。遥望山中云层起伏,心胸豁然开朗;目送飞鸟归山,眼眶几乎为之睁裂。因为长时间目不转睛地望着,所以感到眼眶都要裂开了。这两句,以动态的描绘,极力表现出泰山的高大。"归鸟"是投林还巢的鸟儿,由此可知此时已是傍晚,诗人还在如此入神细细凝望泰山,说明诗人爱岳之情至真至深。"荡胸生层云",想象力极为丰富,让人想见那种吞吐自然豪气的壮举。后一句采用夸张手法,用眼眶的极度夸张动作表达作者目送归鸟时那种强烈的愿望:终有一天我会登上顶峰。

最后,诗人依然延续了前面几句的豪情,以"会当凌绝顶,一览众山小"直抒胸臆的方式发出强烈的召唤,从侧面衬托出泰山的雄伟壮丽,表达了作者登临饱览的急切之情。当自己亲临山之巅峰,作者心胸顿觉开阔,感受到与泰山相比,其他的山峰都显得不足挂齿。"会当"意即"一定要"。"凌绝顶",则反映了诗人的远大志向和豪迈气概。一个"凌"字,十分传神而又贴切地将诗人那种不畏艰难险阻、一往直前登泰山而小天下的壮志雄心充满在诗文之中。从这里可以十分清楚地体会到年轻诗人那种坚韧不拔的信心与意志,也折射出杜甫早期积极进取的思想。"一览众山小"写出了诗人在想象中登上泰山之顶俯瞰群山的真实感受,雄壮的气势之中充满了力量。这里诗人引用了孔子"登泰山而小天下"的典故,极其巧妙地述写了自己的志向与抱负,使得泰山的崇高伟大具备了自然与人文的双重含义,感情真挚自然,丝毫不见刻意雕琢的痕迹。

结尾两句读起来意蕴深长,极富启发性和象征意义。在这里,读者能够体会到诗人那不畏艰难险阻、勇于攀登高峰、俯视一切的宏大志向和豪迈气概。而这种品质,正是杜甫能够成为一个有责任感、爱国心的伟大诗人的关键所在,也是普天下有所作为的仁人志士追求的一种精神和品质。此诗被后人誉为"绝唱",千百年来一直为后人所传诵。

画　鹰

素练风霜起①，苍鹰画作殊②。
㧐身思狡兔③，侧目似愁胡④。
绦镟光堪摘⑤，轩楹势可呼⑥。
何当击凡鸟⑦，毛血洒平芜⑧。

注释

① 素练：作画用的白绢。风霜：指秋冬肃杀之气。这里形容画中之鹰凶猛如挟风霜之杀气。
② 画作：作画，写生。殊：特异，不同凡俗。
③ 㧐(sǒng)身：即竦身。是收敛躯体准备搏击的样子。思狡兔：想捕获狡兔。
④ 侧目：斜视。愁胡：指发怒的猢狲。
⑤ 绦：丝绳，指系鹰的绳子。镟：金属转轴，指鹰绳另一端所系的金属环。堪摘：可以解除。
⑥ 轩楹：堂前窗柱，指悬挂画鹰的地方。势可呼：画中的鹰势态逼真，呼之欲飞。
⑦ 当：安得，哪得。这里有假如的意思。击凡鸟：捕捉凡庸的鸟。
⑧ 芜：草原。

题 解

这首题画诗大概写于唐玄宗开元年间(713—741)末期,是杜甫的早期作品。此时诗人正当年少,富于理想,过着"快意"的生活,充满着青春活力,富有积极进取之心。诗人通过对画鹰的描绘,抒发了自己自命不凡、疾恶如仇的激情和凌云壮志。

赏 析

《画鹰》是一首题画诗。画上题诗是我国绘画艺术中特有的一种民族风格,也是一个传统。在画上写诗,诗情与画意完美结合,相得益彰,这是古代文人墨客抒发画意、寄寓人生追求的一种表现形式。杜甫的题画诗是杜甫诗歌中的重要一部分,具有很高的成就。

全诗共八句,可谓"句句有鹰,句句有画"。诗人分三层向读者描绘了一幅苍鹰雄姿勃发的画像。第一、二句,直解题意。诗人描写了洁白的画绢上突起风霜肃杀之气,正因为画绢中呈现的苍鹰因其矫健有力的气势而来,由此读者可以感受到这种高超的绘画技巧给人们所带来的特殊的视觉享受,诗人则给予这种高超的画技以赞美。诗人采用倒插的艺术手法,起笔就再现所画之苍鹰的"素练风霜起"之势,然后告诉读者此乃画鹰技艺高超所致,大有先声夺人的艺术效果。

接下来诗人用四句诗表现绢上所画之苍鹰的各种不同神态,可谓惟妙惟肖。"㧐身思狡兔,侧目似愁胡。"从鹰的眼睛写到了动作。苍鹰的眼睛和猢狲的眼睛相似,耸身突起的样子,好似要攫取狡猾的兔子,从而生动传神地描绘了苍鹰凭空而起力欲搏击的动作和紧盯着猎物不放的神态。一只雄鹰在诗人笔下栩栩如生。"绦镟光堪摘,轩楹势可呼。""绦"是系鹰用的丝绳;"镟"是转轴,系鹰用的金属圆轴。"轩楹"是堂前廊柱,此指画鹰悬挂之地。这两句是说系在金属圆轴上的苍鹰,光彩照人,只要把丝绳解掉,便会展翅高飞;悬挂在轩楹上的画鹰,神采飞扬,好像马上就能呼之而出追逐狡兔。诗人在这里将画上之鹰与真鹰相比较,将画鹰描摹得活灵活现。在这一层中,诗人在刻画鹰的神态与动作中着意使用了一些富有表现力的字眼。"思"与"似"、"摘"与"呼"将画鹰的生动神态表现得淋漓尽致。"似"写鹰之静、"摘"写鹰之情、"呼"写鹰之神。动静相宜,情神兼具,诗人用字精工、别具一格,可见其匠心独运。

　　最后两句,是全诗的最后一层。大意是写何时能振翮高飞、搏击长空,将"凡鸟"的毛血洒落山野,寄托了诗人英才勃发的心智和鄙视平庸的思想。"何当击凡鸟,毛血洒平芜"写出了诗人希望画鹰能够变成真鹰去翱翔天空、搏击凡鸟的思考。诗人用"凡鸟"借喻误国的庸俗之徒,此句似有铲除奸恶小人之意。由此可知:诗人写此诗借咏画鹰,表达痛恨小人清君侧之心,抒奋发向上之志,也表达了诗人能为国除害的思想感情。

　　《画鹰》一诗,结构严谨,语言生动形象,主旨立意深远。诗人从描摹画鹰的情态入手,写出画鹰之气势,继而对其神态进行具象的描绘,最后以其势可呼收笔。全诗寄寓了作者的思想感情,提示了文章的主题,立意高远,可谓题画诗中不朽之作。

登兖州城楼①

东郡趋庭日②,南楼纵目初③。
浮云连海岱④,平野入青徐⑤。
孤嶂秦碑在⑥,荒城鲁殿余⑦。
从来多古意⑧,临眺独踌躇⑨。

注 释

① 兖州：唐代州名，在今山东省。杜甫父亲杜闲任兖州司马。邵注：兖州，鲁所都，汉以封共王余。《唐书》：兖州，鲁郡，属河南道。顾宸注：兖州，隋改为鲁郡，唐初复曰兖州，后又改鲁郡。仇兆鳌按：唐之兖州治瑕丘县，即今之嵫阳县也。

② 东郡趋庭：到兖州看望父亲。《前汉志》：东郡，秦置，属兖州。隋孙万寿诗："趋庭尊教义。"蔡梦弼曰：公父闲尝为兖州司马，公时省侍，故有"趋庭"句。

③ 初：初次。《晋书·庾亮传》："乘秋夜往，共登南楼。"此借用其字。

④ 海岱：东海、泰山。

⑤ 入：是一直伸展到的意思。青徐：青州、徐州。鲍照诗："平野起秋尘。"《海赋》："西薄青徐。"《唐书》：青州北海郡、徐州彭城郡，俱属河南道。

⑥ 秦碑：秦始皇命人所刻的歌颂他功德的石碑。唐太宗《小山赋》："寸中孤嶂连还断。"《秦本纪》："始皇二十八年，东行郡县，上邹峄山，刻石颂秦德。"

⑦ 鲁殿：汉时鲁恭王在曲阜城修的灵光殿。余：残余。谢玄晖诗："荒城迥易阴。"徐摛诗："列槛登鲁殿。"王延寿《鲁灵光殿赋》："殿本景帝子鲁共王所立。"《后汉书注》：殿在兖州曲阜县城中。

⑧ 古意：伤古的意绪。《史记·龟策列传》："所从来久矣。"隋李密诗："怅然怀古意。"

⑨ 踌躇：犹豫。《庄子》："圣人踌躇以兴事。"薛君曰："踌躇，踯躅也。"《玉篇》："犹豫也。"黄生曰：前半登楼之景，后半怀古之情，其驱使名胜古迹，能作第一种语。此与《岳阳楼》诗，并足凌烁千古。

题　解

《登兖州城楼》约作于唐玄宗开元二十五年（737），诗人第一次游历齐赵，到兖州探望父亲，登上兖州城南楼远眺时的所见所感。诗中描绘了泰山、东海的磅礴气势，青州、徐州的绵延千里，以及纵横想象秦碑与鲁殿时的怀古伤今之情，透露了诗人早年渴望建功立业的远大抱负。它是杜诗中现存最早的一首五律。

赏　析

此诗咏登楼所见，上半部分写登楼所见景物，下半部分借所见古迹咏怀。

首联"东郡趋庭日，南楼纵目初"两句，点出登楼的时间是至兖州探父之时，地点是在兖州城楼上。杜甫的父亲当时在兖州担任司马，故他来兖州省亲。"趋庭日"在诗文中是探望父亲的意思。杜甫在这里用到了《论语·季氏》中"鲤（孔子的儿子）趋而过庭"这样一个孔子教育儿子孔鲤的典故，表明他去兖州是因为探望父亲，也暗含着对父亲的尊敬。这一句是说"我在来到兖州看望我父亲的时候，第一次登上城楼放眼远望"。"纵目"是极目远望，启下联远望所见。

次联"浮云连海岱，平野入青徐"写出了诗人远眺时所见到的美景，视线由远而近。"海岱"指东海和泰山，"青徐"指青州和徐州，这些地方均与兖州接壤。"入"是一直延伸到的意思。前一句写自己站在高旷的兖州城南楼之上，东海和泰山上空浮云缭绕的景象尽收眼底；下一句则描绘地势的平坦与一望无际，千里沃野一直连到青州和徐州境内。这两句写出兖州城独特的地理位置所具有的不凡形势与恢宏气势，也暗写诗人的踌躇满志与自信气概。

第三联"孤嶂秦碑在，荒城鲁殿余"句写登楼所见的古迹，是眼前之近景。秦碑像是一座高大的屏障似的峰峦耸立在那里；当年的鲁殿也只是一片荒废的城池。眼前还存在的历史遗迹引发了诗人怀古幽思，"秦碑""余殿"的出现，引发了诗人对历史烟云变幻莫测的无尽感慨。

最后一联，诗人抒发了"从来多古意，临眺独踌躇"的感慨。意思是"我一向是个喜欢思考古迹的人，但是站在这里远眺时，以往的诸多思考又添上了许多不同的感慨"。"踌躇"是怅然怀古之意。"独踌躇"写出了诗人与同时登楼之人不一样的胸襟，体现了诗人对世事变迁的关心和担当。

　　这首诗，气势宏阔，格调清雅，意境苍凉，结构严谨，格律工稳，是杜甫年轻时的一篇力作。诗人从远眺和近观两个方面来写登楼所见景物，赞美了南城楼上极目望远时看到的优美景色与历史古迹，抒发了诗人登临城楼后产生的个性化的思考。诗人借景抒情，无限惆怅的情怀与历史责任感流荡在诗句里，无论是景物的描写还是直抒胸臆，都流露出诗人的历史感及惆怅之情。

房兵曹胡马①

胡马大宛名②,锋棱瘦骨成③。
竹批双耳峻④,风入四蹄轻。
所向无空阔,真堪托死生⑤。
骁腾有如此⑥,万里可横行。

注 释

① 兵曹:兵曹参军事的省称,是唐代州府中掌管军防、驿传等事的小官。房兵曹不详为何人。诗人赞美房兵曹的胡马,实际上寄托了自己希望横行万里的雄心和豪气。
② 胡:指西域。大宛:汉代西域国名,其地在今乌兹别克斯坦境内。盛产良马。大宛名:著名的大宛马(汗血马)。
③ 锋棱:锋利的棱角。形容马的神骏健悍之状。
④ 竹批:削尖了的竹子,形容马耳尖如竹尖。双耳峻:马双耳直棱棱,十分精神。峻:尖锐。这是良马的特征之一。
⑤ 堪:可以,能够。托死生:马值得信赖,对人的生命有保障。
⑥ 骁腾:健步奔驰。

题　解

　　杜甫的这首《房兵曹胡马》是一首咏房兵曹的胡马以言志的五言律诗，大约写于唐玄宗开元二十八年（740）或二十九年（741）的洛阳，当时的杜甫二十八九岁，正值漫游齐赵，飞鹰走狗，裘马轻狂的一段时期。此诗的风格豪迈，笔力遒劲，凛凛生气中折射出青年杜甫锐意开拓、勇于进取的精神。

赏　析

　　杜甫爱马，一生中著就许多篇咏马的佳作，诸如《房兵曹胡马》《驰马行》《高都护驰马行》《瘦马行》《病马》等数不胜数。在杜甫的笔下，描述过"五花散作云满身，万里方看汗流血"的骁马，刻画过"皮干剥落杂泥泞，毛暗萧条连雪霜"的瘦马，一个个无不形神兼备，姿态各异。苏东坡赞扬杜甫咏马的诗云："少陵翰墨无形画，韩幹丹青不语诗。"这首《房兵曹胡马》是杜甫写马作品中较为有代表性的一篇，诗人在此将自己的理想与抱负传神地寄寓在胡马的雄健与神骨之中。

　　诗中所提及的"房兵曹"，其名其事自古至今已经无法考证。史书记载"兵曹"是兵曹参军事的省称。唐代诸卫府州，各有兵曹参军事，其职务是掌管兵马。"胡马"，泛指西北边塞之马。全诗由前后两个部分组成：前四句描绘了胡马的外形与动作，后四句刻画了胡马的精神与品格。

　　开篇以"胡马大宛名"起句直扣主题而来，直接点出房兵曹胡马的产地所在，写出了此马的来头。大宛（yuān）为汉代西域国名，以出产汗血名马著称，汉代将此马称之为"天马"。西晋时，大宛国经常派遣使者献汗血马给晋朝。第二句"锋棱瘦骨成"对马的体态特征给予了形象的描述，给人们呈现出了一匹精悍遒劲、瘦而有神、神旺气锐的宝马形象。"竹批双耳峻"是对胡马双耳的细节描写与刻画。竖直的马耳，有如斜削的竹子一样挺立。将胡马双耳的特征更进一步地予以呈现，刻画得细致入微。"风入四蹄轻"一句则形容出胡马的善于奔驰，足不踏地，仿佛如风贯入的良马之性。以上四句诗文，除第一句点明胡马的产地之外，其他三句均从正面对胡马的外形特征进行描写，语言精湛、形象、独具匠心，把胡马的形态刻画得英姿勃发，跃跃欲驰，异常可爱。

后四句"所向无空阔，真堪托死生。骁腾有如此，万里可横行"用虚写的手法，突出了胡马的品格。"所向无空阔"，是一句由实向虚的过渡，由写马之形转而写马之神。"空阔"，指地面的广远。"所向无空阔"写出了这匹骏马的无所不能，千里、万里，直可横行。"真堪托死生"道出了这匹骏马的可以信赖，就是把整个生命托付给它都会无所畏惧。由此我们看出，此四句诗文明为写马，实则喻人。诗人在这里将宝马比作一个生死相依、患难与共的忠实朋友，而宝马的内在气质与高尚品格也跃然纸上。结尾两句"骁腾有如此，万里可横行"是在告诉人们，如此峻健敏捷的宝马，是可以行遍天下的。这两句诗文，既总结上文，又开拓出一个无限深远的意境。诗人表面似乎还是在赞扬宝马，实际是暗含期待和祝愿房兵曹，因为他有这样的好马而可以纵横驰骋万里，为国建立功勋。

这首诗是诗人英年所作，透露着昂扬向上的积极人生态度。诗人托物言志，借赞颂天马的神武刚健无所不能，寄寓诗人无比自信的观照，也是诗人对房兵曹能够建功立业的期待。此诗运用浪漫主义笔法，以雄健豪迈的笔触来寄托诗人怀抱，反映了青年时期杜甫的积极进取、渴望建功立业的情怀，磅礴大气、铮铮有声。

杜甫咏马，但却没有只停留在对马的外在特征的单一勾勒与描写，而是从自己对马的独特感受入手，努力挖掘马的内在品质——共艰危、托生死，以此抒写自己远大的政治理想，使本诗的思想和艺术内涵得到了升华。此诗笔力豪放、创作风格刚劲有力，充满了浪漫主义色彩。

赠 李 白

秋来相顾尚飘蓬①，
未就丹砂愧葛洪②。
痛饮狂歌空度日③，
飞扬跋扈为谁雄④。

注 释

① 秋来：是说二人相会的季节。相顾：犹见故人，相对而视，见到彼此的样子。飘蓬：蓬为草本植物，叶如柳叶，开白色小花，秋枯根拔，随风飘荡。故常用来比喻人的行踪飘忽不定。时李白、杜甫二人均失意仕途，相偕漫游于山东境内，无所归宿，所以称之为"飘蓬"。
② 就：炼成。未就：没有成功。丹砂：即朱砂，炼丹所用药。道家认为可以将朱砂炼制成丹药，服用可以益寿延年。葛洪：自号抱朴子，东晋道教理论家、炼丹术家，曾入罗浮山炼丹，积年而卒。李白好神仙，曾自炼丹药，并在齐州从道士高如贵受"道箓"（一种入教仪式）。杜甫也渡黄河登王屋山访道士华盖君，因华盖君已死，惆怅而归。两人在学道方面都无所成就，所以说"愧葛洪"。
③ 空度日：白白地浪费时间，虚度年华。
④ 飞扬跋扈：不守常规，狂放不羁。

题解

唐玄宗天宝四载（745）秋，杜甫与李白在鲁郡（今山东兖州）相别，杜甫写此诗予以相赠，诗中抒发二人身世浮沉、功业无成的慨叹。诗中感叹二人漂泊无定的生活，既有对好友的规劝，也有对自我的警策，诗文语重心长，字里行间透露出两人真诚的友情。杜甫一生中写过许多首赠与李白的诗作，此诗为现存最早的一首绝句。语言简短，但感情表达真切、全面。

赏析

李白与杜甫，是我国千古并称的两位伟大诗人。杜甫的这首《赠李白》，写于他与李白交往的早期。诗人用高度凝练的语言，尺幅之间就写出了李白的气质风度和别样的才华品格，向我们展示了一幅才华横溢、才敌当世的肖像画，栩栩如生，形神兼备，可谓大家笔法。唐玄宗天宝四载（745）秋天，李白因遭朝廷奸佞的排斥，远离京都，被赐金放还后在山东与杜甫幸会。相似的人生遭际、同样的理想抱负、比肩的诗歌才华让两个人成为莫逆之交，这种情感透过诗歌表面可以强烈感受到，让人感动。

全诗只有四句，单从字面理解，可能会认为作者在规劝李白，希望他能够像葛洪那样专心致志于炼丹求仙，莫要整日纵酒欢歌、春风秋月等闲度；也不要孤心孤意，一味争强好胜。反复读过后，会发现诗文中如此描述其实另有一番思想需要表达。众所周知，李白的一生桀骜不驯，才华横溢，可他的济世之才终生都未曾真正施展，到了如此年岁，却依旧沦落漂泊。诗人表面上是在规劝李白，实际是在赞叹，在感慨。既感慨李白也感慨自己，从"秋来相顾尚飘蓬"一句便可以感至其意。当时李杜二人人生均遭受坎坷，青年时代树立起来的理想抱负一时碰壁，于是相约漫游于山东境内，用另一种方式来纾解不快。这一句道出的便是两人相同、相似的坎坷遭遇。"未就丹砂愧葛洪"是说李白在求仙炼丹方面终无所成，一定会惭怍于精于炼丹的大师葛洪。之所以如此描写是因为李白曾经沉迷于炼丹求仙，曾一度虔诚地求仙访道、上山采药、设炉炼丹。"痛饮狂歌空度日，飞扬跋扈为谁雄"两句，言简意赅，韵味无穷，形象地

16

刻画了一个毕生恃才傲物、藐视权贵的李白。李白嗜酒,"百年三万六千日,一日须倾三百杯"是他以酒为友的写照。"空度日"点出了李白官场失意、大志难抒的内心痛苦。前一句表现出了李白终日痛饮狂歌,不为统治者赏识的境遇。后一句以反诘的语气,发出似在埋怨、实则不平的询问,以"飞扬"对"跋扈",形象地描述了李白豪放不羁的品格。

  这首诗的语言,抑扬顿挫,跌宕起伏。末句用反诘口吻,把全诗推向了高潮。诗人与李白举酒相顾,目光中充满了十分的赞许与欣赏,而此时的李白则飘逸洒脱、神采飞扬,真堪称人间狂客、酒中豪杰。诗人的感慨之语既是为李白而发,也是为自己而发,此时此刻面对此情此景,杜甫的眼中也似乎有了几分藐视权贵的意思,他真想拂袖而去,与李白共沦落同漂泊,尽日狂饮终日而歌。

  这首诗,用语极简,但蕴意极深。诗人用"痛饮""狂歌""飞扬""跋扈"这些极其富有动态感的词语,节奏明快,表现独特,生动地突出了李白的傲岸与狂放,将李白一生"安能摧眉折腰事权贵"的精神品质刻画得入木三分,从而形象地揭示了李白的性格和气质特征。杜甫的这首《赠李白》,可以说是以极其生动、形象、传神的笔触,写尽李白一生的傲岸风貌。

饮中八仙歌

知章骑马似乘船①，眼花落井水底眠②。
汝阳三斗始朝天③，道逢曲车口流涎④，
恨不移封向酒泉⑤。
左相日兴费万钱⑥，饮如长鲸吸百川⑦，
衔杯乐圣称避贤⑧。
宗之潇洒美少年⑨，举觞白眼望青天⑩，
皎如玉树临风前⑪。
苏晋长斋绣佛前⑫，醉中往往爱逃禅⑬。
李白一斗诗百篇，长安市上酒家眠，
天子呼来不上船⑭，自称臣是酒中仙。
张旭三杯草圣传⑮，脱帽露顶王公前⑯，
挥毫落纸如云烟⑰。
焦遂五斗方卓然⑱，高谈雄辩惊四筵⑲。

注　释

① 知章：即贺知章，自号"四明狂客"，越州永兴（今浙江萧山）人，官至秘书监。性旷放纵诞、嗜酒。他在长安一见李白，便称他为"谪仙人"，解所佩金龟换酒痛饮。似乘船：醉后骑马，似坐船般摇摇晃晃。这两句写贺知章醉后骑马，摇摇晃晃，像乘船一样。醉眼昏花，跌落井中犹不自知，索性醉眠井底。这是夸张地形容其醉态。

② 眼花：醉眼昏花。

③ 汝阳：汝阳王李琎，唐玄宗的侄子。杜甫客居长安时，曾做他家门客。朝天：朝见天子。此谓李琎痛饮后才入朝。

④ 曲车：酒车。涎：口水。

⑤ 移封：改换封地。酒泉：郡名，在今甘肃酒泉县。传说郡城下有泉，味如酒。故名酒泉。

⑥ 左相：指左丞相李适之，唐玄宗天宝元年（742）八月为左丞相，五载（746）四月，被李林甫排挤罢相，七月遭贬为宜春太守，到任后服毒而死。

⑦ 鲸：鲸鱼，古人以为鲸鱼能吸百川之水，以此形容李适之的酒量之大。

⑧ 衔杯：贪酒。圣：酒的代称。《三国志·魏书·徐邈传》：尚书郎徐邈酒醉，校事赵达来问事，邈言"中圣人"。达复告曹操，操怒，鲜于辅解释说："平日醉客，谓酒清者为圣人，酒浊者为贤人。"李适之罢相后，曾作诗云："避贤初罢相，乐圣且衔杯。为问门前客，今朝几个来？"此处化用李之诗句，说他虽罢相，仍豪饮如常。

⑨ 宗之：崔宗之，开元初年吏部尚书崔日用之子，袭父封为齐国公，官至侍御史，与李白交情甚厚。

⑩ 觞：大酒杯。白眼：晋阮籍能作青白眼，青眼看朋友，白眼视俗人，此借指崔宗之傲慢嫉俗的表情。

⑪ 玉树临风：形容人清秀出尘。崔宗之风姿秀美，故以玉树为喻。

⑫ 苏晋：开元间进士，曾为户部和吏部侍郎。长斋：长期斋戒。绣佛：画的佛像。

⑬ 逃禅：不遵守佛教戒律。佛教戒饮酒。苏晋长斋信佛，却嗜酒，故曰"逃禅"。
⑭ 不上船：李白豪放嗜酒，蔑视权贵。范传正《李白新墓碑》载：玄宗泛舟于白莲池，欲召李白写序，当时李白已在翰林院喝醉，高力士遂扶其上船见皇帝。这里指李白酒后狂放，无视万乘之尊严。
⑮ 张旭：唐代著名书法家，善草书，人称"草圣"。好酒。
⑯ 脱帽露顶：写张旭狂放不羁的醉态。据说张旭每当大醉，常呼叫奔走，索笔挥洒，甚至以头濡墨而书。醒后自视手迹，以为神异，不可复得。世称"张颠"。
⑰ 如云烟：指张旭的书法变化多端、生动瑰奇。
⑱ 焦遂：布衣之士，事迹不详。卓然：神采焕发的样子。
⑲ 惊四筵：使四座的人惊叹。

题 解

　　这首诗为唐玄宗天宝五载（746）杜甫初到长安时所写。史料记载，李白与贺知章、李适之、李琎、崔宗之、苏晋、张旭、焦遂八人以饮酒著称，故诗题"饮中八仙"。杜甫通过"饮酒"这一角度，运用追叙的手法，把不同时间在长安停留过的八个人联系在一起。贺知章在八人中资格最老（比李白大四十一岁），诗人第一个对其进行描写。其他则从王公宰相写到布衣之人。诗中运用漫画素描的手法将八人不同的醉态予以描绘，对其嗜酒如命、放浪旷达的性格进行刻画，生动地再现了盛唐时期文人、士大夫们乐观豪放的精神风貌。

赏 析

　　《饮中八仙歌》是一首七言乐府诗歌，分别描写大唐时代的八位杰出人物，他们是贺知章、李琎、李适之、崔宗之、苏晋、李白、张旭、焦遂。诗中所述八人，人人都真名实姓，描写都生动传神。在这首诗里，诗人用追叙的方法通过"饮酒"这样一个动作，把他们联系在一起，用极尽夸张的笔法，描摹了八仙酒后的醉态与醉意，像一幅群体肖像画，把八位名士的醉态刻画得栩栩如生。

　　八人之中，首先描写的是贺知章，他素有"四明狂客"的美誉。诗只两句"知章骑马似乘船，眼花落井水底眠"，描写贺知章的醉态憨然：连骑马都骑不稳，坐在马背上如同吴地人（贺知章本是吴人）坐在船上一样来回摇摆晃动，以至于最后从马背上跌落下来，掉到井中，而他竟然可以在水底继续醉眠。描写中不乏夸张的成分，却也十分贴切、十分生动地写出了贺知章的酒醉神态，从而将贺知章的鲜明个性体现得淋漓尽致。

　　接着，"汝阳三斗始朝天，道逢曲车口流涎，恨不移封向酒泉"从两方面来写汝阳王李琎。他每天至少要喝三斗酒以后才去朝拜天子，但是看见路上拉运酒水的车子，竟然又勾起酒瘾，对此垂涎三尺，恨不得要把自己的封地迁到泉水如酒的酒泉去。诗人在这里抓住李琎出身皇族的身份，将其的醉态与享乐心理真实地再现出来，刻画得入木三分。

第三个写的是李适之。"左相日兴费万钱，饮如长鲸吸百川"，写李适之饮酒之豪奢。他日费万钱，酒量奇大，有如鲸鱼吐纳百川之水，运用夸张手法极写其酒量大用费多。而这一切似乎又不长久，他曾是天宝元年左丞相，后被奸相李林甫排挤罢相。罢相后，在家与亲友饮酒赋诗："避贤初罢相，乐圣且衔杯。"杜甫诗中"衔杯乐圣称避贤"则是化用李适之的这句诗而来。虽被罢相，心中不免不平，但"衔杯避贤"也体现了李适之让贤的宽阔胸襟。通过对李适之权位得与失的描写，诗人在画像的同时，揭示出了其中深含的深刻的政治内容，表现的则是诗人对其既同情关爱又深感其悲哀的复杂心理。

第四、第五个出场的是崔宗之和苏晋，两人都是风流倜傥的名士。"宗之潇洒美少年，举觞白眼望青天，皎如玉树临风前"通过细节描写表现崔宗之的倜傥洒脱。诗人描写他举杯饮酒时，常常白眼斜望，傲视青天，旁若无人，俊美之姿宛如玉树临风。杜甫用"玉树临风"来形容崔宗之的俊美风姿和潇洒醉态，极富韵味。"苏晋长斋绣佛前，醉中往往爱逃禅"一句，写出了苏晋的一面耽禅，长期斋戒，一面嗜饮，经常醉酒，处于"斋"与"醉"的矛盾斗争中，但结果往往是"酒"战胜"佛"，就只好"醉中爱逃禅"的状态。诗人在这里将其放纵嗜酒的得意忘形与无所顾忌描写得既形象又幽默，将其放纵的性格体现得淋漓尽致。

关于李白的描写，最为精彩，历代广为流传。"李白一斗诗百篇，长安市上酒家眠，天子呼来不上船，自称臣是酒中仙。"短短四句，写出了李白酒仙的风度和诗人的盖世才华，生动传神。李白嗜酒，醉中往往"长安市上酒家眠"，不足为奇。李白醉后，更加豪气纵横，狂放不羁，即使天子召见，也不是那么毕恭毕敬，而是大声呼喊："臣是酒中仙！"诗人以略有夸张的笔力，写出了李白的意气飞扬，豪放纵逸，将一个极具浪漫色彩而又傲视封建王侯的艺术形象呈现在读者眼中。

接下来就写到了张旭，他以一个可爱的酒仙形象出现在读者面前。张旭在当时有"草圣"之称。诗人写他三杯酒醉后，豪情奔放，不禁挥毫泼墨，率性而为。他无视权贵的威严，在显赫的王公大人面前，脱下帽子，露出头顶，奋笔疾书，自由挥洒，笔走龙蛇，字迹如云烟般舒卷自如。张旭狂放不羁、傲世独立的性格特征跃然纸上。

"焦遂五斗方卓然，高谈雄辩惊四筵"是写焦遂五杯酒下肚，这才精神大振，尽显名士风流。而他在酒席上更加神情卓异，常常高谈阔论，滔滔不绝，语惊四座。诗人在这里集中刻画的是焦遂卓越的见解和雄辩的口才，以及相得益彰的才学与酒力。

《饮中八仙歌》是一首独具特色的酒中八仙"肖像"诗。诗人以凝练的语言、白描的笔法，分别写到了八个风度气质才华不一的名士，八人自成醉态，性格鲜明，勾勒出一幅性格特征各异的群像图。整首诗以谐谑幽默而让人大开眼界。这首诗的押韵也不同一般，句句押韵，却不显得繁复。在艺术手法上，诗人以素描兼漫画手法勾勒出了一幅绝妙的酒客狂士群像图。这些酒客狂士既有狂放不羁的共性，又有各自的个性特点。人物情态逼真，栩栩如生，呼之欲出，而又个性鲜明，性格迥异。历览古代众多名家吟酒之作，这首诗以其内容丰富、思想深邃、艺术精妙为他人所无法企及。

春日忆李白

白也诗无敌,飘然思不群①。
清新庾开府②,俊逸鲍参军③。
渭北春天树④,江东日暮云⑤。
何时一樽酒⑥,重与细论文⑦。

注 释

① 飘然:高超之意。思:指才思。不群:不同于一般人。是说李白才思超群。
② 清新:自然新鲜。庾开府:南朝诗人庾信,在北周官至骠骑大将军、开府仪同三司(司马、司徒、司空),世称庾开府。
③ 俊逸:飘逸洒脱,不同凡俗。鲍参军:南朝诗人鲍照,刘宋时任荆州前军参军,世称鲍参军。
④ 渭北:渭水北岸,借指长安一带,当时杜甫在此地。
⑤ 江东:泛指长江以东地区,即今江苏省南部和浙江省北部一带,当时李白在此地。
⑥ 樽:酒器。
⑦ 论文:即论诗。六朝以来,有所谓文笔之分,而通称诗为文。

题 解

这首《春日忆李白》写于唐玄宗天宝六载(747),当时杜甫在长安,李白在越中(浙江绍兴)、金陵(江苏南京)一带漫游。此诗为杜甫在长安怀念李白而作。诗人在盛赞李白诗才的同时,书写出自己对他的思念之情。这首五言律诗,始终贯穿一个"忆"字,诗人把对李白的敬佩及惦念之情,融入字里行间,感人至深,余味悠长。后人则经常用"春树暮云"来表达对远方好友的怀念。

赏 析

这首诗抒发的是诗人对李白的赞誉和怀念之情。本诗题为"忆李白",却并未从回忆写起,而是一上来就给李白以最高的评价。四句诗一气呵成,极尽对李白诗风的热烈赞誉。

第一句"白也诗无敌"赞美李白的诗"冠绝当代",无人可以企及。第二句"飘然思不群"则是进一步说出李白卓尔不群、与众不同的才情与品格,因而写出的诗作也超凡脱俗,天下无人可比、无人可敌。接下来诗人以"清新庾开府,俊逸鲍参军"做比喻,直接把李白的诗与南北朝时期的著名诗人庾信(庾信在北周官至骠骑大将军、开府仪同三司[司马、司徒、司空],世称庾开府)和鲍照(刘宋时任荆州前军参军,世称鲍参军)的诗文相比较,一样的诗风清新,一样的诗格俊逸。这两句,简练而准确地概括了李太白诗歌的与众不同之处,又暗示出李白在作者心中无可比拟的高大形象,也在字里行间洋溢着两位大诗人彼此间深厚的情感。由此可见,诗人杜甫对李白带有钦慕感情的热烈赞美之情溢于言表。

第三联两句写景融情之中互文见义,寓情于景。"渭北",渭水之北,借指长安一带,为诗人当时所在地;"江东",长江以东,借指李白当时的所在地;"春天树",写出了树的深茂;"日暮云",道出了云的郁积,似乎树与云也带着深重的离别之意。诗人在此用平实质朴的语言,表达了自己与李白渭北、江东天各一方,遥相思念的深厚情谊,就像这春天的绿树一般葱茏、天边的暮云一样涌聚。平淡洗练之中含蕴极丰,历来为后人所传诵。

什么时候，才能与你同桌共饮，再次把酒论诗呢？结尾抒发了诗人渴望与李白相聚的愿望："一"，共同；"樽酒"，举杯饮酒；"论文"，讨论诗文，六朝以来，通称诗为文。把酒话诗，是两人间最难忘、记忆最深刻的事，以此落笔结诗，既能形象再现往日深情，又能与诗歌前两句前呼后应。作者之所以说"重与"，意思是过去曾经这样，言外之意是为眼下不能重逢而怅恨良久，这就更加突出了深切的怀念和向往之情。"何时"表达的是一种追问语气，实际上蕴含着更强烈的期待意味，让结尾读起来更有余味。总而言之，全诗以赞誉李白为主线，以表达对李白诗才的无比仰慕钦佩之情为辅线，以期待早日见面为远线，以两人之间真挚真诚的友谊为底线，简练而又鲜明地表达了杜甫对李白由衷的思念情感。

全诗由"赞"字起笔，以"论文"结诗，前四句重点赞美李白的诗歌才情，后四句着重抒发对李白的钦仰怀忆。全诗层次分明，起承转合自然不露痕迹，议论、写景、抒情并用，内容之间互为映衬，李白形象鲜明生动，感情也表达得淋漓尽致，可谓笔法高超，特别是以景寓情的写法，简直可以用炉火纯青来形容。如此，回忆的美好，期待的急切，思念的深浓，一并融合，情感深厚内在，感情立体饱满。

送孔巢父谢病归游江东兼呈李白①

巢父掉头不肯住②,东将入海随烟雾。
诗卷长留天地间,钓竿欲拂珊瑚树③。
深山大泽龙蛇远④,春寒野阴风景暮⑤。
蓬莱织女回云车⑥,指点虚无是归路⑦。
自是君身有仙骨,世人那得知其故⑧。
惜君只欲苦死留⑨,富贵何如草头露?
蔡侯静者意有馀⑩,清夜置酒临前除⑪。
罢琴惆怅月照席⑫:"几岁寄我空中书⑬?
南寻禹穴见李白⑭,道甫问讯今何如⑮!"

注 释

① 孔巢父：《旧唐书》有传，他早年和李白等六人隐居山东徂徕山，号"竹溪六逸"。谢病：是托病弃官，不一定是真病。李白这时正在浙东，诗中又怀念到他，故题用"兼呈"。
② 掉头：犹摇头。住：留下来。
③ 珊瑚树：生热带深海中，原由珊瑚虫集结而成，前人不知，见其形如小树，因误以为植物。上言巢父入海，故这里用珊瑚树。
④ 深山大泽龙蛇远：出自《左传》"深山大泽，实生龙蛇"，比喻孔巢父的怀才不遇与遁世高蹈。远：远去，指避世隐居。
⑤ 春寒：点明送别的时节。
⑥ 蓬莱：传说中的三仙山之一，在东海中。织女：星名，神话中说是天帝的孙女。这里泛指仙子。
⑦ 虚无：即《庄子》所谓"无何有之乡"。归路：犹归宿。
⑧ 知其故：指弃官访道之故。
⑨ 苦死留：唐时方言，犹今言拼命留。
⑩ 侯：是尊称，杜甫尝称李白为"李侯"。静者：恬静的人，谓不热衷富贵。别人要留，他却欢送，其意更深，所以说"意有馀"。
⑪ 除：台阶。
⑫ 罢琴：弹完了琴。
⑬ 空中书：泛指仙人寄来的信。
⑭ 禹穴：这里是指浙江绍兴县的禹穴。
⑮ 问讯：汉代已有这一词，唐代诗文中尤多。如韦应物诗"释子来问讯，诗人亦扣关"，杜诗如"问讯东桥竹，将军有报书"，并含问好意。

题 解

　　这首诗是杜甫唐玄宗天宝六载（747）春天在长安时所作，是杜甫诗文集中最早的一首七言古诗。孔巢父，字弱翁，冀州（今河北省境内）人，孔子三十七世孙。少年博学多才，文史兼修，早年与韩准、李白等六人在徂徕山（今山东泰安境内）竹溪隐居，世人皆称为"竹溪六逸"。经人推荐，到长安做官。天宝年间，因朝纲混乱，奸臣当道。孔巢父目睹朝政之混乱，于天宝六载（747）前后，谢病而归，隐居江东（今浙江会稽）。临行前蔡侯为他饯行，杜甫在座，写此诗送行。诗文以缥缈恍惚的语言，浓厚的浪漫主义色彩赞叹了孔巢父的归隐之举，诗中充满了诗人对于老友的浓浓深情。

赏 析

　　这首七言古诗记述了宴席全过程。孔巢父托病弃官，蔡侯设宴送行，杜甫被邀作陪，写诗记录下了这次送行之宴的全过程。因孔巢父早年和李白等六人隐居山东徂徕山，号"竹溪六逸"。杜甫由此想到了正在浙东的李白，诗中表达了对李白的怀念之情，故题用"兼呈"。

　　首句"巢父掉头不肯住，东将入海随烟雾"描写朋友们劝阻巢父长期停留在长安，而他无心功名富贵总是不停摇头，表示京都长安虽然熙来攘往、热闹非凡，但自己心存潜隐，宁可选择东海的云烟，也不愿享受长安的繁华。此句开门见山，直接点题。"诗卷长留天地间，钓竿欲拂珊瑚树"两句，诗人以奔放的笔墨预想孔巢父从此以后的行迹，要将诗卷长留在人间，要去遥远的东海边垂钓珊瑚，多么的洒脱。这句有两层意思：一方面表明了孔巢父的不恋权贵；另一方面也说明孔巢父的诗作具有可以传承万载而长留不朽的价值。"深山大泽龙蛇远，春寒野阴风景暮"道出孔巢父东游的境界。采用比喻的手法，喻意孔巢父的遁世有如龙蛇的远处深山大泽，同时点明送别的时间是在春寒料峭的时节。"蓬莱织女回云车，指点虚无是归路"，此句写东游时的幻境有如蓬莱仙子驾驶云车而来，手指点到了地方便是虚无缥缈的仙地，这便是孔巢父真正要回归的地方。"自是君身有仙骨，世人那得知其故。惜君只欲苦死留，富贵何如草头露"写得诗中有人。"惜君"的"君"指的是孔巢父，表明大家对孔巢父的一番挽留之情。"富贵何如草头露"显示出孔巢父的一心向往归隐，不在乎世间的荣华富贵。"蔡侯"名虽不详，但也是一位淡泊而不热衷于功名之人，他对孔巢父归隐之举有些许期许，于是在清静的夜晚，在自家阶前摆下酒席。"罢琴惆怅月照席"，唐时宴会多用妓乐，送孔巢父不合适，所以只用琴。酒阑琴罢，就要分别，故不免"惆怅"。"几岁寄我空中书"表现的是宁静、高远、有情。当一切静下来，人便容易为离别而感伤。"道甫问讯今何如"和《赠李白》的"飞扬跋扈为谁雄"意义相同，流露出诗人对友人关切之情。诗文最后一句"南寻禹穴见李白，道甫问讯今何如！"写出了诗人托孔巢父带去对李白的问候之语，语言虽短，牵念至深，诗人对李白情感始终如一，让人感动。

　　这首诗写作风格千变万化，意境起伏。作者在这里以一场送行之宴席为记录，写出了孔巢父寄情于山水林泉中的悠然自在的生活态度，表达的则更是一种追求理想而浪漫的生存方式的信念。

奉赠韦左丞丈二十二韵

纨绔不饿死，儒冠多误身①。
丈人试静听，贱子请具陈②：
甫昔少年日，早充观国宾③。
读书破万卷，下笔如有神④。
赋料扬雄敌，诗看子建亲⑤。
李邕求识面，王翰愿卜邻⑥。
自谓颇挺出，立登要路津⑦。
致君尧舜上，再使风俗淳⑧。
此意竟萧条，行歌非隐沦⑨。
骑驴十三载，旅食京华春⑩。
朝扣富儿门，暮随肥马尘。
残杯与冷炙，到处潜悲辛。
主上顷见征，欻然欲求伸⑪。
青冥却垂翅，蹭蹬无纵鳞⑫。
甚愧丈人厚，甚知丈人真。
每于百僚上，猥颂佳句新⑬。
窃效贡公喜，难甘原宪贫⑭。
焉能心怏怏，只是走踆踆⑮。
今欲东入海，即将西去秦⑯。
尚怜终南山，回首清渭滨。
常拟报一饭，况怀辞大臣⑰。
白鸥没浩荡，万里谁能驯⑱？

注 释

① 纨绔：指富贵子弟。不饿死：不学无术却无饥饿之忧。儒冠多误身：满腹经纶的儒生却穷困潦倒。这句是全诗的纲要。

② 丈人：对长辈的尊称。这里指韦济。贱子：年少位卑者自谓。这里是杜甫自称。请：意谓请允许我。具陈：细说。

③ 这两句是指唐玄宗开元二十三年（735），杜甫以乡贡（由州县选出）的资格在洛阳参加进士考试的事。杜甫当时才二十四岁，就已是"观国之光"（参观王都）的国宾了，故曰"早充"。"观国宾"语出《周易·观卦·象辞》："观国之光尚宾也"。

④ 破万卷：形容书读得多。如有神：形容才思敏捷，写作如有神助。

⑤ 扬雄：字子云，西汉辞赋家。料：差不多。敌：匹敌。子建：曹植的字，曹操之子，建安时期著名文学家。看：比拟。亲：接近。

⑥ 李邕：唐代文豪、书法家，曾任北海郡太守。杜甫少年在洛阳时，李邕奇其才，曾主动去结识他。王翰：当时著名诗人，《凉州词》的作者。

⑦ 挺出：杰出。立登要路津：很快就要得到重要的职位。

⑧ 尧舜：传说中上古的圣君。

⑨ 这两句说，想不到我的政治抱负竟然落空。我虽然也写些诗歌，但却不是逃避现实的隐士。

⑩ 骑驴：与乘马的达官贵人对比。十三载：从唐玄宗开元二十三年（735）杜甫参加进士考试，到唐玄宗天宝六载（747），恰好十三载。旅食：寄食。京华：京师，指长安。

⑪ 主上：指唐玄宗。顷：不久前。见征：被征召。欻然：忽然。欲求伸：希望表现自己的才能，实现致君尧舜的志愿。

⑫ 青冥却垂翅：飞鸟折翅从天空坠落。蹭蹬：行进困难的样子。无纵鳞：本指鱼不能纵身远游。这里是说理想不得实现。以上四句所指事实是：天宝六载（747），唐玄宗下诏征求有一技之长的人赴京应试，杜甫也参加了。宰相李林

甫嫉贤妒能，把全部应试的人都落选，还上表称贺："野无遗贤。"这对当时急欲施展抱负的杜甫是一个沉重的打击。

⑬ 这两句说，承蒙您经常在百官面前吟诵我新诗中的佳句，极力加以奖掖推荐。

⑭ 贡公：西汉人贡禹。他与王吉为友，闻吉显贵，高兴得弹冠相庆，因为知道自己也将出头。杜甫说自己也曾自比贡禹，并期待韦济能荐拔自己。难甘：难以甘心忍受。原宪：孔子的学生，以贫穷出名。

⑮ 走踆踆：且进且退的样子。

⑯ 东入海：指避世隐居。孔子曾言："道不行，乘桴浮于海。"（《论语》）去秦：离开长安。

⑰ 报一饭：报答一饭之恩。春秋时灵辄报答赵宣子（见《左传·宣公二年》），汉代韩信报答漂母（见《史记·淮阴侯列传》），都是历史上有名的报恩故事。辞大臣：指辞别韦济。这两句说明赠诗之故。

⑱ 没浩荡：投身于浩荡的烟波之间。谁能驯：谁还能拘束我呢？

题 解

这首诗写于唐玄宗天宝七载（748）杜甫 37 岁时。韦左丞指韦济，时任尚书省左丞。他很赏识杜甫的诗，并曾表示过关怀。当时的杜甫应试落第，想离京出游，遂写该诗向韦济道别。诗中陈述了自己的才能、志向和抱负，倾吐了仕途失意、生活困苦的窘迫状况，抨击了当时黑暗的社会和政治现实。全诗慷慨陈词，抒写胸臆，是杜甫自叙生平的一首重要诗作。

赏 析

学术界普遍认为这首诗是杜甫最早、最明确的自述生平和理想抱负的重要作品。二十四岁时，年轻的杜甫进洛阳应进士落第，远离妻儿一住就是十三年。十三年间诗人在穷困潦倒的状态下空怀报国大志却英雄无用武之地。面对韶华易逝，诗人希望欣赏自己才华的韦济能助自己一臂之力，于是写下了这首婉曲的求仕之作，表示自己如果求仕无门就决意远离京都，归隐江湖。诗中运用了对比的手法，直抒胸臆，将自己心中郁结的求仕不得、激愤不平的心绪，抒写得不卑不亢、真切动人，充分表现了杜诗"沉郁顿挫"的风格。

开篇以"纨绔"与"儒冠"的不同遭遇进行对比，目的是表达诗人强烈的愤愤不平，这一思想始终贯穿于全诗"具陈"的内容之中。"纨绔不饿死，儒冠多误身"一句，真实而又鲜明地反映了在当时那个年代纨绔子弟们不学无术、精神空虚却又整日趾高气扬的生活境况，这些活在世上没用的人偏又过得比有用的人还好。而像诗人那样正直儒雅的读书人却一个个穷困潦倒、入仕无门，空有满腹才华、一腔忠诚。此二句诗，开门见山地将贫穷的读书人与富家游手好闲的子弟进行鲜明对比，指出了纨绔子弟的尸位素餐，寒门儒士的穷途末路，鲜明地揭示了全篇的主旨所在，有力地概括了封建社会本末倒置的黑暗现实。

接下来的二十四句是全诗的重点也是核心部分。自"甫昔少年日"至"再使风俗淳"十二句，诗人先是直言自己青年时代才华出众，怀抱济世的伟大理想。观国宾，即"观国之光"的国宾，杜甫二十四岁时曾在洛阳参加进士考试，在这里以此自谓。少年时代的杜甫学识渊博、才华横溢，下笔如神。作赋的才能不逊扬雄，咏诗的本领同曹植比肩。因才华出众，赢得当时文坛领袖李邕、诗人王翰的赞赏。杜甫在这里将别人对自己的评价一一呈现，也正是渴望通过自荐让才华能够被认可，终有一天能够实现"致君尧舜上，再使风俗淳"这一为国效力的政治理想。然而面对这样一个德才兼备的青年才俊，幸运之神却总是和他失之交臂。求仕的坎坷使他报效国家之心屡次受挫。诗人在"此意竟萧条"至"蹭蹬无纵鳞"十二句中，写出了自己理想落空的茫然心态与残杯冷炙般凄凉的奋斗历程。诗人将自己的屈身受辱、落魄潦倒与前十二句少年壮志形成鲜明对比。十三年来，一个羁泊长安的人，居无定所，食不饱腹，经常骑着一条瘦驴奔波在闹市的大街小巷。"朝扣富儿门，暮随肥马尘。"早上敲打豪富人家的大门，受尽纨绔子弟的白眼嘲笑；晚上尾随着贵人肥马扬起的尘土郁闷而归。"残杯与冷炙，到处潜悲辛。"成年累月在权贵们的残杯冷炙中乞讨生活，受尽凌辱。"主上顷见征"君王是在招揽人才的，好不容易参加了朝廷的一次考试，却没想到奸臣当道，诗人和其他应试的士子全都落选。这就像刚飞向蓝天的大鹏垂下了双翅，遨游于远洋的鲸鲵又失去了自由。诗人的误身受辱、痛苦不幸也在此到了极致。在这里，诗人通过自己人生今与昔的鲜明对比，将人生的大起大落抒写得细腻感人。

  从"甚愧丈人厚"至全诗终篇，诗人表达出对韦济的感激、希望以及去意已决而又不舍离去的矛盾心情。诗人希望韦济能对自己有更实际的帮助，但现实证明根本是不可能做到的事。将要离去却又徘徊不定，退隐江湖之中又不甘于眼下落寞的处境。即将离去的时刻诗人对曾寄予希望的帝京，对有"一饭之恩"的韦济恋恋不舍，但又无可奈何，只能让自己像白鸥那样飘飘远逝在万里波涛之间，其中有对自己的惋惜，也是对国家的惋惜。

  这首诗语言质朴、凝练，用意极深。诗中运用了对比的表现手法，将诗的思想内涵表现得深刻、透彻。句式骈散结合，以散为主，整个诗既有整齐对称之美，又有纵横飞动之妙，表现了诗人深厚的语言功力。

兵 车 行①

车辚辚②，马萧萧③，行人弓箭各在腰④。
耶娘妻子走相送⑤，尘埃不见咸阳桥⑥。
牵衣顿足拦道哭，哭声直上干云霄。
道旁过者问行人，行人但云点行频⑦。
或从十五北防河⑧，便至四十西营田⑨。
去时里正与裹头⑩，归来头白还戍边⑪。
边庭流血成海水，武皇开边意未已⑫。
君不闻汉家山东二百州⑬，千村万落生荆杞⑭。
纵有健妇把锄犁，禾生陇亩无东西⑮。
况复秦兵耐苦战⑯，被驱不异犬与鸡。
长者虽有问，役夫敢伸恨⑰？
且如今年冬，未休关西卒⑱。
县官急索租，租税从何出。
信知生男恶，反是生女好。
生女犹是嫁比邻⑲，生男埋没随百草。
君不见青海头，古来白骨无人收。
新鬼烦冤旧鬼哭，天阴雨湿声啾啾⑳。

注 释

① 行：乐府歌曲的一种体裁，《兵车行》没有沿用古诗，而是缘事而发，运用民歌的形式，深刻地反映了人民的苦难生活。
② 辚辚：车行声。
③ 萧萧：马嘶声。
④ 行人：征夫。
⑤ 耶娘：同"爷娘"，爹娘。
⑥ 咸阳桥：旧址在今西安市西北渭水上。
⑦ 点行：按丁籍点名强征。
⑧ 北防河：玄宗开元中期在每年秋冬时节调集军队赴临洮一带防御吐蕃侵犯。
⑨ 营田：戍兵屯田。
⑩ 里正：唐代最基层行政单位之长。其制百户人家为一里，设里正一人。裹头：以皂罗缠头。
⑪ 戍边：守边。
⑫ 武皇：指唐玄宗。
⑬ 汉家：指唐朝。山东：华山以东，即关中以东地区。
⑭ 荆杞：泛指野生灌木。
⑮ "禾生"句：写农村没有熟悉农田业务的男人，所以庄稼长得东一块西一块的。
⑯ 秦兵：指关中之兵。
⑰ 敢伸恨：岂敢吐露怨恨。
⑱ 关西：潼关以西。卒：兵。
⑲ 比邻：近邻。
⑳ 啾啾：拟声词，形容凄厉的哭叫声。

题 解

这首新乐府诗约写于唐玄宗天宝十载（751）或次年。当时唐王朝与南诏政权发生了战争。先是剑南节度使鲜于仲通因私怨出兵云南，大败而还。继由权臣杨国忠遥领剑南节度使再次出兵。他大募两京及河南白兵。人民不从，他便遣御史分道抓人，并用连枷押解入军。杜甫对此非常不满，从而写下了这篇旷世名篇。诗人以满腔悲悯之情，含蓄而深刻地揭露了穷兵黩武、连年征战给人民带来的苦难，寄寓着对苦难的强烈同情，充满反战色彩。

赏 析

"车辚辚，马萧萧，行人弓箭各在腰。"战车隆隆地驶过，激起了一阵烟尘；战马在纷乱的场面里嘶鸣不已；出征的士兵，都把弓箭佩挂在了腰上。诗一开篇就以巨大的场面描写向我们展现了兵车队伍出征时的情形，场面宏大，气势恢宏，暗含着对唐朝穷兵黩武现实的针砭。

"耶娘妻子走相送，尘埃不见咸阳桥。牵衣顿足拦道哭，哭声直上干云霄。"这四句写军队出发时亲人送别的凄伤场景，作者着重从听觉、视觉的角度来刻画渲染，集中描写无数家庭妻离子散的悲惨情景，让人触目惊心。爹娘、妻子和儿女跑着为被征的亲人送行，踏起来的尘土遮住了咸阳桥。他们有的扯住亲人衣裳，有的因情绪激动而以脚跺地，拦堵着京郊大道放声哭号，哭声一直冲上了九重云霄。这样一个仓促、混乱、悲惨行军相送的场面，说明战争一直没有停歇，社会处于极度的混乱动荡之中，百姓正在遭受苦难。父母送儿、妻子送夫、儿女送爹，说明一个家庭的主要劳动力被抓走了，只剩下妇幼老者。"走"，奔跑之意，既说明不忍分别，又点出行军之急。这一走，凶多吉少，谁知道是死是活，因而家人哭天抢地，这样的生死离别，怎不使人悲痛欲绝！

"道旁过者问行人，行人但云点行频。"道旁有个过路者，向征夫询问如此这番情景的原因。征夫们匆匆地答道："朝廷征兵太频繁。"这样的分别场面，明眼人一看就知道是为了什么。诗人故意采用设问的方式，让当事者，即被征发的士卒出场。但士卒们行色匆匆，无暇细答，草草应付一句，可见他们心中牢骚满腹。

"或从十五北防河,便至四十西营田。"有的人从十五岁起就被征调戍守河右,直到四十岁又被征调去屯田。从这以下,诗人借用汉乐府常用的对话形式,将武皇开边以来人民饱受的征战之苦以老兵为代表集中表现出来,起到了以点带面的效果。"道傍过者"与他一问一答,概括了从关中到山东,从边庭到内地,从士卒到农夫,天下百姓深受兵赋徭役之害的历史和现实。

"去时里正与裹头,归来头白还戍边。"去的时候年纪小,还没有成丁,须由村长裹头巾;回来时已是满头白发,却还要被征调去守边。由此可见,当时的战争给百姓带来了无穷的灾难,青壮年已征光了,连未成年的孩子和老年人,都要被强迫去戍守边疆。

"边庭流血成海水,武皇开边意未已。"边疆上战士的鲜血汇成了大海,可皇上哪管天下百姓死活,一门心思要无限扩张自己的领土。

"君不闻汉家山东二百州,千村万落生荆杞。"您没有听说吗,华山以东二百多处州县,千千万万个村落,因连年征战变得人烟稀少,田园荒芜,荆棘丛生,满目荒废凋残。这两句从眼前之景言及全国,扩大了诗的容量,也加深了诗的表现深度。

"纵有健妇把锄犁,禾生陇亩无东西。"男人都被征调去战场了,家里只剩下健壮的妇女种田,那庄稼长得也是乱七八糟,不成行列,收成怎能保证呢?是妇女种不好庄稼吗?不!是因为战争使得经济凋敝,人民负担加重,民不聊生。

"况复秦兵耐苦战,被驱不异犬与鸡。"何况关中的士兵最能吃苦耐劳,更像被驱赶的鸡狗一样。"秦兵",即眼前被征调的陕西一带的兵丁。因为这地方的兵丁素来能打苦仗,所以更是无休止地被征调。他们身不由己,其命运跟鸡犬又有什么不同!

"长者虽有问,役夫敢伸恨。"唉,军中地位显贵的人虽然也过问军士的辛苦,可那些征夫怎敢向他们申诉满腹的怨恨呢?在古文中,"长者"一般不用作自称,而用作他称,除"年长之人""位尊之人"这种通常意义外,"长者"还有另一种解释:"显贵的人",这里是对军中长官的称谓。这里可能隐去了一个问句,大概是"如此悲惨,难道就没有人过问吗?"然而即使过问,还不是敢怒不敢言?其痛之深,由此可见。

"且如今年冬，未休关西卒。县官急索租，租税从何出。"就说今年吧，已经到了寒冬腊月，朝廷还是不肯将我们这些关西的士兵遣返回家。县官上门催逼租税，租税又从哪里出呢？前面说"山东"，这里又云"关西"，可见到处都在用兵。"租税从何出"，与健妇、锄犁二语相应。兵革未止，耕夫都已出征，地都荒了，租敛又从何而出？

"信知生男恶，反是生女好。生女犹得嫁比邻，生男埋没随百草。"看看这个现实，生男确实不如生女好。生女还能嫁给近邻，生男难免战死疆场被野草埋葬。在中国这样一个素有"重男轻女"传统的国家，说这样的话，并非一时愤激之语，而是为社会现实所逼。生个女儿，就算出嫁了，好歹还可以嫁给近邻，有个照应。生个儿子呢，只能被征去打战，即便活着，也让家人牵肠挂肚，担惊受怕，更何况凶多吉少。在这里，生儿生女"好"与"不好"的标准，似乎只有一个，即是否能活下来。这种异样的心态，进一步点出战争给人们带来的精神上的苦难。

"君不见青海头，古来白骨无人收。新鬼烦冤旧鬼哭，天阴雨湿声啾啾。"您没看到吗，自古以来那青海边，遍地白骨无人来收。旧鬼在哭诉，新鬼在诉冤，每当下雨之夜，哭声啾啾，让人不寒而栗！开篇是人哭，终篇是鬼哭，悲惨的场面、寂冷阴森的情景，令人不寒而栗，这都是"开边未已"导致的恶果。诗人将眼前的生死离别与千百年来无数征人有去无回的事实相联系，使这首诗从更为高远的角度，暗示了统治者穷兵黩武的历史延续性。

这首诗在艺术上取得了巨大成就。首先是在赋体叙事中贯穿着强烈的情感，无论是叙事还是场面描写还是代人申言，诗人激愤强烈的思想感情都巧妙地融合在全诗的始终，诗人那种焦虑不安、心忧苍生的形象也仿佛鲜明地站在读者面前。其次在叙述次序上层次精巧，前后呼应，舒放有度，开合自如，顺序合理。诗人还采用了民歌中的顶真手法：如"牵衣顿足拦道哭，哭声直上干云霄""道旁过者问行人，行人但云点行频"等这样蝉联而下，流畅自然，朗读起来，珠圆玉润，节奏和谐，优美动听。总之，这首诗无论是在思想内容上，还是在表现手法上都堪称叙事诗中的经典之作。

贫交行[1]

翻手为云覆手雨[2],
纷纷轻薄何须数。
君不见管鲍贫时交[3],
此道今人弃如土[4]。

注释

[1] 贫交行：描写贫贱之交的诗歌。贫交：古歌所说："采葵莫伤根，伤根葵不生。结交莫羞贫，羞贫友不成。"贫贱方能见真交，而富贵时的交游则未必可靠。
[2] 覆：颠倒。
[3] 管鲍：指管仲和鲍叔牙。管仲早年与鲍叔牙相处很好，管仲贫困，也欺骗过鲍叔牙，但鲍叔牙始终善待管仲。现在人们常用"管鲍"来比喻情谊深厚的朋友。
[4] 弃：抛弃。

题 解

此诗大约作于唐玄宗天宝十一载（752），当时的杜甫困守长安，饱谙世态炎凉、人情反复的滋味，愤而写下此诗，以感慨人情冷暖。

赏 析

《贫交行》写于唐玄宗天宝年间，当时诗人困守于长安城内，目睹了各种怪现象，亲身体验了当时社会的世态炎凉，品尽了人世间的冷暖无常。面对世风日下的社会现实，诗人内心郁积了太多的悲愤与不平，于是提笔写下了这首诗，以吐露自己内心的愤懑与无奈。

开篇以"翻手为云覆手雨"入题，写出了人与人交往的那种看重势力的可怕与可畏。有些人交友，当你有权有势的时候，人们如蚁附膻，像云一样刹那间聚拢过来；当你失意时他们便如雨点一般纷纷散去。得意与失意之间，他们忽云忽雨，反复无常。而这种变化无常，真让人始料不及。杜甫不愧为诗圣，短短七个字，生动传神，写尽从古至今的小人嘴脸，将人世间的世态炎凉描摹得深刻、透彻、生动形象。"纷纷轻薄何须数"一句写出了诗人对这样一个普遍社会现象和这种人的不屑与蔑视。尽管世风如此势利，但大多数人还是赞赏此道，认识不到这种不良风气带来的危害。"何须数"三字写出了诗人的满腔悲愤，强有力地表现了自己对擅长权利之交的轻薄小人的蔑视和极端痛恨的态度，道出了诗人对世人世风的嫌恶之情。这两句诗淋漓尽致地书写出了封建社会交友的势利之态、凉薄之情。人们之间的交往，在翻手覆手之间，变化迅速。富贵时苟合一处；贫贱时各自分离。诗人对此极为轻蔑，不屑评说。而后世的成语"翻云覆雨"便由此诗首句化出。

正因为诗人憎恶这种丑恶的社会风气，意识到生活在这样黑暗而又冷酷的社会中，单凭自己的力量是无力改变这种社会风气的，绝望之余不免想起鲍叔牙和管仲之间贫富不能相移的深厚友情，于是便写出了"君不见管鲍贫时交"的话语。《史记》记载，鲍叔牙早年与管仲交游，了解管仲的贤能。管仲贫困，曾欺负鲍叔牙，而鲍叔牙却始终善待他。后来鲍叔牙辅佐齐国的公子小白（即后来的齐桓公），又向公子小白荐举管仲。管仲终于辅佐齐桓公成就了霸业，他曾感喟说："生我者父母，知我者鲍叔牙也。"诗人以此典故，写出了鲍叔牙对待管仲的这种贫富不移的交情的深厚与感人。在这里，诗人对比了古代的志士之交与现代的权利之交，使人们从鲍叔牙的身上，能鲜明地看到人性的光辉。古人重于磐石的友情与"今人"的"轻薄"相比，是多么的弥足珍贵。此句诗人以典故作喻，通过对管仲与鲍叔牙贫贱不移的相交之道，有力地鞭挞了丑恶社会现实中的人情冷暖，相薄相弃。"此道今人弃如土"一句，形象地揭示出古人贫富不移的君子之交的美德，如今却被人弃之如粪土。面对世风日下、人心不古的社会现实，无奈的慨叹之余，呈现出的是诗人淳朴坦诚、真诚美好的情怀，在诗人看来，贫贱之交不可忘，交友贵在交心，友谊应建立在诚信的基础上，做人就应当遵循这样的原则。

　　这首诗，语言虽然简练但意蕴深长。诗人运用正反对比的手法，以夸张的语气，反复咏叹。全篇以一个"恨"字贯穿，写出世人权利之交之恨、世风日下之恨、人性泯灭之恨。诗人通过极富创造性的语言，将自己对丑恶现实的人情冷暖揭露得淋漓尽致，刻画得入木三分。

同诸公登慈恩寺塔①

高标跨苍穹,烈风无时休②。
自非旷士怀,登兹翻百忧③。
方知象教力,足可追冥搜④。
仰穿龙蛇窟,始出枝撑幽⑤。
七星在北户,河汉声西流⑥。
羲和鞭白日,少昊行清秋⑦。
秦山忽破碎,泾渭不可求⑧。
俯视但一气,焉能辨皇州⑨?
回首叫虞舜,苍梧云正愁⑩。
惜哉瑶池饮,日晏昆仑丘⑪。
黄鹄去不息,哀鸣何所投⑫?
君看随阳雁,各有稻粱谋⑬。

注　释

① 唐玄宗天宝十一载(752)秋作。诸公：指高适、薛据、岑参、储光羲。当时每人赋诗一首，今薛据诗已失传。慈恩寺：唐太宗贞观二十一年（647），太子李治为纪念他的母亲文德皇后所建。寺在当时长安东南区晋昌坊。唐高宗永徽三年（652），三藏法师玄奘在寺中建塔，即慈恩寺塔，又名大雁塔。为新进士题名之处。塔在今陕西西安市和平门外八里处，现有七层，高六十四米。

② 标：高耸之物。高标：指慈恩寺塔。苍穹：青天。穹：原作"天"，校云："一作穹"，据改。烈风：大而猛的风。休：停息。

③ 旷士：旷达出世的人。旷：全诗校："一作壮。"兹：此。翻：反而。

④ 象教：佛祖释迦牟尼说法时常借形象以教人，故佛教又有象教之称。佛塔即是佛教的象征。足：全诗校："一作立。"冥搜：即探幽。

⑤ 龙蛇窟：形容塔内磴道的弯曲和狭窄。出：全诗校："一作惊。"枝撑：指塔中交错的支柱。幽：幽暗。

⑥ 七星：北斗七星，属大熊星座。北户：全诗校："一作户北。"河汉：银河。

⑦ 羲和：古代神话中为太阳驾车的神。鞭白日：言日行之快，如鞭促赶。少昊：古代神话中司秋之神。

⑧ 秦山：指长安以南的终南山，山为秦岭山脉一部分，故云秦山。破碎：终南诸峰，大小错综，登高眺望，山峦如破碎。泾渭：泾水和渭水。不可求：难辨清浊。

⑨ 但：只是。一气：一片朦胧不清的样子。焉能：怎能。皇州：京城长安。

⑩ 虞舜：虞是传说中远古部落名，即有虞氏，舜为其领袖，故称虞舜。苍梧：相传舜征有苗，崩于苍梧之野，葬于九嶷山（在今湖南宁远县南）。见《礼记·檀弓上》《史记·五帝本纪》。这里用以比拟葬唐太宗的昭陵。唐太宗受内禅

于高祖李渊，高祖号神尧皇帝。尧禅位于舜，故以舜喻唐太宗。
⑪ "惜哉"二句：《列子·周穆王》："(穆王)升昆仑之丘，以观黄帝之宫。……遂宾于西王母，觞于瑶池之上。"事又见《穆天子传》卷三。此喻指唐玄宗与杨贵妃游宴骊山，荒淫无度。饮，全诗校："一作燕。"晏：晚。
⑫ 黄鹄（hú）：即天鹅，善飞，一举千里。去不息：远走高飞。
⑬ 随阳雁：雁为候鸟，秋由北而南，春由南而北，故称。此喻趋炎附势者。稻粱谋：本指禽鸟觅取食物的方法，此喻小人谋取利禄的打算。

题　解

唐玄宗天宝十一载（752）秋天，杜甫与高适、岑参、储光羲、薛据等人共登慈恩寺塔。诸人各赋诗一首，以杜甫的这首诗为同题诸诗中压卷之作。

杜甫在诗中描写了他登上大雁塔俯瞰长安景色时的感慨，通过夸大居高临下不辨山川的视觉印象，映射出当时危机四伏的社会现实，寄托了诗人心忧祖国山河即将破碎的忧虑之情。

赏　析

全诗二十四句，每八句自成一段。前八句写登塔经过，中间八句写登塔之所见，后八句则描写登塔之所思。

开篇以"高标跨苍穹，烈风无时休"直述高塔之外观直指云霄的高峻之势。诗人以"高标"一词极言塔高，用"跨苍穹"形容塔之高耸入云之气势。而下一句，风"烈"且"无时休"，更加衬托出塔的极其高远。"自非旷士怀，登兹翻百忧"是诗人登塔时的感触，虽然语言委婉，但其中不无愤世之慨。诗人自述自己没有旷达之士高远的情怀，登塔俯视华夏大地，内心中涌出的是无穷无尽的忧虑。由诗人的一句"烈风而生百忧"，我们可想而知，当时的唐王朝应该是暗藏危机，诗人发出此音，是因为他已经深深地体会到了这种潜在的政治危机之所在，感到国家正处于危难的边缘，为此忧心忡忡。而接下来的"方知象教力，足可追冥搜。仰穿龙蛇窟，始出枝撑幽"四句，转向对寺塔的建筑风格等进行描绘。诗人登塔近观，才知道这座建筑是崇拜佛教的产物，是佛教力量的象征。象教即佛教，佛教用形象来教人，故称"象教"。"冥搜"一词言在高远幽深中探索，这里有冥思和想象之意。由此可见，诗人在盛赞这座塔建筑风格的奇伟宏雄，真是巧夺天工，完美至极。沿着狭窄、曲折而幽深的阶梯一路向上攀登，就如同穿过龙蛇的洞穴；绕过塔内犬牙交错的幽梁暗栏，登至塔的顶层，才感觉豁然开朗。

第二部分，诗人写自己登临高塔，俯瞰大千景象，不由得无限感慨。诗人站在塔顶，有如置身于天宫仙阙之中，仿佛看到北斗七星在北窗外闪烁；耳边似乎能听到银河水向西流淌的声音。诗人在此将银河比作人间的河，描写的是诗人想象中的夜空美景，比喻奇妙，于是便有了"七星在北户，河汉声西流"的形象描述。"羲和鞭白日，少昊行清秋"，由夜景转而描写登临时的黄昏景色：羲和赶着太阳在空中奔跑，嫌太阳跑得慢，还用鞭子鞭打太阳；少昊作为主管秋天的神，他正在推行秋令，掌管着人间秋色。此二句，诗人点明登临高塔的时间正值清秋日暮，从而为下文中的触景抒情营造了气氛。接下来，诗人写出了自己俯视之所见："秦山忽破碎，泾渭不可求。俯视但一气，焉能辨皇州？"诗人站在塔顶，俯身远眺，远处的群山大小相杂，高低起伏，大地好像被切成许多碎块；泾、渭之水，清浊混淆，无法分辨。再远望皇州（即首都长安），只有朦胧一片。诗人由观景引发感慨，在写景中有所寄托。实写黄昏景象，却又另有含意，山河破碎，清浊不分，京都朦胧，政治昏暗，这一切，正是诗人"百忧"之所在。诗人因此推出秦山破碎的意象，寄托对唐王朝命运的担忧。

最后八句，构成了诗的第三部分，也是诗歌情感的核心部分。诗人由登塔所见引发登塔所感。从字面理解，这一部分好像是在讲述上古的故事。但实际上，诗人写本段旨在指陈时弊，针砭社会风气，是全诗的精华部分。"回首叫虞舜，苍梧云正愁"，虞舜实指唐太宗。舜死苍梧，葬九嶷。这里暗指唐太宗墓昭陵。杜甫面向昭陵，倾诉着对时局与世风的忧虑。"惜哉瑶池饮，日晏昆仑丘"，相传周穆王到昆仑丘，与西王母饮于瑶池。这里借指唐玄宗与杨贵妃在骊山饮宴，过着荒淫的生活。日晏结合日落，比喻唐朝将陷入危乱之中。而由于唐玄宗把政事交给李林甫，而李排斥贤能之士，贤能的人才一个接一个地受到排斥，只好离开朝廷，像黄鹄那样哀号而无处可以投奔，于是有了"黄鹄去不息，哀鸣何所投"。由于朝廷政治黑暗，危机四伏，奸臣当道，诗人在愤慨之余，发出了"君看随阳雁，各有稻粱谋"的斥责。厉声指责那些只知道趋炎附势的小人，就像是随着太阳转徙的候鸟，只顾自我谋生，追逐私利。

这首诗是诗人前期创作中很有代表性的作品。全诗情景交融，寓意深远，格调沉郁，包含着深沉的思考、特殊的痛感和悲愤难抑的情愫。通读全文，诗人的一颗爱国忧时之心清澈可鉴。这首诗以景物描写表现朦胧的寓意，是杜甫诗作在表现艺术上的创新。

醉　时　歌①

诸公衮衮登台省，广文先生官独冷②。
甲第纷纷厌粱肉，广文先生饭不足③。
先生有道出羲皇，先生有才过屈宋④。
德尊一代常坎坷，名垂万古知何用！
杜陵野客人更嗤，被褐短窄鬓如丝⑤。
日籴太仓五升米，时赴郑老同襟期⑥。
得钱即相觅，沽酒不复疑⑦。
忘形到尔汝，痛饮真吾师⑧。
清夜沉沉动春酌，灯前细雨檐花落⑨。
但觉高歌有鬼神，焉知饿死填沟壑⑩？
相如逸才亲涤器，子云识字终投阁⑪。
先生早赋归去来，石田茅屋荒苍苔⑫。
儒术于我何有哉，孔丘盗跖俱尘埃⑬。
不须闻此意惨怆，生前相遇且衔杯！

注　释

① 醉时歌：作品原注："赠广文馆博士郑虔。"
② 衮衮：众多。台省：台是御史台，省是中书省、尚书省和门下省。都是当时中央枢要机构。广文先生：指郑虔。因郑虔是广文馆博士。冷：清冷，冷落。
③ 甲第：汉代达官贵人住宅有甲乙次第，所以说"甲第"。厌：饱足。
④ 出：超出。羲皇：指伏羲氏，是传说中我国古代理想化的圣君。屈宋：屈原和宋玉。
⑤ 杜陵野客：杜甫自称。杜甫祖籍长安杜陵，他在长安时又曾在杜陵东南的少陵附近住过，所以自称"杜陵野客"，又称"少陵野老"。嗤：讥笑。褐：粗布衣，古时穷人穿的衣服。
⑥ 日籴：天天买粮，所以没有隔夜之粮。太仓：京师所设皇家粮仓。当时因长期下雨，米价很贵，于是发放太仓米十万石减价济贫，杜甫也以此为生。时赴：经常去。郑老：郑虔比杜甫大一二十岁，所以称他"郑老"。同襟期：意思是彼此的襟怀和性情相同。
⑦ 相觅：互相寻找。不复疑：得钱就买酒，不考虑其他生活问题。
⑧ 忘形到尔汝：酒酣而兴奋得不分大小，称名道姓，毫无客套。
⑨ 檐花：檐前落下的雨水在灯光映射下闪烁如花。
⑩ 有鬼神：似有鬼神相助，即"诗成若有神""诗应有神助"的意思。填沟壑：指死于贫困，弃尸沟壑。
⑪ 相如：司马相如，西汉著名辞赋家。逸才：出众的才能。亲涤器：司马相如和妻子卓文君在成都开了一间小酒店，卓文君当垆，司马相如亲自洗涤食器。子云：扬雄的字。投阁：王莽时，扬雄校书天禄阁，因别人牵连得罪，使者来收捕时，扬雄仓皇跳楼自杀，幸而没有摔死。
⑫ 归去来：东晋陶渊明辞彭泽令归家时，曾赋《归去来辞》。
⑬ 孔丘：孔子。盗跖：春秋时人，姓柳下，名跖，以盗为生，因而被称为"盗跖"。这句是诗人聊作自慰的解嘲之语，说无论是圣贤还是不肖之徒，最后都难免化为尘埃。

题　解

这首诗大概写于唐玄宗天宝十四载（755）春，当时的杜甫困守长安达九年之久。根据诗人自注，这首诗是写给好友郑虔的。郑虔因擅长诗、书、画，被唐玄宗誉为"三绝"。后因被人密告"私修国史"，贬至外地长达十年之久。回长安后，任广文馆博士。他与杜甫尽管年龄相差很远（杜甫初遇郑虔，年三十九岁，郑虔估计已近六十），但杜甫很敬重他，相似的人生经历，使两人过往甚密。这首诗既体现了他们两人肝胆相照的情谊，又表达出抱负远大而又生不逢时的焦灼苦闷和感慨愤懑之情。

赏　析

这首诗是写给好友郑虔的。诗中叙述自己和郑虔的不幸遭遇。首段先嘲郑虔，次段则是诗人的自嘲，实际上是嘲笑世人。第三段以司马相如、扬雄为例，以此进一步嘲笑当时的整个社会。诗中既体现出他们心灵相通的情谊，又表达了诗人空有一腔济世的理想而无处可以施展的焦灼苦闷和感慨愤懑。

全诗共为四段，前两段各为八句，后两段各为六句。从开头到"名垂万古知何用"构成全诗的第一段。诗人先列出一组对比，以"诸公"身居高位的显赫与奢靡生活对比郑虔的门寒清冷、位卑穷窘。"衮衮"有相继不绝之意，暗含贬义。"台省"指中枢显要之职。侯门显贵一个个飞黄腾达，吃厌了米和肉，可广文先生虽品德超出羲皇，才学胜过屈宋，竟然连饭也吃不饱。德高一代的人却不得志，即便扬名万古却又有何用？前四句，突出了"官独冷"和"饭不足"，一正一反，对比鲜明。后四句则是诗人为广文先生鸣不平之语，尽管道德被举世推尊，但仕途却总是坎坷不平；虽然辞采能流芳百世，却解决不了生的饥寒。由此，诗人的无限惋惜之情充溢于文字之中。

第二段，诗人从写"广文先生"开始着笔写自身。身着布衣两鬓如丝的诗人经常被他人嘲弄。穷到每天在官仓买米五升，好在能与郑老推心置腹，两人有来有往，共叙怀抱，开怀畅饮，聊以解愁。这一段，写出了诗人和郑广文的忘年之交的情谊深长。

第三段乃全诗情感的高潮。前四句写诗人与广文先生饮酒纵歌时的感伤与悲叹。深沉的清夜劝饮春酒，细雨如花打落屋檐之上。狂欢高歌时好像有鬼神相助，哪里知道人饿死还要去填沟壑。司马相如有才能亲自洗食器，扬雄能识字终于要跳下天禄阁。诗人在此以司马相如与扬雄的悲惨命运作比，有安慰广文先生之意，但字里行间，不难感受到诗人针砭时弊的力量。

　　末段六句，作为诗的第四部分，末联结之于"痛饮"，抒发了作者怀抱无限愤慨而又仰天长叹无可奈何之情。先生还是早些写一篇《归去来》，免得瘠田茅屋长满青苔。儒术无用，孔丘、柳下跖也都已化成尘埃。只是感觉生前能够相遇，莫悲伤，把酒喝个畅快！面对仕路坎坷的不幸，诗人批评儒术，暗讽时政，面对社会时政的不公与不平，只有以"何以解忧，唯有杜康"来自解自慰心中的不平与不快。

　　这首诗，语言畅达，风格豪迈而不失含蓄，痛伤而不伤典雅。诗文的第一部分多运用对比句造成排句气势，运笔如风。第二段接以缓调，在七言与五言诗句之间转换，免去了板滞之感。第三段先用四句描写痛饮时的场景，诗中杂有豪放的语句。末段则句句用韵，慷慨高歌，显示出放逸傲岸的风度，使读者读起来，能沉浸其中而精神振荡。

月　　夜

今夜鄜州月①，闺中只独看②。
遥怜小儿女③，未解忆长安④。
香雾云鬟湿⑤，清辉玉臂寒⑥。
何时倚虚幌⑦，双照泪痕干⑧？

注　释

① 鄜州：今陕西省富县。当时杜甫的家属在鄜州的羌村，杜甫在长安。这两句设想妻子在鄜州独自对月怀人的情景。
② 闺中：指妻子。
③ 怜：爱。
④ 未解：不懂得。
⑤ 云鬟：指妇女乌黑的发髻。
⑥ 清辉：清冷的月光。
⑦ 虚幌：薄幔、透明的窗帷。
⑧ 双照：同照二人，指妻子与诗人自己。与上面的"独看"对应，表示对未来团聚的期望。

清辉玉臂寒

题　解

唐玄宗天宝十五载（756）春，安禄山由洛阳攻入潼关。五月，杜甫从奉先移家到了潼关以北白水（今陕西白水县）的舅父处。六月，长安陷落，玄宗逃蜀，叛军入白水，杜甫携家逃往鄜州羌村。七月，肃宗在灵武（今宁夏灵武县）即位，杜甫听到后便只身一人从鄜州奔向灵武，半途中被安史叛军俘虏押回了长安。身陷囹圄的诗人，心悬远在异地的妻儿。八月，在一个月华皎洁、清凉如水的晚上，他痛苦地思念着在鄜州的妻子，写下了这首真挚感人的思亲之作。

赏　析

这首诗是作者离乱之世被困长安时所写。作者望月抒怀，以此来表达对远在他乡的妻子儿女深切的思念之情以及对安定美好幸福生活的期待与向往。诗歌起笔并未直抒胸臆，而是笔尖陡然一转，从鄜州月亮写起，站在家人角度想象妻子也同望一轮明月，也正在想念自己，构思可谓奇巧。"今夜鄜州月，闺中只独看"写出了妻子一人在鄜州闺中独看今晚皎洁美好的秋月。写得既突兀又形象。在这里诗人写自己在长安望月未免太过平常，而写妻子在家中望月，从描写妻子想念自己入手，也就更加突出了作者的思念之情，可谓深婉曲致，意境别开。想念妻子，才想到妻子也在思念自己。"只独看"描写了想象中妻子孤独望月的形象，妻子如此，诗人又何尝不是这样呢？一个"独"字，不但写出了妻子孤身一人，也在影射自己同样孤身一人，拆鸳鸯在两下里，孤独思念成了全诗的感情基调。"遥怜小儿女，未解忆长安。"这一句镜头又从鄜州转回长安，写诗人思念远在故土的儿女们，而孩子们却因为年龄太小不懂得思念远在他乡无法与他们相聚的父亲，无法理解望月忧愁的母亲的心情。此时的妻子拖儿带女独居荒村，处境很是艰难。"遥怜"一词，道出诗人对妻子无限的忧思和怜爱，也反衬出妻子的遥念和伤悲，从而更进一步表现出了妻子的孤与独。第三句"香雾云鬟湿，清辉玉臂寒"是描写了妻子望月思亲的具体形象，采用白描手法，抓住人物主要特征来写。诗人虚拟妻子在这个夜晚望月怀夫、久久不眠的情景，是整首诗中意境最优美的部分。诗人设想夜深了雾气会浸湿

・月夜

55

妻子的"云鬟",清冷的月光下,妻子的"玉臂"也会感到寒冷。诗人在这里用"云鬟""玉臂"写出了妻子的外貌特征,表达了诗人对妻子的怜爱眷恋之情。诗文的最后两句,表达的是诗人与家人团聚的一种期望之情。诗人想到了妻子的忧心不寐,自己也忍不住伤心落泪。于是发出了"何时倚虚幌,双照泪痕干?"的声音,补足前面未曾说出的忧思之泪。而两地"独看"的泪痕里浸透着天下乱离的悲哀,"双照"的清辉中闪耀的却是对未来团聚的殷殷期望。字里行间,渗透着诗人憎恨乱离、盼望团圆的迫切心情。

这首诗题为《月夜》,字字都从月色中照出,而以"独看""双照"为本诗的诗眼。诗人借看月而抒离情,抒发的不是一般的夫妇离别之情。此诗艺术构思巧妙,以"月"为线索,贯通全诗,采用借景抒情、暗示手法望月怀人,通过写诗人对妻子的思念,反映了乱离时代人民的痛苦,表达了对和平生活的向往。全诗写乱离岁月,家人两地相思之情,情真意切,真挚动人。

前出塞（其六）

挽弓当挽强①，用箭当用长②。
射人先射马，擒贼先擒王③。
杀人亦有限④，列国自有疆⑤。
苟能制侵陵⑥，岂在多杀伤⑦！

注 释

① 挽弓：拉弓。强：指坚硬的弓。拉这种弓要用很大力气，但射得远。
② 长：长箭。
③ 擒：捉拿。
④ 亦有限：也应该有个限度。限：限度。
⑤ 列国：各国。自有疆：本来应该有个疆界。疆：疆界。
⑥ 苟：如果，假如。制侵陵：制止侵犯，侵略。
⑦ 岂：难道。

题 解

汉乐府有《出塞》《入塞》曲，是写边疆战斗生活的。唐人写边塞诗常以"塞"为题。杜甫先后写有《前出塞》九首、《后出塞》五首。因这组诗在前，故题名为"前出塞"。全诗采用第一人称的写法，通过一个戍边十年的战士的守边亲身感受，反映了被征从军的艰苦生活，道出了唐王朝发动开边战争给人民带来的深重苦难，表达了诗人对唐玄宗穷兵黩武和兴兵滥杀无辜的抨击。诗中表达出作者对于通过政治手段和平解决边疆问题的主张及见解。这首脍炙人口的边塞诗韵律十足，读来朗朗上口，令人回味。

赏 析

杜甫的这首《前出塞》为本组诗文中较有名的一首。诗歌出乎意料地采用第一人称的写法，着笔于人物独特的心理特征，来反映唐玄宗穷兵黩武的开边政策给人民带来的深重灾难。全诗结构紧凑，层次井然有序。

全诗一共八句，前四句诗人运用了排比的句式，似乎是在向人们总结如何在战斗中骑马射箭、抓贼擒王的战斗经验。这四句初读起来何其流畅自然，毫无矫饰的痕迹，如同水泻般流利通畅，让人一下子联想到那些流行的军中歌谣，流韵自然，且又蕴含哲理。两个"当"字、两个"先"字铿锵有力、落笔有声，指出了从武器装备到作战策略，能够取胜的关键要素；尤其是流动在其间的高昂的战斗激情和必胜的信念更增加了诗歌的豪迈之气。最可称道的是，这两句也极富层次，最后指出作战一定要讲究谋略，所谓"上兵伐谋"，只有谋略优于敌方，智勇双全，方可最终取得战争的决定性胜利。通过这些描写，我们可以读出作者对敌人的蔑视与不屑，对国家的忠诚与执着，表达的是一种勇往直前、无所畏惧的英雄豪气。"射人先射马，擒贼先擒王"的诗句，常被人引用作为战争中最高层次谋略的代表性方法，可见这两句对后世的影响，正因为其中的自信不是盲目的而是有勇有谋，这是共识。这几句还体现了作者富国强兵的思想，那就是首先要武器精良，重要的是要有超人的韬略，才能最终克敌制胜，保家卫国，如此，边疆不辱，家邦可安，这就是作者不同于一般读书人的治国安邦的才华和高瞻远瞩的预断。这四句已经是铿锵有力，却不料仅仅是为下面的诗句做铺垫，引出整首诗所要表达的核心目标。

"杀人亦有限，列国自有疆。苟能制侵陵，岂在多杀伤！"忽然宕开一笔，出人意料地道出了本篇最精彩的论断：战士们忠心报国不怕牺牲的目的并不是要多杀人，而是通过高远的谋略能够制止敌人侵疆略土，不过是为了保家卫国，何必以杀人多为目的呢？更不用说那种穷兵黩武式的纯粹的战争策略，在作者看来，都是下下策，正如孙子兵法里所言："故上兵伐谋，其次伐交，其次伐兵，其下攻城。"攻城拔寨、杀伐众多历来是兵家最不愿意选用的，能够做到"不战而屈人之兵"，那就是"善之善者也"。作者这里提出了关于两国争端的高瞻远瞩的对策：首先尊重双方主权，不能肆意侵略别国领土；其次，尽量避免战争；最后，如果战争实在无法避免，就用死亡最少的方法，以达到不战而战的目的。"自"字包含两方面的意味：反对外来侵略，反对穷兵黩武。这充分显示了杜甫卓越的治国安邦的才华，也体现了他高人一等的军事思想。

这首诗，分为前后两个部分，欲抑先扬，增强表达力量。前四句用极其自然的语言写出了强兵强武的方法、克敌制胜的方法。后四句语言犀利，直抒主题，告诫当权者要尽量避免战争，不以杀人为目的，极其自然地道出了"拥强兵而反黩武"的深邃内涵所在。前后四句相辅相成，前四句写国家无强大的兵力和装备就不能正常防御外来的侵略，后四句则笔锋一转，写出了自恃强大而穷兵黩武更不可取。所以诗人主张国家既要拥有强大的武装力量，也要以"制侵陵"为限，只有这样才能符合国家的利益和最广大人民的利益。这首诗充分体现了诗人卓越的军事谋略和治国安邦策略，以其超越时代的恢宏气魄和军事胆识为历代所敬仰追慕。

悲 陈 陶

孟冬十郡良家子①，血作陈陶泽中水②。
野旷天清无战声③，四万义军同日死④。
群胡归来血洗箭⑤，仍唱胡歌饮都市⑥。
都人回面向北啼⑦，日夜更望官军至。

注 释

① 孟冬：农历十月。十郡：指秦中各郡。良家子：从百姓中征召的士兵。主要指农家子弟。汉代称医、商和百工以外的平民为良家。唐代仍沿用。
② 陈陶：地名，即陈陶斜，又名陶泽，在长安西北（今陕西咸阳东）。
③ 无战声：战事已结束，旷野一片死寂。
④ 义军：官军，指当时应招募作战的"十郡良家子"。因其为国牺牲，故称义军。
⑤ 群胡：指安史叛军。安禄山是奚族人，史思明是突厥人。他们的部下也多为北方少数民族。
⑥ 都市：指长安街市。
⑦ 都人：长安的人民。向北啼：这时唐肃宗驻守灵武，在长安之北，故都人向北而啼。

题 解

公元756年，唐肃宗即位改年号为至德元年。十月，宰相房琯率兵收复长安、洛阳，与安史叛军在陈陶开战，因唐军轻敌，来自西北十郡（今陕西一带）的子弟兵，血染陈陶，景象惨烈，四五万人牺牲战场。当时的杜甫困陷长安，听到这个不幸的消息，目睹安禄山叛军得胜归来的骄横，满腔悲愤，写下了这首七言古诗。

赏 析

全诗纯为叙事，字里行间流露出诗人无限悲愤的心情。

前两句交代了这场战争发生的时间、地点和人物。"孟冬十郡良家子，血作陈陶泽中水"两句，诗人告诉人们，悲剧发生的时间是在孟冬，阵亡将士的身份是十郡良家子，说明这批为国牺牲的士兵，都是西北一带民间好子弟。诗人在介绍牺牲将士时写得十分严肃，十分庄重。"血作陈陶泽中水"则写出了战役的悲惨之状，让人不能目睹这的确是一场失败惨重的战役。

第二联，诗人以"野旷天清无战声，四万义军同日死"叙写主观感受。四万义军在同一天战死疆场，陈陶之战已经结束，空旷的原野之上一派肃杀凄冷的景象。天地同悲，一片凄清，肃穆得连一点声息也没有，仿佛天地也在沉重哀悼"四万义军同日死"这样一个悲惨的事实。在这里，诗人写出了自己的主观感受与心理体验，写出了诗人心中的悲痛与哀伤，感情凝重，渲染出"天地同悲"的气氛和感受。

在第一、二联中，诗人叙述了义军作战的时间、地点和战败的惨况。第三联开始，作者将笔触伸到了长安城，对比写出另一番景象。"群胡归来血洗箭，仍唱胡歌饮都市"描写出"得胜"后的叛军在长安街上耀武扬威、纵酒狂歌的猖獗之态。安禄山的部队得胜回来，箭头上沾满了人血，仍然像出征时一样，唱着胡歌，在酒店里欢歌滥饮。在他们眼里，似乎是要用血与火，将一切都置于自己的铁蹄之下。这两句描绘出长安城中安禄山叛军猖獗得意的情状。

第四联，诗人以"都人"日夜企盼官军收复长安作结。"都人回面向北啼，日夜更望官军至"写出了无法忍受叛军烧杀抢掠与蹂躏的长安人民，怀念朝廷，日夜盼望官军能早一天打回长安来，赶走叛军的强烈意愿。他们抑制不住心底的悲伤，北向而哭，向着陈陶战场，向着唐肃宗所在的灵武啼哭，更加渴望官军收复长安，过上踏实、安定的生活。"啼""望"二字，真实地反映了沦陷区人民的痛苦生活和强烈的驱除叛军的愿望，这也是诗人自己的心态与愿望。

全诗贯穿着一个"悲"字，多处对比，层次鲜明。前四句写义军的壮烈牺牲，将其与后四句中叛军得胜后的骄横跋扈形成鲜明对比，表现出叛军与沦陷区人民不同的心理与情状。诗人直笔述史，从陈陶之战的伤亡惨重、宇宙同悲的沉默，人民流泪的悼念，写出了人民为正义而战的感情和愿望，给人以鼓舞和力量，展现出诗人在创作思想上达到了很高的境界。

哀 江 头

少陵野老吞声哭①,春日潜行曲江曲②。
江头宫殿锁千门③,细柳新蒲为谁绿④?
忆昔霓旌下南苑⑤,苑中万物生颜色⑥。
昭阳殿里第一人⑦,同辇随君侍君侧⑧。
辇前才人带弓箭⑨,白马嚼啮黄金勒⑩。
翻身向天仰射云⑪,一笑正坠双飞翼⑫。
明眸皓齿今何在⑬?血污游魂归不得。
清渭东流剑阁深⑭,去住彼此无消息。
人生有情泪沾臆⑮,江水江花岂终极!
黄昏胡骑尘满城⑯,欲往城南望城北⑰。

注　释

① 少陵：杜甫祖籍长安杜陵。少陵是汉宣帝许皇后的陵墓，在杜陵附近。杜甫曾在少陵附近居住过，故自称"少陵野老"。吞声哭：哭时不敢出声。
② 潜行：因在叛军管辖之下，只好偷偷地走到这里。曲江曲：曲江的隐曲角落之处。
③ "江头"一句：写曲江边宫门紧闭，游人绝迹。江头宫殿：《旧唐书·文宗纪》："上（文宗）好为诗，每诵杜甫《曲江行》（即本篇）……乃知天宝以前，曲江四岸皆有行宫台殿、百司廨署。"王嗣奭《杜臆》卷二："曲江，帝与妃游幸之所，故有宫殿。"
④ 为谁绿：意思是国家破亡，连草木都失去了故主。
⑤ 霓旌：云霓般的彩旗，指天子之旗。《文选》司马相如《上林赋》："拖蜺（同霓）旌。"李善注引张揖曰："析羽毛，染以五采，缀以缕为旌，有似虹蜺之气也。"南苑：指曲江东南的芙蓉苑。因在曲江之南，故称。
⑥ 生颜色：万物生辉。
⑦ 昭阳殿：汉代宫殿名。汉成帝皇后赵飞燕之妹为昭仪，居住于此。唐人多以赵飞燕比杨贵妃。第一人：最得宠的人。
⑧ 辇：皇帝乘坐的车子。古代君臣不同辇，此句指杨贵妃的受宠超出常规。
⑨ 才人：宫中的女官。
⑩ 嚼啮：咬。黄金勒：用黄金做的衔勒。
⑪ 仰射云：仰射云间飞鸟。
⑫ 一笑：杨贵妃因才人射中飞鸟而笑。正坠双飞翼：或亦暗寓唐玄宗和杨贵妃的马嵬驿之变。
⑬ "明眸皓齿"两句：写安史之乱起，玄宗从长安奔蜀，路经马嵬驿，禁卫军逼迫玄宗缢杀杨贵妃。《旧唐书·杨贵妃传》："及潼关失守，从幸至马嵬，禁军大将陈玄礼密启太子，诛国忠父子。既而四军不散，玄宗遣力士宣问，对曰：'贼本尚在。'盖指贵妃也。力士复奏，帝不获已，与妃诀，遂缢死于佛室。时年三十八，瘗于驿西道侧。"

⑭ "清渭东流"两句：仇兆鳌注："马嵬驿，在京兆府兴平县（今属陕西省），渭水自陇西而来，经过兴平。盖杨妃藁葬渭滨，上皇（玄宗）巡行剑阁，市区住西东，两无消息也。"（《杜少陵集详注》卷四）清渭：即渭水。剑阁：即大剑山，在今四川省剑阁县的北面，是由长安入蜀必经之道。《太平御览》卷一六七引《水经注》："益昌有小剑城，去大剑城三十里，连山绝险，飞阁通衢，故谓之剑阁也。"
⑮ "人生"两句：意谓江水江花年年依旧，而人生有情，则不免感怀今昔而生悲。以无情衬托有情，越见此情难以排遣。
⑯ 胡骑：指安史叛军的骑兵。
⑰ "欲往城南"句：写极度悲哀中的迷惘心情。杜甫这时住在城南，天已黄昏，应回住处。原注："甫家住城南。"望城北：走向城北。北望官军所在之地，盼望早日收复长安。当时肃宗在灵武，地处长安之北。北方口语，说向为望。望，一作"忘"。城北，一作"南北"。

· 哀江头

题 解

唐肃宗至德元年（756）秋，杜甫离开鄜州前往灵武投奔唐肃宗，途中被安史叛军抓获带回长安。第二年春天，诗人潜行曲江，看到唐时的游赏胜地一片破败的景象，触景伤怀，感慨万千，随写此诗记录自己当时的真实心情。诗人抚今追昔，有感于唐玄宗与杨贵妃生离死别之事，痛感玄宗君臣行乐无度，以致酿成国破家亡的悲剧。全诗着力突出一个"哀"字，以含蓄蕴藉的批评风格著称。

赏 析

写唐明皇杨贵妃题材的古诗不少，这首能跳出大众，自成一格。作者先把镜头对准曲江的景色，写它的变化，再联想到杨贵妃被宠幸以及命丧马嵬驿的命运，以点带面，写出了国破家亡的历史悲剧，对二人的爱情有批评也有怜惜。最后，作者热切期待朝廷能早日平定叛乱。

全诗分为三部分。"少陵野老吞声哭，春日潜行曲江曲。江头宫殿锁千门，细柳新蒲为谁绿？"四句构成全诗的第一部分。前两句，向人们描绘了长安沦陷后的曲江一片荒凉、萧条的景象。位于长安城南的曲江（现早已干涸），当时曾是唐王朝贵族官僚以及仕女们游览的胜地，富丽繁华，盛极一时。因为叛军的长期驻扎与破坏，曲江一带千门紧闭，萧条冷落。诗人在这里借一个泣咽声堵的老人偷偷行走在曲江角落，写出了曲江荒凉败落的景象，目睹此情此景，诗人那种忧虑悲凉、压抑痛心的心理于纸上跃出。"江头宫殿锁千门，细柳新蒲为谁绿？"写曲江所见。"千门"是指出当时宫殿之多，说明昔日曲江的富庶繁华热闹。而一个"锁"字，将昔日的繁华与眼前的萧条冷落巧妙地组合成鲜明的今昔对比。"细柳新蒲"写曲江景物之优美，"为谁绿"三字却笔锋一转，道出这种风景如今已经无人欣赏，繁华落去是荒凉，对比突出了沧桑变化。此时此刻，诗人心中掩抑着凄凉感伤，回首昔日繁华竞逐，这位少陵野老不禁悲从中来老泪纵横，哀痛之情溢于言表。

"忆昔霓旌下南苑"至"去住彼此无消息"构成全诗的第二部分，追写安史之乱前春日曲江的繁华盛景及李杨二人的悲剧命运。诗人回忆安史之乱以前春到曲江的繁华景象，把人们带入到帝王贵妃恣情欢谑射猎晏游的繁华盛世。曲江之畔，皇帝出游，彩旗招展；佳人如云，万物生辉；作者选择了宫女骑射的马口笼头，以小见大，写出了共同生活的豪华、奢侈与淫靡，侧面烘托了李杨二人的豪奢靡乱的生活。在这一部分，诗人用较多笔墨具体描写唐明皇与杨贵妃游苑时的情景。用班婕妤的典故与唐明皇宠爱的杨贵妃两相对比。班婕妤是汉成帝的宠妃，汉成帝曾想与班婕妤同辇载，但遭到班婕妤的拒绝，而这件事情，唐玄宗和杨贵妃却做得明目张胆毫不在乎。诗人运用这一典故，清楚地表明唐玄宗不是"贤君"而是"末主"。笔墨之外，蕴含着隐隐的嘲讽意味。接下来通过描写才人仰射高空的精湛技艺仅仅是为了博得杨贵妃的粲然"一笑"，诗人运用象征的手法暗指贵妃之死。诗文中出现的两个"辇"字，成为唐王朝盛衰生死的转折点，正是由于他们这种骄奢、放纵的生活，恰恰成为他们亲手埋下的祸乱根苗，而这一点却是当朝者们没有想到的。

"明眸皓齿今何在"至结尾的八句，是全诗的第三部分。写出了诗人面对曲江败景追昔抚今的感慨。"明眸皓齿今何在？血污游魂归不得。清渭东流剑阁深，去住彼此无消息。"诗人用"明眸皓齿"与"一笑正坠双飞翼"的"笑"字前后呼应，把杨贵妃"笑"时的情态描写得生动逼真。"今何在"三字照应"细柳新蒲为谁绿"，"血污游魂"则点出了杨贵妃横死马嵬的结局。唐玄宗、杨贵妃这对比翼双飞的鸟儿，一个葬在凄清冷落的马嵬坡，一个颠簸在崎岖漫长的蜀道，死生异路。这株连理枝生离死别的深哀巨痛与过去安逸的生活作比，让人唏嘘感叹，悲不自胜。在鲜明的对照中，诗人揭示了一种因果关系：正因为整日骄奢淫逸不务国政，所以才导致了最终生离死别的悲惨结局。"人生有情泪沾臆，江水江花岂终极！黄昏胡骑尘满城，欲往城南望城北"是对全篇的总结，是诗人面对人事沧桑变化发出的深沉感慨。前两句是说人是有感情的，触景伤情时便会泪湿衣衫；而大自然却不会随人世的变化而变化，以无情衬有情，表达的是诗人的悲哀与深情。最后两句，用行为动作描写来体现他感慨的深沉和思绪的迷惘烦乱。"黄昏胡骑尘满城"一句，是说黄昏来临，叛军为防备人民的反抗纷纷出动，以致尘土飞扬，笼罩了整个长安城。本来就忧愤交迫的诗人，在这种高压恐怖的气氛之下，更加心急如焚到了不辨南北的程度，充分而形象地揭示诗人内心愁肠百转、心灵恍惚、不知所往的巨大哀恸。

这首诗，杜甫基本上采用写实的手法记录历史上的这场著名的政乱，以极其复杂深沉的感情描写凄凉之境，抒发感时伤事之情。这是一首李唐盛世的挽歌，也是一部国势衰败的悲歌。"哀"字是这首诗的核心，诗人为破败沦落的长安而哀，为李唐王朝由盛而衰而哀，为国破家亡而哀。"哀"字笼罩全篇，表现出对国破家亡的深哀巨恸。

全诗的结构曲折跌宕，婉曲有致，用"哀"字贯串始终。描写上，由现实到回忆，由回忆又转向现实，回环往复，层生波澜。全诗语言委婉、语意深长，讽刺之中蕴含深长情意，凄切哀悯，读之令人肝肠寸断。

春 望

国破山河在,城春草木深①。
感时花溅泪,恨别鸟惊心②。
烽火连三月,家书抵万金③。
白头搔更短,浑欲不胜簪④。

注 释

① 国破山河在:言山河依旧,而人事已非,国家残破。春到京城,而宫苑和民宅却荒芜不堪,杂草丛生。国:国都,即京城长安。破:(被)冲开;攻下。城:指长安城。
② 这两句有两种解说:一说是诗人因感伤时事,牵挂亲人,所以见花开而落泪(或曰泪溅于花),闻鸟鸣也感到心惊。另说是以花鸟拟人,因感时伤乱,花也流泪,鸟也惊心。二说皆可通。感时:为国家的时局而感伤。恨别:悲恨离别。
③ 烽火:这里指战争。连三月:是说战争从去年直到现在,已经两个春天过去了。抵万金:家书可值万两黄金,极言家信之难得。抵:值。
④ 白头:白发。搔:用手指轻抓。浑:简直。欲:将要;就要。胜:能承受。簪:一种束发的首饰。

感时花溅泪

题　解

唐玄宗天宝十四载（755）安史之乱爆发，杜甫北上安家于鄜州。第二年六月，安史叛军攻下长安。七月，唐肃宗在灵武即位，杜甫前去投奔肃宗。途中被叛军俘获掳至长安，次年春天才得以脱身。第二年暮春，杜甫眼见山河依旧而国破家亡，春回大地却满城荒凉，长安城内满目疮痍，此时的杜甫与家人久别，存亡未卜。在此身处逆境、思家情切之时，诗人感时忧国，触景生情，写下了这首五言律诗。

赏　析

杜甫的这首《春望》是诗人看到沦陷后的长安城一片凄清萧条的败象，深入飘蓬、思家心切有感而发，写下的一首多年来为人们所传颂的经典诗歌。全诗反映了安史之乱给人民带来的深重灾难，表达了诗人忧国忧民、感时恨别的强烈思想感情，流露出诗人向往幸福、安定、平静生活的美好愿望。

前四句，描写了春城一片破败荒凉的景象。全诗以"望"字发端，"国破山河在，城春草木深"写出了春天来到时长安残破荒废的景象。由于战乱让长安城变得残垣断壁、破乱不堪，昔日繁华的帝都，虽说山河还在，可如今已是面目全非，满目疮痍。尽管已是春天来临，但此时的长安城依旧是荒草丛生的萧条景象。一个"破"字写出山河的残破，可谓触目惊心；一个"深"字，让人体会到都城因沦陷变得荒芜、凄怆。"感时花溅泪，恨别鸟惊心。"面对乱世别离的悲凉情景，诗人感慨时局的动荡不安，就连花儿也不由得流下眼泪，鸟儿也禁不住心中惊恐万状。触景生情，诗人采用"拟人"的手法，移情于物，可见其意蕴深涵。

后四句则写了诗人心念家人境况而不得知的沉痛心情。"烽火连三月，家书抵万金。"是诗人更进一步地向读者揭示了"溅泪"和"惊心"的更深层原因，是因为战乱已经持续了很久，到三月份还没有结束。"家书抵万金"用夸张的手法写出自己在动荡的时局中急切盼望得知亲人音信的心情，那种强烈思念妻儿的心情深刻昭然。"抵万金"的运用表明了"家书"的弥足珍贵。"白头搔更短，浑欲不胜簪"一句中的"白头"指因愁而生,"搔"即抓挠之意,表示诗人当时的心绪烦乱。"更短"则说明愁的程度越来越深。这里写出了诗人的愁苦之深。这愁苦让他青丝变白发而且越发稀疏,最后到了无法用簪子来束起的地步,如此,鲜明地写出了一位满腹愁绪的思乡心切、忧伤国事家事的诗人形象。诗人通过对自己外貌的细节刻画,透露出内心郁积的愁闷。

　　这首诗是杜甫的代表作,沉郁的语言和忧国忧民的情丝是杜甫大多数伤时诗的普遍特点。这首诗情景交融、结构严谨。感情深沉凝练蕴藉,语言平实简练但意蕴颇深。全诗八句,前四句写春望之景,诗人睹物伤怀;后四句写春望之情,诗人忧国思家。从一开始的寓情于景到转为直抒胸臆,从远观、近察,翘首企望转为低头思亲,诗人的感情也自然而然地从伤悼国家破败过渡到思念亲人。杜甫在诗中把家愁同国忧交织在一起,深刻地表现了正直知识分子的个人命运与国家民族的命运休戚相关,具有高度的概括性。这首诗体现了杜甫"沉郁顿挫"的艺术风格。

羌村三首（其一）①

峥嵘赤云西，日脚下平地②。
柴门鸟雀噪，归客千里至③。
妻孥怪我在，惊定还拭泪④。
世乱遭飘荡，生还偶然遂⑤。
邻人满墙头，感叹亦歔欷⑥。
夜阑更秉烛，相对如梦寐⑦。

注 释

① 唐肃宗至德二年（757）五月，作者刚任左拾遗，因上书援救被罢相的房琯而触怒肃宗，险些丧命。八月，被放还鄜州羌村（今陕西省富县南）探望家小，《羌村三首》即作于此时。此诗为第一首。
② 峥嵘：山高峻貌，此处形容天空中赤云的重叠。赤云：被夕阳映得鲜红的暮云。西：向西移动。日脚：穿过云缝射下来的光线。古人不知地球旋转，见日光移动，以为是太阳在走，故有日脚之说。
③ 柴门：贫苦人家简陋之门，指诗人在羌村的家门。归客：诗人自指。
④ 妻孥：妻子和子女。这里是复词偏义，单指妻子。怪：与下句的"惊"同义。还：又，接着。
⑤ 遂：如愿。
⑥ 满墙头：在农村，屋舍四周的围墙很矮，故邻人可隔墙观望。歔欷：叹息之声。
⑦ 夜阑：夜深。更：又。秉：拿着。秉烛：即掌灯之意。

题 解

唐肃宗至德元年（756），安史乱军攻破潼关，杜甫携妻带小，寄居羌村。不久，听说流亡中的唐肃宗在灵武继位，诗人离家北上，企图为平叛效力。然途中被叛军捉住。至德二载（757）杜甫为左拾遗时，因上书援救房琯罢相一事触怒肃宗，被放还鄜州羌村（在今陕西富县南）探家。《羌村三首》就是这次还家所作组诗。三首诗共同构成还家"三部曲"。这首其一，主要描写因战乱流散多年的亲人久别重逢后感人至深的悲喜之情。

赏 析

这首诗描写了诗人从千里之外回归桑梓时与家人欢聚一堂却又悲喜交加的感人场景，艺术地再现了安史之乱带给广大民众的灾难与痛苦。

前四句写景。诗的第一、二两句写诗人离家越来越近眼看到家远望羌村的景象。诗人独身一人，行走在秋天的落日余晖下，四周是寂静无声的苍茫的旷野。余晖透过云缝照射下来的光束，如同太阳的脚。"日脚下平地"一句，诗人用拟人的手法，通过写太阳一天的升起与落下，暗喻自己马上就要结束漫长的漂泊回到阔别已久的家中了，那种即将见到亲人的急切与兴奋跃然纸上。"柴门鸟雀噪"描写了黄昏时分的乡村独特的景致。寂静的小村庄里，栖息的鸟儿因为诗人无意推动柴门的声音惊扰，叽叽喳喳不停鸣叫，鸣叫的声音惊动了屋内的妻子，出门一看，原来是远在千里之外的丈夫在暮色中站在面前。"归客千里至"一句，既写出了回家路途的艰辛，又包含着诗人离乱之世能够平安归来的喜悦。此四句，构成了诗的第一部分。诗人通过赤云、鸟雀声这些有动有静的景物的描写，反衬村落的寂静、荒芜，隐隐流露出诗人又悲又喜、百味杂陈的复杂感情。

后八句构成全诗的第二部分，主要写诗人终回故乡见到妻儿、邻里时亦悲亦喜的动人场面。"妻孥怪我在，惊定还拭泪"，描绘出妻子见到诗人时吃惊而又欣喜若狂的表情。由于连年的战乱，妻子打开门见到多年久无音讯而又突然归家的诗人，第一反应自然是吃惊、反应不过来，而惊定之后确定真的是丈夫

归客千里至

平安回来，责怪之余不禁流下了欣喜激动的泪水。这一句具体、生动、形象、细致地写出了妻子丰富的心理活动和感情波动，逼真感人地写出了乱世之中夫妻团聚时的激动场面。"世乱遭飘荡，生还偶然遂"紧承前两句，写出诗人对自己劫后余生的无限感喟。"世乱遭飘荡"是诗人对当时动荡离乱时局的描写。一想到自己在这兵荒马乱的动荡年代四处奔命，从陷叛军之手到脱离叛军亡归，从触怒肃宗到放还回家，如今还能活着见到亲人，是多么偶然和幸运的事情。"偶然"二字中蕴含着庆幸、感叹，更有伤痛、心酸和余恨，是诗人发自内心深处的深沉感慨。"邻人满墙头，感叹亦歔欷。"左邻右舍听到了诗人远道而归的消息，都纷纷赶来隔墙而望，目睹夫妻团聚时悲喜交集的场面，听到诗人发自内心的慨叹，一个个无不为之动容、为之感动，不住地发出叹息、抽泣之声。"夜阑更秉烛，相对如梦寐"两句写深夜诗人与妻子燃烛谈心的情景。久别重逢后的夫妻因为兴奋不能入睡，两人在灯下相对而坐，仍然怀疑眼前发生的一切是不是在梦中，从而写出了作者及妻子还沉浸在兴奋的余情之中难以置信的情景。诗人在这里用秉烛夜坐、相对无言的场景来表达自己积郁在心中的万千感慨，给读者以极大的想象空间，有着极强的艺术感染力。

　　这首诗，诗人选取的只是个人的人生遭际，但字里行间打上的却是深刻的时代烙印，表现出深广的时代特征和家国情怀。诗人通过亲人见面后的感情由怪而惊，由惊而喜，到深夜夫妇默坐独对，互诉相思之情的复杂情感变化，表达出丰富的时代情感。全诗语言质朴凝练、通俗易懂。语意深沉，意蕴深远，感情真挚，展示了诗人极高的艺术造诣。

曲江二首①

一片花飞减却春,风飘万点正愁人②。
且看欲尽花经眼,莫厌伤多酒入唇③。
江上小堂巢翡翠,苑边高冢卧麒麟④。
细推物理须行乐,何用浮名绊此身⑤?

朝回日日典春衣,每日江头尽醉归⑥。
酒债寻常行处有,人生七十古来稀⑦。
穿花蛱蝶深深见,点水蜻蜓款款飞⑧。
传语风光共流转,暂时相赏莫相违⑨。

注　释

① 曲江:又名曲江池,故址在今西安城南五六公里处的曲江村,原为汉武帝时所建。唐玄宗开元年间重加整饬。南有紫云楼、芙蓉苑;西有杏园、慈恩寺,一时繁华,是著名游览胜地。
② 减却春:减掉春色。万点:形容落花之多。
③ 且:暂且。经眼:从眼前经过。伤:伤感,忧伤。
④ 巢翡翠:翡翠鸟筑巢。苑:指曲江胜境之一芙蓉花。冢:坟墓。
⑤ 推:推究。物理:事物的道理。浮名:虚名。
⑥ 朝回:上朝回来。典:押当。
⑦ 债:欠人的钱。行处:到处。
⑧ 深深:在花丛深处。见:现。款款:缓慢地。
⑨ 传语:传话给。风光:春光。共流转:在一起逗留的盘桓。违:违背,错过。

题 解

这首诗作于唐肃宗乾元元年（758）暮春。当时唐军已收复长安，唐肃宗与朝中文武回到京城，杜甫仍任左拾遗。安史之乱正渐渐平息，但这场浩劫给曲江带来的伤害仍然历历在目。时值宦官李辅国擅权，杜甫被视为异己，受到排斥，因而心情极为烦闷，于是便借此诗伤春感时，慨叹春光易逝，人事无常，不必为荣辱穷达所累。诗人通过曲江的萧条，想起唐王朝的沧桑变化；通过对曲江往日秀美风景的回忆，联想到唐王朝昔日的辉煌繁华，引发出对自己人生际遇的思考。《曲江》二首，融入了诗人对国家兴衰的感慨，凝结了诗人对自身命运的反思，表现的是诗人理想落空、报国无门的愁苦心情。

赏 析

第一首，写诗人于曲江饮酒赏花时看到的景象。"一片花飞减却春，风飘万点正愁人"写出了诗人眼中的曲江春色，带有强烈的主观色彩。诗人移情于景，看到眼前花飞花谢，自然悲从中来，仿佛春光正是由一瓣一瓣的花朵连缀而成，每落下一片花儿，春色就要退去一分。经历了寒冷漫长的冬天，好不容易盼到了春暖花开，而落英缤纷、万点飘零的景象又让人感觉到春天逐渐离去，不由得更使人心生忧烦。"且看欲尽花经眼，莫厌伤多酒入唇"，由于诗人惜春，不愿意看着枝上飘落的花儿带着春天远去，于是不怕酒多伤身，情不自禁地一杯复一杯，企图借酒消愁。"经眼"，眼看着。"伤多酒"，过量饮酒有伤身体。由此可见，诗人的愁苦伴随着春天的残花易落，故借酒以消愁。"江上小堂巢翡翠，苑边高冢卧麒麟"，诗人的笔触由写景转到写和人相关的事。诗人的目光随着花瓣的飘落移到江面上，看到原来住人的小堂如今却成了翡翠鸟穴，人去楼空，好不凄凉！花园边原来雄踞高冢前的石雕麒麟倒卧于地，显得寂寞凄冷！诗人以对比的手法描写出安史之乱前后曲江的变化，曲江昔日的盛况，一去难返，而呈现出荒凉、败落的景象。由此可见安禄山叛乱之后，曲江往日的盛况还远没有恢复。"细推物理须行乐，何用浮名绊此身"是诗人触景伤情，自然引发出的无限感慨。我仔细推敲宇宙万物的道理，如果只能如此，无法改变，那就只须行乐，何必让浮荣绊住此身，失掉自由呢？诗人在这里所说的"行乐"，不过是他自己所说的"沉饮聊自遣"。绊此身的"浮名"指八品上左拾遗的谏官。杜甫因为疏救房琯，触怒了肃宗被疏远，作为谏官其意见不被采纳，还隐含着招灾惹祸的危机。在这一首诗中，诗人由写惜花伤春，到写人事的兴衰，体现的是诗人关心国事的情怀；借酒消愁也好，及时行乐也罢，反映了诗人愿意为国效力而报国无门的苦闷，并非真正的消极避世。

这首诗深沉蕴藉而又余味无穷。全诗结构精巧，描写出神入化。而诗的下一首，即紧承"何用浮名绊此身"而来。

首句"朝回日日典春衣，每日江头尽醉归"是说诗人上朝归来，天天要典当春衣以换酒消愁，虽然生活困窘，却每天都过着不醉不归的落魄生活。而典当春衣换酒买醉的结果却是"酒债寻常行处有"。这里的"寻常行处"，包含了曲江，又不只局限于曲江。诗人信步来到曲江，那就在曲江边上开怀畅饮；行至别处，就在别处呼酒买醉。没钱了，就典当春衣买酒呼醉，由买到赊，处处欠下"酒债"。诗人之所以这样做，只为一个原因，那就是"人生七十古来稀"。诗人慨叹人的一生太过短暂倏然而逝，犹如这大好的春光稍纵即逝，所以觉得应该整日纵酒，尽情欢笑。接着诗人又做了进一步的叙述："穿花蛱蝶深深见，点水蜻蜓款款飞。"写出曲江岸边的景色。通过刻画蝴蝶、蜻蜓飞舞的情态来表现生机盎然的春天景象。这两句诗描写细腻生动传神，情感丰沛，成为传诵千古的名句。面对这恬静、美好的春色，诗人寄语春光："传语风光共流转，暂时相赏莫相违。"以直白的形式写出了诗人挽留春光的急切心情。诗人在这里借物抒情，以情驭物，无论是诗人的赏花玩景，还是及时行乐，实际上是在写景的同时融入了诗人对国家兴衰的感慨，凝结了诗人对自身命运的感喟，由外在的自然景观，变成了内在的心灵需求，成为了一个既能引发无边愁绪又能暂给自己心灵慰藉的象征符号。

全诗内蕴丰富，描写情景交融，景中含情，体现了杜诗"神余象外"写作特点，是杜甫诗歌中难得的佳作。

春宿左省①

花隐掖垣暮，啾啾栖鸟过②。
星临万户动，月傍九霄多③。
不寝听金钥，因风想玉珂④。
明朝有封事，数问夜如何⑤？

注　释

① 宿：指值夜。左省：即左拾遗所属的门下省，和中书省同为掌机要的中央政府机构，因在殿庑之东，故称"左省"。
② 花隐：指天色将暮，百花隐没。掖垣：宫墙。因门下省、中书省地处左右两边，像人的两掖，门下省为左掖。啾啾：鸟声。栖鸟：天色晚暮，飞回入巢的鸟。
③ 临：临近，下照。万户：指宫中的千门万户。傍：近。九霄：九重天，代指皇宫。
④ 不寝：夜不成寐。金钥：金门的锁钥声。指开宫门的锁钥声。玉珂：饰玉的马铃，这里指百官上朝骑马的马铃声。珂：马铃。
⑤ 封事：奏章，唐代拾遗掌讽谏之事，在给皇帝上奏章时，为了防止泄漏，就密封在黑色袋子里，故称呈给皇上的奏章为"封事"。数问：屡次探问。夜如何：夜有多深了，也就是说天快亮了没有。

题　解

这首诗作于唐肃宗乾元元年（758），当时唐军已收复长安，唐肃宗自凤翔还京，杜甫回到长安仍任左拾遗。这首诗描写作者在门下省值夜时的心情，表现了他居官勤勉，尽职尽忠，一心为国的品格与精神。

赏　析

全诗通过描述诗人自暮至夜，由夜达旦值宿而夜不敢寐的情景，表现出诗人鞠躬尽瘁、尽忠守职的精神品质。

"花隐掖垣暮，啾啾栖鸟过"写暮色降临的景象。一个天朗气清的黄昏，伴随着夕阳西下，门下省院中的花儿因为夜色骤至渐渐隐没在墙垣下的阴影中，只听见栖息在树木上的鸟儿啾啾的鸣叫声，夜色中的门下省的小院笼罩在这一片静谧之中。诗人由"花隐"于暮色之中的视觉所见写到"栖鸟"啾啾鸣叫飞过时的听觉所闻，描绘出诗人在暮色中的门下省值夜时见到的幽静之景。语言质朴、自然真切，仿佛为人们绘出一幅美丽的暮色中的春色美景。"星临万户动，月傍九霄多。"描写宫殿中的千门万户在夜空群星的映照下似乎熠熠闪动，高入云霄的宫殿仿佛离月亮很近，所以大部分都显露在月光之中。由暮至夜，这是夜色完全降临后左省的景色。"月傍九霄多"一句，隐含了一种象征：月亮象征诗人自己，九霄象征朝廷。诗人写此句，将自己对朝廷的一片忠诚寄托在美好的夜色之中。因此，这句诗文，不仅将星月照耀下华美宫殿美丽的夜景写得出神入化，更寄托着诗人对帝居高远的颂圣之意。既写景，又含情，在结构上则是由写景到下文自然抒情的过渡。

"不寝听金钥，因风想玉珂。"描写作者值宿时的情况。诗人值夜时辗转难眠，"不寝"中仿佛听着"金钥"的声音；风中传来轻响，好像听到了文武百官骑马上朝的玉铃声。诗人运用想象之笔，着笔于他宿省夜不成寐时内心世界的心理活动描写，希望这长夜快点结束，能早一点迎来百官上朝的时刻，让自己也有机会上书皇上，申奏自己的政治理想。真实地再现了作者夜中值宿时焦急而又兴奋的心理。字里行间，不难看出诗人勤于国事，尽忠职守的精神品格。

"明朝有封事，数问夜如何？"写诗人惦记明天的封事密奏，心急如焚，所以几次讯问时辰几何。"明朝有封事"交代了诗人春宿左省无法成眠的原因，正是因为这个原因，再次体现了诗人勤勉忠于职守的一片丹心。"数问"二字，突出表现诗人寝卧不安的程度。诗文到此作结，给人一种回味无穷的感受。

  这首诗通过塑造入夜值守左省这么一个小心谨慎、忠于职守、一心为国的官员形象，表达出诗人对朝廷的一片赤诚忠心。诗开头两联写景，后两联写情。叙事详明，词意含蓄，章法严谨，情景交融，将一个殷勤为国的政府官员对国家的忠爱之情充溢于字里行间。

蜀　　相①

丞相祠堂何处寻？锦官城外柏森森②。
映阶碧草自春色③，隔叶黄鹂空好音。
三顾频烦天下计④，两朝开济老臣心⑤。
出师未捷身先死，长使英雄泪满襟。

注　释

① 蜀相：三国时蜀国丞相，指诸葛亮。
② 锦官城：现四川省成都西南。汉代主管织锦业的官员居于此，故称。后以此称成都。森森：高大茂密之意。
③ 映：遮掩。自春色：自为春色。
④ 三顾：指刘备三顾茅庐请诸葛亮出山。天下计：安天下之大计。
⑤ 两朝：刘备、刘禅父子两朝。开济：指帮助刘备开国和辅佐刘禅继位。

锦官城外柏森森

题　解

唐肃宗乾元二年（759）十二月，杜甫结束了长达四年辗转漂泊的生活，在朋友的资助下，终于定居成都浣花溪畔。第二年春，杜甫探访成都诸葛武侯祠后，写下了这首七律《蜀相》。诸葛亮在三国蜀汉后主建兴元年（223）被封为武乡侯，故其庙又称武侯祠。诗人以此诗借咏诸葛武侯祠堂，寄托着自己对诸葛武侯的深深缅怀之思，歌颂了这位才智、品德均高人一筹的伟大政治家的丰功伟绩。

赏　析

《蜀相》是唐代伟大诗人杜甫七律中的名作。诗歌借古言志，一方面赞颂诸葛亮呕心沥血辅佐两朝，另一方面又写出了诸葛亮功业未成的伤怀。诗人以诸葛亮为情感的发端，蕴含着自己怀才不遇、理想难成的深沉感喟。

首联"丞相祠堂何处寻？锦官城外柏森森"采用设问方式起笔，自问自答，目的在于强调诸葛亮祠堂的外面环境，以突出作者对诸葛亮的无限仰慕之情。其中，"丞相""锦官城"紧扣诗题，"何处寻"写出瞻仰诸葛亮祠堂的急切心情，一个"寻"字，领起下面各句，更深的意味是寻找当年英雄事迹，抚平心中的英雄情结，可谓简言之外，意味丰厚。因为心思其人，所以才要寻访。"森森"是高大茂密的意思。这一句，写出了武侯祠的历史悠久、静谧肃穆和柏树的生命长久、高大挺拔。通过展现出柏树那伟岸、葱郁、苍劲、朴质的形象特征来以此衬托诸葛亮的高大、正直。由此诗人对诸葛亮的崇敬之情再次得以体现。

第二联以"映阶碧草自春色，隔叶黄鹂空好音"两句，由远及近，从祠堂的外部写到祠堂内景，来描绘武侯祠内那春意盎然的景象。"映阶"，映照着台阶。古代的祠庙都有庭院和殿堂。"好音"，悦耳的声音，这里指鸟鸣。茵茵春草铺展到石阶之下，只只黄莺和鸣在林叶之间。本来武侯祠内应该是一番生机勃勃的景象，但是诗句中的"空"和"自"两个字的巧妙运用，却使诗人眼前的景象给人一种荒芜凄凉之感，大有被人们遗落的感觉。"空"与"自"互文，诗人用反衬手法加倍表现出自己对诸葛武侯的倾慕之情。祠堂因缺人管理和修茸变得碧草映阶，黄鹂隔叶可见，树木很久没人修剪，黄鹂空作好音，则说明武侯祠呕心沥血的缔造已经被后人遗忘。目睹祠堂的荒凉冷落，诗人感物思人不由悲从中来。这种悲伤，不仅仅是个人的遭际所致，更是千古英才的共同寂寞与感伤，这在诗人心里引发强烈共鸣。由物及人，由人而己，那种伤感自然汩汩滔滔。诗人在这里貌似写景，实则抒情，景中有情，情中有景，这也正是杜甫诗文的独到之处。

后两联描写丞相的为人。"三顾频烦天下计，两朝开济老臣心"中的"三顾"，指诸葛亮在南阳隐居期间刘备三次登门拜访。"天下计"是指收拾旧河山、统一纷战、建立千秋功业的大计谋。这里指诸葛亮所制定的东联孙权，北抗曹操，而后统一天下的战略，说明了诸葛亮雄才大略。"两朝"指刘备和刘禅两代。"开济"中"开"指帮助刘备开国，"济"是说辅佐刘禅继位。"老臣心"指诸葛亮鞠躬尽瘁、忠心耿耿、死而后已的伟大情操。两句十四个字，笔力厚重，道出诗人所以景仰诸葛武侯的缘由。这两句，是全首诗的重点，不但高度概括了从诸葛亮出山到辅佐至死的生平事迹，也用最简练的文字写出了诸葛亮的才华盖世以及两朝臣子的无奈和苦楚，表现了诸葛亮忠贞不贰、恪守不渝的忠臣品格，从而使诗的抒情气氛更为浓重，形象更为丰满。

"出师未捷身先死，长使英雄泪满襟"一句，高度概括了诸葛亮的英雄之悲，既表达了杜甫对诸葛亮忠心为国、至死丝尽精神的无限敬慕之情，也写出了一份事业未竟、遗愿难成的怅惋之意。彰显其"鞠躬尽瘁，死而后已"的品质。"出师"句是指诸葛亮六出祁山伐魏。蜀汉后主建兴十二年（234），诸葛亮统率大军占据五丈原与司马懿隔渭水相持一百多天，八月病死军中。"英雄"泛指包括诗人在内的追怀诸葛亮的有志之士。诗人在这里叙事兼抒情，感叹诸葛亮将平生全部赋予统一事业却未能如愿的英雄悲歌，赞扬了这位伟大人物忠君爱国、济世扶危的高贵品质，将这位历史上伟大的政治家的形象推到了评价的巅峰，引出无数仁人志士、事业未竟者的共鸣。

《蜀相》一诗，诗人借诸葛亮的英雄悲歌来叹惋自己的壮志难酬。作为一个忧国忧民的伟大现实主义诗人，他不单为咏史而咏史，为歌人而歌人，而是把历史和现实相结合，希望自己能像诸葛亮那样为国而忘身，忠心报国，死而无憾。这就是借古人抒发个人怀抱的典型作品，实际上是抒发自己怀才不遇、没有机会报效国家的深沉感叹。

石 壕 吏

暮投石壕村,有吏夜捉人①。
老翁逾墙走,老妇出门看②。
吏呼一何怒,妇啼一何苦③。
听妇前致词:三男邺城戍④。
一男附书至,二男新战死⑤。
存者且偷生,死者长已矣⑥。
室中更无人,惟有乳下孙⑦。
有孙母未去,出入无完裙⑧。
老妪力虽衰,请从吏夜归⑨。
急应河阳役,犹得备晨炊⑩。
夜久语声绝,如闻泣幽咽⑪。
天明登前途,独与老翁别⑫。

注 释

① 石壕村：今河南省陕县东七十里。暮：在傍晚。投：投宿。吏：低级官员，这里指抓壮丁的差役。夜：在夜里。
② 逾：越过；翻过。走：跑，这里指逃跑。
③ 呼：叫嚷，叫喊。怒：恼怒，凶猛，粗暴，这里指凶狠。一何：何等，多么。啼：哭啼。苦：凄苦。
④ 前：上前，向前。致词：述说。邺城：相州，今河南省安阳市。戍（shù）：防守，这里指服役。
⑤ 附书：捎信。新：最近，刚刚。
⑥ 存：活着，生存着。且偷生：苟活。长已矣：永远完了。已：停止，这里引申为完结。
⑦ 室中：家中。更无人：再没有别的（男）人了。更：再。惟：只，仅。乳下孙：正在吃奶的小孙子。
⑧ 未：还没有。去：离开，这里指改嫁。完裙：完整的衣服。
⑨ 老妪：老妇人。衰：弱。请从吏夜归：请允许我跟你去。请：请求。从：跟从，跟随。
⑩ 应：响应。河阳：今河南省孟县，当时唐王朝官兵与叛军在此对峙。急应河阳役：赶快到河阳去服役。犹得：还能够。得：能够。备：准备。晨炊：早饭。
⑪ 夜久：夜深了。绝：断绝；停止。如：好像，仿佛。闻：听。泣幽咽：低微断续的哭声。有泪无声为"泣"，哭声哽塞低沉为"咽"。
⑫ 明：天亮之后。登前途：踏上前行的路。登：踏上。前途：前行的路。独：独自。

题 解

杜甫的《石壕吏》诗写于安史之乱期间。当时唐军在邺城与安史叛军作战，唐军由于指挥失当，再加上内部矛盾重重，损失严重。为了补充兵力，官军到处抓兵。可是由于连年内战，河南一带壮丁十分缺乏。杜甫亲眼目睹差役将老人、少年、结婚才一天的青年统统捉去当兵，便将这些悲剧写成"三吏三别"。作者以"石壕吏"为题，意在表明这家的悲剧是由石壕吏捉人引起的，诗的重点是写石壕村这家人的悲惨遭遇，反映安史之乱引起的战争给人民带来的深重灾难。

赏 析

《石壕吏》是一首叙事诗，篇幅不长，但内容却十分丰富，反映了时代的典型事件。这首诗以暮色中投宿石壕村的诗人的"耳闻"为线索，按时间的顺序，向人们讲述了差吏夜间到石壕村捉人征兵，连年老力衰的老妇也被抓服役的故事，反映的是安史之乱给唐代人民带来的深重灾难，表达了作者对人生悲惨命运的深切同情，对朝廷无能黑暗的批判，是杜甫现实主义诗歌中最具有代表性的作品。

"暮投石壕村，有吏夜捉人。老翁逾墙走，老妇出门看"是全诗的第一部分。诗人一开头就点出了投宿的时间和地点；"有吏夜捉人"是整首诗的故事提纲，言简意赅地将事件的人物、起因等直接呈现在读者眼前。短短四句，将当局的穷兵黩武刻画得逼真贴切。真实的描写中蕴含了揭露、批判之意，表明官吏捉人是常有的事，人民白天躲藏或者反抗，县吏们只能在已经入睡的黑夜进行突然袭击，可见其捉人手段的狠毒，从而勾勒出兵荒马乱、鸡犬不宁的社会环境，是事情发展的开端部分。

从"吏呼一何怒"至"犹得备晨炊"这十六句，可以看作是全诗的第二部分，也是故事的发展和高潮。通过写捉人的经过，形象地写出了吏与妇之间的矛盾。借差役和老妇间的一问一答，叙述了差役的蛮横粗暴和老妇一家的悲惨遭遇以及老妇不得已自己主动请求服役的过程。开头两句用"吏呼""妇啼"相对照，差役的表现是那样地粗暴，老妇人的心情又是多么的悲痛！形象地概括出差吏吼叫声中透出的蛮横残暴和老妇的啼哭声中隐藏的悲痛心伤，两个"一何"的运用，增加了诗文的感情色彩，体现了诗人对差吏的憎恨愤怒和对老妇的同情哀怜。"听妇前致词"到"如闻泣幽咽"则是投宿者在房间内听到老妇啼哭着回答差吏怒呼的内容。在"吏呼"逼问的情况下，老妇先说三男从军、二男战死的遭遇，"存者且偷生，死者长已矣"两句将老人的无可奈何、活一天算一天的悲伤无奈表现得淋漓尽致，即便是这样的一个家庭，他们都不会放过，还一个劲地强逼，可见其凶狠、残暴到何种程度。"室中更无人"至"出入无完裙"，道出了家中仅存孤儿寡母的食不果腹、衣不蔽体的贫困窘迫的生活。"老妪力虽衰"至"犹得备晨炊"，写老妇为挽救家庭，舍身自请应役的决心。百般诉苦却不能让差役有一点恻隐之心，老妇念及儿媳、孙子的境遇，又不能将老伴儿交出去。于是决定自己舍身从军，自愿为战士们做饭，以保全家中的三个生命。诗人在这里为人们刻画了一个常年遭受战乱之苦而又被迫自征的劳动妇女形象，从侧面揭露了统治者的蛮横无理及残暴，这是对统治阶级的无情的控诉与嘲讽。

"夜久语声绝"至"独与老翁别"是全诗的第三部分，也是故事的尾声，最后道出了悲剧故事的结果。"夜久"表明老妇一再哭诉，县吏却苦苦相逼的漫长过程。"语声绝"是说明差役已经带走了老妇人，"泣幽咽"则是老妇人的儿媳悲惨的哭声。"如闻"二字用得形象，一方面表现了儿媳妇因丈夫战死、婆婆被捉而泣不成声，另一方面也显示出诗人对主人一家命运的关切，一夜未眠，通宵侧耳细听。最后一句"独与老翁别"和诗开头第一句"暮投石壕村"遥相呼应，含意丰富。诗人昨天投宿的时候，老翁、老妇双双出迎，而时隔一夜，老妇被捉走，儿媳妇泣不成声，只能与逃走归来的老翁作别。诗人的心情可想而知了，诗人在这里，写出了事件的结局和作者的感受，也给读者留下了想象的余地。

《石壕吏》是一首伟大的现实主义的叙事诗，全诗以广阔的时代为背景，故事情节完整，矛盾冲突环环相扣，问答虚实相映，层次结构清晰。诗人借采用最平实、质朴的语言表达时代悲剧，生动形象，流畅简洁。它最显著的艺术特色是将褒贬之意寓于叙事之中，向人们讲述了一个完整的故事，句句叙事，通过叙事来抒发诗人心中义愤而沉痛的感情。诗中老妇人的形象，主要是通过诉说苦难来将她刻画得栩栩如生。其他人如投宿者、差吏、老翁、儿媳等人物，虽用墨不多但都性格鲜明，给人留下了深刻的印象。

潼 关 吏

士卒何草草,筑城潼关道①。
大城铁不如,小城万丈余②。
借问潼关吏:"修关还备胡③?"
要我下马行,为我指山隅④:
"连云列战格,飞鸟不能逾⑤。
胡来但自守,岂复忧西都⑥。
丈人视要处,窄狭容单车⑦。
艰难奋长戟,万古用一夫⑧。"
"哀哉桃林战,百万化为鱼⑨。
请嘱防关将,慎勿学哥舒⑩!"

注 释

① 草草：劳苦的样子。草、道：押韵（皓韵）。
② 大城、小城：都是指潼关。铁不如：指潼关坚固。万丈余：指潼关高峻，因关在山上。这两句互文见义，是说潼关上的城墙既坚又高。
③ 这句是杜甫问潼关吏的话。胡：即指安史叛军。
④ 要（yāo）：邀请。从"连云"到"一夫"，是潼关吏对杜甫说的话。
⑤ 战格：作战时用以防御的栅栏。连云列战格：形容战格像连绵的云那样排列着。
⑥ 西都：指长安。
⑦ 丈人：等于说长者，潼关吏对杜甫的敬称。这句是指不能两车并行。
⑧ 这句极言潼关的险要，只要一人守关，敌人就攻不进来。
⑨ 桃林：地名。由灵宝（在今河南灵宝县北）以西至潼关，统称为桃林塞。安禄山举兵西进时，潼关守将哥舒翰率兵二十万出关迎敌，在灵宝以西被安禄山击败，部下互相践踏推挤，有几万人掉进黄河淹死。所以这里说"百万化为鱼"。
⑩ 哥舒：即哥舒翰，突厥族的后裔。因破吐蕃有功，封陇右节度副大使，进封西平郡王。安禄山反时，召拜为兵马元帅，后来被安禄山俘获并杀死。据《新唐书·哥舒翰传》载：安禄山进逼潼关时，郭子仪、李光弼等都主张固守潼关，不要轻易出战。但唐玄宗听信杨国忠的话，一再下令催促哥舒翰出关迎战，以致大败。杜甫在这里明里是指责哥舒翰，暗里却是警诫朝廷吸取前次失败的教训。如，余，胡，隅，逾，都，车，夫，鱼，舒，押韵（鱼、虞通韵）。

题　解

潼关，在今陕西潼关县。唐肃宗乾元二年（759）春，唐军在相州（治所在今河南安阳）大败，安史叛军乘势进逼洛阳。诗人经过潼关，正值官军加紧筑城备战，遂写此诗，意在以此提醒守关将士，不要重蹈哥舒翰的覆辙。

赏　析

杜甫写《潼关吏》的前三年，安禄山攻打潼关。由于杨国忠的鼓动，唐玄宗派宦官督师潼关，哥舒翰不得已领兵出战，结果二十万将士葬身黄河。本诗通过与潼关吏的一问一答，反映了当年哥舒翰失守潼关的历史悲剧；诗人告诫守关将士切莫轻易出战，表达出诗人时刻忧国忧民的情怀。

开头四句对筑城的士兵和潼关关防的状况进行了高度概括，凝练而准确。潼关道中无数士兵们在辛苦地忙碌着修筑工事准备迎战来敌。"草草"写出了士兵修筑工事时劳累疲倦的状态。一个"何"字，表达出诗人对筑城士兵不怕辛劳的赞叹之情。正是有了他们的付出，那些依山而建的大小城墙坚固高峻，如同钢铁之城一样牢不可摧。这里大城小城应作互文来理解。短短四句，诗人以简练的叙述功夫描绘出唐军战前加紧修筑潼关要塞而留给他的总体印象。

"借问潼关吏：修关还备胡？"一句是诗人的发问。胡，指安史叛军。一个"还"字，暗借三年前潼关一度失守之事，引发出人们对这次潼关防卫措施的担忧。关于修关的原因，作者其实是心知肚明的，这不过是他故意向潼关吏提出问题从而引出了下文中诗人所要向读者再现的内容。此句从结构上讲有引出下文的作用。一问引出一答，而文中的潼关吏在听到诗人的提问之后并未急于回答，而是"要我下马行，为我指山隅"。面对诗人的担心，潼关吏不急于向发问者解释，而是请诗人下马自己仔细观察一下他们苦心筑起的防御工事是多么的坚实。这一句，写出了那位潼关吏对所筑工事的信心。接下来的八句话，最大限度地表现了潼关吏的自信与自豪。他先是指着高耸的山峦告诉诗人这里修筑的层层战墙高接云天，连鸟儿也难以飞越，这显然是夸张的手法。敌兵来了只要自己闭门不出，长安就没有后顾之忧。轻松的语调中透着必胜的坚毅与刚强。

然后他又让诗人观察防御工事最险要的部位,狭窄得只能容单车通过,可谓一夫当关,万夫莫开。诗人在这里通过潼关吏之口不单单只是为了再现潼关要塞的坚固与不可攻打,更主要的是要通过这么一个兵吏之口,来反映守关将士们"胡来但自守"的决心和"艰难奋长戟"的气概与昂扬斗志。

  潼关吏的回答其实是为作者下文抒发感慨做铺垫。面对潼关吏表现出的自信坚定,诗人一反常态没有给予赞赏,而是发出了"哀哉桃林战,百万化为鱼。请嘱防关将,慎勿学哥舒!"的感慨。桃林是指河南灵宝县以西至潼关一带。诗人想起三年前桃林塞的一场战役。安禄山派兵攻打潼关,守将哥舒翰本拟坚守,唐玄宗派宦官督战,全军覆没。"请嘱防关将,慎勿学哥舒!"一句是诗人告诫守关将士要吸取失败的历史教训,思想上高度重视,行动上积极准备,深刻认识守关的重要意义,不要重蹈哥舒翰的覆辙。"慎"字的运用,意味深长,它并非指责哥舒翰的无能或失策,而是表现出诗人对守关将领能否正确指挥,坚守作战的忧虑与担心,千万不能再像哥舒翰当年那样轻举出击,给国家和人民造成更大浩劫。

  《潼关吏》一诗体现了杜甫诗歌雄浑质朴、深沉凝重的艺术风格。全诗一方面描写了潼关将士恃险备战的状况,另一方面主要通过与潼关吏一问一答的方式进行叙述,对话中神情毕现,形象鲜明。诗文中"艰难奋长戟,万古用一夫"两句鲜明地塑造出坚韧不拔、英勇沉着的守关战士的形象,充分表现出诗人愤世忧民、关心国家命运的博大胸怀和赤子之心。

新 安 吏

客行新安道，喧呼闻点兵①。
借问新安吏："县小更无丁②？"
"府帖昨夜下，次选中男行③。"
"中男绝短小，何以守王城？"
肥男有母送，瘦男独伶俜④。
白水暮东流，青山犹哭声。
"莫自使眼枯，收汝泪纵横⑤。
眼枯即见骨，天地终无情⑥！
我军取相州，日夕望其平⑦。
岂意贼难料，归军星散营⑧。
就粮近故垒，练卒依旧京⑨。
掘壕不到水，牧马役亦轻⑩。
况乃王师顺，抚养甚分明。
送行勿泣血，仆射如父兄⑪。"

注　释

① 新安：地名，今河南新安县一带。客：作者自称，为他乡作客者。喧呼：高声呼叫。
② 更：岂。
③ 次：依次。中男：未成年的男子。指十八岁以上、二十三岁以下成丁。这是唐天宝初年兵役制度规定的。
④ 伶俜（pīng）：形容孤独。
⑤ 莫自：不要。眼枯：把眼泪哭干了。
⑥ 天地：指天子、朝廷。
⑦ 相州：即"三男邺城戍"之"邺城"，今河南安阳。平：平定。
⑧ 贼：指安禄山、史思明的叛军。归军：指各节度使的溃军。星散营：形容溃散的状况。
⑨ 旧京：指东都洛阳。
⑩ 不到水：指掘壕很浅。
⑪ 泣血：谓哀伤之极。仆射：职位相当于宰相的武官，此处指郭子仪，他曾任左仆射。如父兄：指极爱士卒。

题 解

唐肃宗乾元元年(758)冬，安庆绪退保相州(今河南安阳)，肃宗命郭子仪、李光弼等九个节度使，率步骑六十万人围攻相州。自冬至春，未能破城。乾元二年三月，史思明从魏州(今河北大名)引兵来支援安庆绪，与官军战于安阳河北。九节度的军队大败南奔，安庆绪、史思明几乎重又占领洛阳。幸而郭子仪率领他的朔方军拆断河阳桥，才阻止了安史军队南下。这一战之后，官军散亡，兵员亟待补充。于是朝廷下令征兵。杜甫从洛阳回华州，路过新安，看到征兵的情况，写下这首诗。

赏 析

全诗共分为三个部分，记述了诗人经过新安时路上的情形和听闻，并发出自己深沉的感慨，呈现了人民的苦难，揭露了统治者不顾百姓死活的政治现状，又旗帜鲜明地肯定平叛战争正义的一面，表达了作者忧国忧民的复杂情感。

前八句构成第一部分，两句一意。"客行新安道，喧呼闻点兵"可以看作是全诗的总起。诗人在这里以"客"自居，直写自己来到新安县的所见所闻。"借问新安吏：县小更无丁？"这是诗人对新安吏的发问。由于连年的战争，目睹眼前有许多人被当作壮丁抓走，这让诗人不由得发问，新安是个小县，人口不多，连年战争，还会有成丁的青年能够入伍吗？新安吏的回答却出人意料，"府帖昨夜下，次选中男行。"意思是说州府昨夜下达的军帖，要依次抽中男入伍。唐代的征兵制度，是不用中男来服役的。于是诗人问道："中男又矮又小，怎么能守卫东都洛阳呢？"面对这样的质疑，新安吏没有再作答，诗人也只好将目光投向征兵的人群中。

"肥男有母送"至"天地终无情"八句构成了诗歌的第二部分。诗歌开头叙述了应征中男们出行时的情景。肥胖点的青年家庭状况大都不错，都有母亲来送行。而瘦弱的青年一个个都孤零零的，形单影只，没有亲人相送。此时已是黄昏时分，河水汩汩滔滔向东流去，青山下传来送行者的哭泣声，连成一片。

面对这种情景，诗人写出了自己的主观感受。带着十分沉重与哀伤的心情，诗人忍不住上前劝慰那些哭泣的人们一番：收起你们的眼泪吧，不要哭坏了眼睛，哭伤了身体。天地终是一个无情的东西啊！"白水暮东流，青山犹哭声"一句中，诗人用白水比喻应征的中男向东出发，用青山比喻留在那里的送行者。"莫自使眼枯，收汝泪纵横。眼枯即见骨，天地终无情。"此四句，诗人以"天地"的"无情"将兵役制度的不合理进行了极其深刻地揭露，而人民的悲愤之情似乎也就体现得更加深刻。

接下去十二句是诗的第三部分。前四句诗人介绍了相州之败的军事形势。官兵攻打相州，本来计划几天之内就能结束战斗，没想到错误地估计了敌人的形势，结果吃了败仗，士兵们接二连三全都溃散了。当时郭子仪统率大军二十万围攻相州，都错误地认为早晚可以拿下，没想到却是连吃败仗，节节败退，士兵数量迅速减少。后八句是诗人给被征入伍的中男说明他们将如何去服兵役，给他们此去不知所措的心灵以安慰。伙食供应就在旧营垒附近，训练也是在东都的近郊。所做的工作只是挖掘城壕，也不会深到见水。牧马是比较轻的任务。不会去远征，而是在当地保卫东都。粮食不缺，任务不重。更何况这是一场名正言顺的正义之战，参加的是讨伐叛徒的王者之师。主将对于兵士，也关心爱护。送行的家人不用哭得伤心，仆射对兵士仁爱得像父兄一样。在这里"仆射"是指郭子仪，当时的官衔是左仆射。诗人用一些宽慰的话语，鼓励士兵要有从军为国的情怀与思想。

这首诗作者抓住了唐王朝紧急征集未适龄的青年服役、填补败仗所缺的史实，描写了朝廷征召、亲人分离的悲戚场景，表达了诗人心系社稷安危和百姓死活的深切情感。《新安吏》抓住了朝廷征集服役的典型事例进行刻画。"喧呼闻点兵"一语，烘托出征令的紧急迫切。"肥男有母送，瘦男独伶俜"两句，直写生离死别的悲惨场景。"白水暮东流，青山犹哭声"，这一自然景象的描写更加重送行时的悲戚氛围。"眼枯即见骨，天地终无情"，诅咒了战争的残酷和差吏的狠毒。诗人形象地描绘了不合理的兵役制度。但下文中那些安慰将要出发的未适龄的青年和送行家人的话语则肯定了官军有胜利的把握，有鼓励未适龄的青年乐于上前线的鼓动力量。

通读全诗，诗人一方面希望朝廷能够戡乱，以保社稷安危；另一方面，又对百姓征战之苦寄予深切的同情，可以说心情是相当复杂矛盾的。诗的前一部分，诗人对于中男被逼服兵役更多的是同情和怜悯，表达的是"天地终无情"的主题思想；诗的下半篇则以颂扬郭子仪、安慰送行的家属做结语，表达了"仆射如父兄"的主题。而这两种相互矛盾的思想内容的出现，表达出诗人当时面对这一社会现实复杂而又矛盾的心理，透过字里行间，诗人感时忧民，心系国家安危、民生疾苦的一片丹心也跃然纸上。

垂老别①

四郊未宁静,垂老不得安。
子孙阵亡尽,焉用身独完②!
投杖出门去,同行为辛酸③。
幸有牙齿存,所悲骨髓干。
男儿既介胄,长揖别上官④。
老妻卧路啼,岁暮衣裳单⑤。
孰知是死别,且复伤其寒⑥。
此去必不归,还闻劝加餐⑦。
土门壁甚坚,杏园度亦难⑧。
势异邺城下,纵死时犹宽⑨。
人生有离合,岂择盛衰端⑩?
忆昔少壮日,迟回竟长叹⑪。
万国尽征戍,烽火被冈峦。
积尸草木腥,流血川原丹⑫。
何乡为乐土?安敢尚盘桓⑬!
弃绝蓬室居,塌然摧肺肝⑭。

注　释

① 垂老：将老。
② 焉用：何以。身独完：独自活下去，完即活。
③ 投杖：扔掉拐杖。
④ 介胄：即甲胄。铠甲和头盔。长揖：不分尊卑的相见礼，拱手高举，自上而下。上官：指地方官吏。
⑤ 岁暮：一年将尽的寒冬腊月。
⑥ 孰知：深知。
⑦ 劝加餐：希望你多保重。
⑧ 土门：在河阳附近，是当时唐军防守的重要据点。壁：壁垒。杏园：在今河南卫辉市，为当时唐军防守的重要据点。
⑨ 势异：军事形势与当时不同。犹宽：不至于一时战死。
⑩ 离合：偏重分离。端：端绪、思绪。
⑪ 迟回：徘徊。竟：终。
⑫ 丹：红。
⑬ 盘桓：留恋不忍离去。
⑭ 蓬室居：穷人家的房子。塌然：崩塌，形容肝肠寸断的样子。

题 解

《垂老别》是杜甫著名的组诗"三吏"和"三别"六首中的一首五言古诗。它的写作背景和过程,和其他五首一样,均写于唐肃宗乾元二年(759)三月唐王朝九节度的六十万大兵溃败于邺城这一特定时期,环境则是自洛阳以西至渔关这样一个后方地带,诗歌记述的均是诗人自己的所闻所见所感。当时的朝廷为防止叛军重新向西进扰,在洛阳一带到处征丁,连老翁、妇人也不放过。该诗通过描写一位老翁暮年从军与老妻惜别的悲戚场景,反映出安史之乱时期人民遭受的苦难,深刻地表达了作者的爱国情怀。

赏 析

这首五言古诗描写了一个子孙均已战死、生活无依无靠的老翁,垂暮之年还要被逼从戎的生活境况,与老妻惜别的苦情,记录了安史之乱带给人民的悲惨生活,于血泪之中,歌颂的是广大人民那种忍痛负重、喋血疆场的爱国情怀。

开头以"四郊未宁静,垂老不得安"起句,交代了老人所处的时代背景,是一个动荡不安的战争年代。由于连年战乱四起,天下没有太平之日,即便是垂老之年也不得安生,生活困苦,身不由己。接下来,老人继续吐露自己的心迹:子孙们都已经在战场上阵亡了,剩下我这一老头,在这个兵荒马乱的年代,不一定非要苟活下来。话中饱含着老翁深深的悲伤与无奈。既然是官府要我应征,也就只有掷杖出门,听从调遣了。尽管老人面对国难如此深明大义,但毕竟已是垂暮之年,难免有"同行为辛酸"的歔欷与感叹。透过老人的述说,让人们看到了这个已是风烛残年的老人的悲苦与不幸。"幸有牙齿存,所悲骨髓干"是老人自述自己的身体尚能应付军营中的艰苦生活,最为悲伤的还是自己已是骨瘦如柴还要去从征战。这两句,写出了这位倔强老人出征前复杂而又矛盾的心理。但"男儿既介胄,长揖别上官"的慷慨之语,却让人们看到了老人作为男子汉,披上戎装,义无反顾告别长官出发的决绝与坚定,老人用他的行动,证实了他有一颗虽老但爱国的赤子之心。

接下来的六句，主要描写老翁与妻子话别的场景。"老妻卧路啼，岁暮衣裳单"写老人理装待发之时，却发现年老的妻子已经哭倒在路边，隆冬苦寒仍然是衣单服薄，在寒风中瑟瑟发抖。这一幕，让老翁的心中充满了与亲人别离的悲伤与痛楚。于是便出现了老翁与妻子之间"孰知是死别，且复伤其寒。此去必不归，还闻劝加餐"的细致描写。两个人都知道此去对于彼此来说意味着生离死别，但老翁还得前去搀扶老妻，怜惜她的孤寒无依；而妻子也明知老伴此去肯定回不来了，但还在千声叮咛万声嘱咐老翁到了前方要自己保重，多给自己加些餐饭。诗人在此用短短四句，将两位老人生离死别时的愁肠寸断与难舍难分，刻画得入木三分。

　　"土门壁甚坚，杏园度亦难。势异邺城下，纵死时犹宽。人生有离合，岂择盛衰端？忆昔少壮日，迟回竟长叹"八句，主要述写老人分别之时对老妻的苦心劝慰之言。老人的坚强和淡定让他很快从分别的伤感里走出。他理解老妻对自己的关心，不愿意让她在别离后有太多的牵挂，于是很理性地向妻子分析了战争中有利的一面，以此宽解和安慰妻子。杏园和土门在当时是唐王朝控制河北的军事重地，壁垒严整，易守难攻。敌人要进犯，不是件容易的事情。再说现在的形势，和围攻邺城时已大不相同。即使战死，也还是很久以后的事情。你只管放心好了！人生在世总难免聚散离合，哪管年盛年衰？怎么能由自己做主？想起当年少壮时一家团圆的日子，如今只有徘徊长叹了。一面是征战沙场保卫家园，一面是与家人作别生死未卜，透过老翁宽慰的话语，于乱世的真情告白中，我们也不难体会出老人内心的矛盾与无助。

　　诗的末尾，诗人以"万国尽征戍，烽火被冈峦。积尸草木腥，流血川原丹。何乡为乐土？安敢尚盘桓！弃绝蓬室居，塌然摧肺肝"作结，主要描写老翁告别老妻后的内心活动。有道是"天下兴亡，匹夫有责"，当目睹了四处征战，烽火燃遍山冈；草木丛中散发着积尸的恶臭，百姓的鲜血染红了广阔的山川的惨烈场景之后，老人从自己一家的悲惨遭遇，感受到了整个国家民族的深重灾难。于是老人发出了"何乡为乐土？安敢尚盘桓！"的呐喊之声，老人的思想已提升到关心国家命运的高度。但是一想到自己要阔别家乡，告别与自己患难之交的妻子的时候，他依然会感到五内有如崩溃一样的痛楚，与亲人诀别的泪水最终汇聚成人间的最深重的悲痛。

垂老别

103

这首叙事诗，结构井然，层次清晰，情节跌宕有致。全篇以人物的心理刻画见长。诗人通过一位老人的自述自叹，表现出主人公时而沉重忧愤、时而旷达自解的复杂的心理状态，塑造了一位正直、豁达而又富有爱国之心的老翁形象。

新 婚 别

兔丝附蓬麻①,引蔓故不长。
嫁女与征夫,不如弃路旁。
结发为君妻,席不暖君床。
暮婚晨告别,无乃太匆忙②。
君行虽不远,守边赴河阳③。
妾身未分明④,何以拜姑嫜⑤?
父母养我时,日夜令我藏⑥。
生女有所归⑦,鸡狗亦得将⑧。
君今往死地,沉痛迫中肠⑨。
誓欲随君去,形势反苍黄⑩。
勿为新婚念,努力事戎行⑪。
妇人在军中,兵气恐不扬。
自嗟贫家女,久致罗襦裳⑫。
罗襦不复施⑬,对君洗红妆⑭。
仰视百鸟飞,大小必双翔⑮。
人事多错迕⑯,与君永相望⑰。

注 释

① 兔丝：即菟丝子，一种蔓生的草，依附在其他植物枝干上生长。比喻女子嫁给征夫，相处难久。
② 无乃：岂不是。
③ 河阳：今河南孟县，当时唐军与叛军在此对峙。
④ 身：身份，指在新家中的名分地位。唐代习俗，嫁后三日，始上坟告庙，才算成婚。仅宿一夜，婚礼尚未完成，故身份不明。
⑤ 姑嫜：婆婆、公公。
⑥ 藏：躲藏，不随便见外人。
⑦ 归：古代女子出嫁称"归"。
⑧ 将：带领，相随。这两句即俗语所说的"嫁鸡随鸡，嫁狗随狗"。
⑨ 迫：煎熬、压抑。中肠：内心。
⑩ 苍黄：仓皇。意思是多所不便，更麻烦。
⑪ 事戎行：从军打仗。
⑫ 久致：许久才制成。襦：短袄。裳：下衣。
⑬ 不复施：不再穿。
⑭ 洗红妆：洗去脂粉，不再打扮。
⑮ 双翔：成双成对地一起飞翔。此句写出了女子的寂寞和对那些能够成双成对的鸟儿的羡慕。
⑯ 错迕：差错，不如意。
⑰ 永相望：永远盼望重聚。表示对丈夫的爱情始终不渝。

题　解

这首诗写于唐肃宗乾元二年（759）三月。诗中描写一对新婚夫妻"暮婚晨告别"的离别景象，通过一个新婚少妇送别新郎上前线的告白，塑造了一个善良而深明大义的少妇形象，感人至深。诗文以独白的方式，道出了当时人民面对战争的态度和复杂心理，从而深刻地揭示了战争带给人民的巨大不幸和苦难。

赏　析

《新婚别》一诗，是杜甫现实主义风格的代表力作，也是一首感人至深流传千古的佳作。诗人以其细致传神的笔触，饱含深切真情的文字，为我们塑造了一位善良、坚贞而明理通达的少妇形象。全诗采用独白的方式，通篇都是新娘与新郎惜别之时的劝慰宽勉之词，让人不禁生出悲切之感。

全诗共分为三个部分，第一部分从"兔丝附蓬麻"到"何以拜姑嫜"，主要写新婚夫妻之间的窃窃私语，叙新婚之别，语意含羞。诗的开篇以"兔丝附蓬麻，引蔓故不长"做比喻，"兔丝"为一种蔓生植物，多缠附在别的植物上生长，古人常用来比喻女子对男子的依附。"蓬麻"为两种低矮植物，在这里用它比作征夫。诗中用这样的形式作比，比喻婚后女子依附丈夫的不可分割的关系，形象深刻地表达了新娘对新郎那种依依不舍、缠绵悱恻的情意，表达得贴切巧妙，恰到好处。"嫁女与征夫，不如弃路旁"则写出了新娘对丈夫应征入伍，吉凶难卜的担忧和对自己依托无着，生活前景难料的愁苦。"结发为君妻"以下的八句，则具体说明了自己的担忧和愁苦的缘由所在。自从结发为妻，连床还没坐暖，昨晚成婚，今晨就要告别，这岂不是有点太过匆忙？诗人以通俗而富有个性化的语言描述，勾画出一位爱怨交织、感情细腻的新嫁娘形象。此行虽说不很遥远，但奔赴河阳也是去守卫边防。我的身份尚未明确，叫我如何去拜见公公和婆婆？在这些陈述中，一方面表达出新娘抱怨嫁给征夫为妻的痛苦，另一方面，也暗讽唐王朝穷兵黩武、不顾人民死活的硝烟都烧到了统治者的家门口。

第二部分从"父母养我时"到"形势反苍黄"，来描写夫妇分别，新娘满脸愁绪，不忍不舍难相别之情。回想以前，我日夜都居住在深闺之中，一朝随了人去,那便是嫁鸡随鸡嫁狗随狗了。如今你要去往九死一生的战场,怎能不让人痛断心肠!决心要随你而去,又怕事与愿违不太好收场。这八句话,哀婉真挚,语重情长,在刻画新娘子那种心痛如割、心乱如麻的矛盾心理的同时,字里行间也流露出这位新婚女子为公忘私,识大体,送郎参军,奔赴国难的爱国情怀与一腔柔肠与真情。

第三部分从"勿为新婚念"到"与君永相望",描写了新娘在经过一番痛苦的内心挣扎之后,终于从个人的矛盾与伤感中、从对丈夫的关切中勇敢地走了出来,"勿为新婚念,努力事戎行。妇人在军中,兵气恐不扬"是她勉励丈夫不要担心家里担心自己,要一心打仗,自己就不跟随他前往了。"自嗟贫家女,久致罗襦裳。罗襦不复施,对君洗红妆。"是她对自己至死不渝的坚贞爱情的告白。在这一部分,新娘既勉励丈夫,又鼓励自己,因为她明白,只有把眼光放得更远,期盼夫君能得胜归来与其重逢才是自己最大的幸福。"仰视百鸟飞,大小必双翔。人事多错迕,与君永相望。"这四句是全诗的总结之语。这其中我们能够感受到哀怨、感受到伤感,但感受最深刻的,还是新娘一颗"与君永相望"的坚贞不渝的大爱之心。

这是一首高度思想性和完美艺术性结合的作品。全诗几乎完全采用人物独白的方式一韵到底,气韵流动,情丝悠长。人物语言个性鲜明,人物形象丰满、生动。全篇先后用了七个"君"字,全是新娘对新郎的真情告白,读来深切感人。通过大段悲怨而又沉痛的自诉,塑造了一个承受着苦难命运又懂得以国事为重的善良、坚毅的青年妇女形象,深刻揭示了战争带给人民的巨大不幸。

无 家 别

寂寞天宝后,园庐但蒿藜①。
我里百余家,世乱各东西。
存者无消息,死者为尘泥。
贱子因阵败,归来寻旧蹊②。
久行见空巷,日瘦气惨凄③。
但对狐与狸,竖毛怒我啼④。
四邻何所有,一二老寡妻。
宿鸟恋本枝,安辞且穷栖⑤。
方春独荷锄,日暮还灌畦。
县吏知我至,召令习鼓鞞⑥。
虽从本州役,内顾无所携⑦。
近行止一身,远去终转迷⑧。
家乡既荡尽,远近理亦齐⑨。
永痛长病母,五年委沟溪⑩。
生我不得力,终身两酸嘶⑪。
人生无家别,何以为蒸黎⑫。

注　释

① 天宝后：指安禄山之乱以后。开篇是以追叙写起，追溯无家的原因，引出下文。庐：即居住的房屋。但：只有。极为概括也极为沉痛地传达出安禄山之乱后的悲惨景象：什么都没有，唯有一片蒿藜（也就是野草）。
② 贱子：这位无家者的自谓。阵败：指邺城之败。
③ 日瘦：日光淡薄，杜甫的自创语。
④ 怒我啼：对我发怒且啼叫。写乡村的久已荒芜，野兽猖獗出没。
⑤ 这句以"宿鸟"自比，言人皆恋故土，所以即便是困守穷栖，依旧在所不辞。
⑥ 这句是说他又要被征去打仗。
⑦ 携：即离。无所携：是说家里没有可以告别的人。
⑧ 这两句是以能够服役于本州而自幸。
⑨ 齐：齐同。这两句更进一层，是自伤语。是说家乡已经一无所有，在本州当兵和在外县当兵都是一样。
⑩ 五年：从天宝十四年安禄山作乱到这一年正是五年。
⑪ 两酸嘶：是说母子两个人都饮恨。酸嘶：失声痛哭。
⑫ 蒸黎：指劳动人民。蒸：众。黎：黑。

题　解

此诗写于唐肃宗乾元二年（759）三月。诗题为无家别，是说无家可别。诗中描写一个从邺城战败后还乡而无家可归、重又被征的军人，通过他的遭遇反映出农村的凋敝荒芜。此诗为"三吏""三别"组诗中的最后一篇，可以看作是六诗的总结。

赏　析

《无家别》是杜甫"三别"诗中的一篇，主要通过叙写一个战败回乡却又再次被征调作战的独身汉在即将去前线打仗前的诉说，道出了他无家可别的悲苦与哀愁。

全诗共分为三个部分。第一部分从开头至"一二老寡妻"共十四句，主要述写主人公战乱后回到家乡所看到的凄惨的景象。诗的一开头用"寂寞天宝后"起句，主要渲染出安史之乱后家乡的遭遇：因为连年战乱，家园荒芜，杂草丛生，原来居住在这里的人们都已四散奔逃，眼前全是凄凉冷落的景象。触景伤情，主人公此时满心的悲凉不知向何处诉说。"我里百余家，世乱各东西"道出了家乡今昔变化的原因，由于连年战乱，生的人没有了任何消息，而死去的人早已化为尘泥。抚今忆昔，故乡的变化让自己心中充满了悲凉与忧愤，一个原本有家的人，如今却是无家可归、无人可依。也正是在这种今与昔的强烈对比中，诗人将主人公悲伤的情绪予以强烈地表现出来。"贱子因阵败，归来寻旧蹊"两句，写出主人公回乡的原因是因为自己战败而归。自己从小生于此、长于此，这里的一草一木记忆犹新，但如今归来，家乡的"旧蹊"曾经熟悉的面貌，却需要努力找"寻"，而当循着记忆找到它的时候，它已经早已淹没在蒿藜之中。"久行见空巷，日瘦气惨凄。但对狐与狸，竖毛怒我啼。四邻何所有，一二老寡妻"六句，写出了自己走入村庄后的所见：走了好久才找到了自己的家的巷子，可是已经空无一人。太阳灰白无光，天气非常凄惨。所见到的只有竖起尾巴对我凶恶地嗥叫的狐狸。访问四邻，只见到一两个老寡妇。"贱子"是自称的谦词，女曰"贱妾"，男曰"贱子"，在汉魏乐府民歌中已有这种称谓。在这里，诗人用"日瘦气惨凄"一句,将拟人化手法融景入情,更加烘托出主人公只见空巷、但对狐与狸时的凄惨心境,无限凄楚,只有留予读者驰骋想象了。

"宿鸟恋本枝,安辞且穷栖。方春独荷锄,日暮还灌畦"四句构成了本诗的第二部分。主要述写主人公返回故土之后的生活,表现出主人公眷恋家乡的质朴感情。前两句,以宿鸟为喻,比喻自己好比鸟雀留恋住惯了的树枝,不愿到别处去栖宿,对于如此穷苦、破败的老家,也不愿辞去。后两句,写气候正是春天,主人公怀着悲哀的感情又开始了重建家园的辛勤劳作,独自负着锄头垦地,傍晚还得给菜地浇水。所有这些,只为了希望能在家乡一天一天地活下去。

第三部分由"县吏知我至"至结尾共十四句构成。描写了主人公无家而又要别家的悲愁之绪。县吏得知我回家的消息,又来命令我再次为国家征战。虽然是在本地而不是远征,但是家里已是荡然一空,没有了需要告别的人。服役之地近也罢远也罢,反正自己也只独身一人,大不了流落他乡也没任何牵挂。一生中唯独悲痛的事情,是我长病五年不起的母亲,生了我这个儿子,最终也没能给她养老送终,这是我终身辛酸痛哭的事。所以说,人生到了无家可别的境地,还凭什么来做老百姓呢?这几句,层层深入,细致入微地刻画出主人公听到县吏召令之后的心理变化,突出了主人公家破母亡的痛楚与悲惨。字字句句,铿锵有力、掷地有声地控诉了唐代府兵制度对人民的迫害。

这首诗带有明显的民歌特色,句式简单自然,一韵到底。层次鲜明,结构别有匠心,语言质朴流畅。写景、抒情、叙事,随着主人公思想感情的变化娓娓而来,刻画入微;主人公的喃喃苦诉,感人至深。而诗人正是通过这样一个有血有肉的人物形象的塑造,反映出当时兵灾后人民生活困苦之状,对统治者的残暴腐朽,给予了有力鞭挞。

赠卫八处士①

人生不相见,动如参与商②。
今夕复何夕,共此灯烛光。
少壮能几时,鬓发各已苍③。
访旧半为鬼④,惊呼热中肠⑤。
焉知二十载,重上君子堂。
昔别君未婚,儿女忽成行⑥。
怡然敬父执⑦,问我来何方。
问答乃未已⑧,儿女罗酒浆⑨。
夜雨剪春韭,新炊间黄粱⑩。
主称会面难⑪,一举累十觞⑫。
十觞亦不醉,感子故意长⑬。
明日隔山岳⑭,世事两茫茫⑮。

注　释

① 处士：隐居不仕的人，八是处士的排行。
② 参与商：星座名，参星在西而商星在东，当一个上升，另一个下沉，故不相见。典故出自《左传·昭公元年》："昔高辛氏有二子，伯曰阏伯，季曰实沉。居于旷林，不相能也。日寻干戈，以相征讨。后帝不臧，迁阏伯于商丘，主辰，商人是因，故辰为商星。迁实沉于大夏，主参，唐人是因，以服事夏商。"商星居于东方卯位（上午五点到七点），参星居于西方酉位（下午五点到七点），一出一没，永不相见，故以为比。动如：是说动不动就像。
③ 苍：灰白色。
④ 句意是彼此打听故旧亲友，竟已死亡一半。
⑤ 这句意思是见到故友的惊呼，使人内心感到热乎乎的。
⑥ 行（háng）：成行，儿女众多。
⑦ "父执"词出《礼记·曲礼》："见父之执。"意即父亲的执友。执是接的借字，接友，即常相接近之友。
⑧ 乃未已：还未等说完。
⑨ 儿女：一作"驱儿"。罗酒浆：罗列酒菜。
⑩ 间：读去声，掺和。黄粱：即黄米。新炊是刚煮的新鲜饭。
⑪ 主：主人，即卫八。称就是说。曹植诗："主称千金寿。"
⑫ 累：接连。
⑬ 故意长：老朋友的情谊深长。故意：故交的情意。
⑭ 山岳：指西岳华山。这句是说明天便要分手。
⑮ 世事：包括社会和个人。两茫茫：是说明天分手后，命运如何，便彼此都不相知了。极言会面之难，正见今夕相会之乐。这时大乱还未定，故杜甫有此感觉。根据末两句，这首诗是饮酒当晚而作。

题　解

唐肃宗乾元元年（758），杜甫因上疏救房琯，被贬为华州司功参军。冬赴洛阳探望旧居陆浑庄。乾元二年（759）三月，九节度之师溃于邺城，杜甫自洛阳回华州经过潼关，路过奉先县，访问少年时代友人卫八处士（卫八处士，姓卫，八是他的排行，生平不详。处士，隐居不仕的人或没有做官的读书人）。久别重逢，又匆匆相别，于是写下这动情之作相赠，感情平实，语言质朴，抒发了诗人对人生离多聚少和世事沧桑的慨叹。

赏　析

这是一首长律，叙写诗人被贬华州司功参军之后的深沉感慨。诗中叙述的是一对老年朋友在安史之乱中不期而遇后抚今思昔的情景。

"人生不相见，动如参与商。今夕复何夕，共此灯烛光。"四句诗文记叙了诗人与故交的久别重逢。诗人在这里用"参与商"两个星座的交替比喻诗人与故友聚散离合的人生有如参、商二星，一升一落，不得相见，而今夕又是何夕，终于又能坐在一起于烛光下共叙离愁别绪，真是喜出望外。诗人写自己与少年知交的邂逅相遇，从离别说到相见，悲喜参半之情溢于言表，蕴含着强烈的人生感喟。与此同时，也隐蓄地将那个动乱年代人们四处飘零的生活境况展现在读者面前。

"少壮能几时，鬓发各已苍。访旧半为鬼，惊呼热中肠。"四句抒发动荡年代好友生离死别的感慨。两位老友，由于动荡的时局，多年未见，久别重逢后发现彼此都已经成为两鬓斑白之人，形容枯槁。"能几时"引出对世事沧桑、人生变化诡谲而表现出的痛惜之情。而那些曾经在一起的老友玩伴如今也竟有一半离世，彼此都忍不住失声惊呼，不禁心潮澎湃，无限感伤。由于多年来社会的离乱与动荡，面对这劫后的重逢，怎能不为之倍感欣慰。"焉知二十载，重上君子堂"是诗人与友人重逢寒暄后发的慨叹。"焉知"二句承接上文"今夕复何夕，共此灯烛光"，诗人故意用反问句式，含有意想不到彼此能活下去的心情。其中既不无幸存的欣慰，又带着深深的伤痛。

"昔别君未婚。儿女忽成行。怡然敬父执，问我来何方。问答乃未已，儿女罗酒浆。夜雨剪春韭，新炊间黄粱。主称会面难，一举累十觞。"十句叙述了与卫八处士久别重逢后被主人及其家人盛情款待的景象，寄寓了诗人对美好生活和人间真情的珍视。二十年的沧桑变化，生死契阔，当年还未成亲的青年如今也已是儿女满堂。儿女们和顺地敬重父亲挚友，热情地问我来自哪个地方？三两句问答话还没有说完，已经大摆筵席款待两位友人的相逢。"怡然"，安适自在、喜悦的样子。"父执"，父亲的朋友。"酒浆"，代指酒肴。面对孩子们的盛情款待，诗人的笔端始终流露出真挚感人的情意。儿女们以礼相待、热情亲切的情态更让诗人满心喜悦。他们用冒着夜雨剪来的春韭做菜，主食是掺有黄米的香喷喷的米饭。这餐朴素的家宴，在当时动荡的年代更能体现出老朋友之间淳朴而又深厚的美好感情。酒逢知己千杯少，他乡遇故知的诗人不禁开怀畅饮，不知不觉喝光了十大杯酒。面对故交的盛情，诗人此时的心情自不必言说。"十觞亦不醉，感子故意长。明日隔山岳，世事两茫茫"是诗人面对这次短暂相逢发出的感慨。在经历了二十年的沧桑巨变后，饱经离乱的诗人与故友的短暂一面是多么的美好而又稍纵即逝，明日别离后不知道要到什么时候才能再相见。这四句于平实的语言中蕴含了诗人与友人依依惜别的伤感。

　　这首诗以写实的手法，兼用白描，记述了诗人同少年老友重逢的喜悦心情，通过具体细腻的叙述，抒发了真挚深厚的感情，寄托了对生活命运的深沉感叹。诗文中人物的感情变化起落转换，悲喜更迭，情景逼真，生动如画。诗人将乱离年代特有的世事变化、别易会难的人生感慨表达得真切而深沉，意味深长。全诗语言平实，感情质朴真切，层次井然。

佳　人

绝代有佳人，幽居在空谷①。
自云良家子，零落依草木②。
关中昔丧乱，兄弟遭杀戮③。
官高何足论，不得收骨肉④。
世情恶衰歇，万事随转烛⑤。
夫婿轻薄儿，新人美如玉⑥。
合昏尚知时，鸳鸯不独宿⑦。
但见新人笑，那闻旧人哭⑧。
在山泉水清，出山泉水浊。
侍婢卖珠回，牵萝补茅屋⑨。
摘花不插发，采柏动盈掬⑩。
天寒翠袖薄，日暮倚修竹⑪。

注　释

① 绝代：冠绝当代，举世无双。幽居：静处闺室，恬淡自守。
② 零落：飘零沦落。依草木：住在山林中。
③ 丧乱：死亡和祸乱，指遭逢安史之乱。
④ 官高：指娘家官阶高。骨肉：指遭难的兄弟。
⑤ 转烛：烛火随风转动，比喻世事变化无常。
⑥ 夫婿：丈夫。新人：指丈夫新娶的妻子。
⑦ 合昏：夜合花，叶子朝开夜合。鸳鸯：水鸟，雌雄成对，日夜形影不离。
⑧ 旧人：佳人自称。
⑨ 卖珠：因生活穷困而卖珠宝。牵萝：拾取树藤类枝条。也是写佳人的清贫。
⑩ 采柏：采摘柏树叶。动：往往。
⑪ 修竹：高高的竹子。"修竹"与诗中"翠袖"相映。

幽居在空谷

题　解

　　肃宗乾元元年（758）六月，杜甫由左拾遗降为华州司功参军。次年七月，他毅然辞官，携带妻子，客居秦州，采食山果，自给度日。《佳人》写于这一年秋季。诗中描写一个乱世佳人被丈夫遗弃，独自幽居空谷，艰难度日但自强自立的女子形象。诗人用赋的手法再现了佳人的悲剧生活和孤苦境遇，同时又用比、兴的手法赞美了她坚韧、高洁的情操，本诗既反映客观存在的社会问题，又体现了诗人的主观寄托。诗人通过对一个品格高尚的佳人的形象塑造，寄寓了诗人自己的感慨和理想。

赏　析

　　这首诗，采用赋体写法铺陈了一个战乱时被遗弃的女子的故事，刻画了一位鲜明独特的女性形象。

　　开头"绝代有佳人，幽居在空谷。自云良家子，零落依草木"以追述的方式起笔，引出这位幽居空谷的绝代佳人的居住环境和基本身份。她本是出身官宦人家，如今却沦落山野与草木相守。这几句为点题之笔，上句写其貌美，下句言其品高。幽居山谷之中的描写，透露出这个女子的凄凉孤苦的生活，说明她生活凄苦，命运悲惨，同时隐含了诗人"同是天涯沦落人"的深沉感慨。接下来的"关中昔丧乱，兄弟遭杀戮。官高何足论，不得收骨肉"四句，诗人以主人公自述的方式介绍了她的身世遭遇。因为安史之乱使得位居高官的兄弟仍不免惨死于乱军的戕杀，连尸骨都无法收葬。"官高"与上文中良家之子相照应，强调了佳人出身名门望族之家。这八句构成了诗的第一部分，写出了佳人家庭的不幸遭遇，这是女子悲惨生活的重要根源。

　　"世情恶衰歇，万事随转烛。夫婿轻薄儿，新人美如玉"四句诗诗人用比兴手法，感叹权势决定了人生命运的走向，而命运对不幸者一向是冷若冰霜。娘家家境败落，夫婿另觅新欢。诗人通过佳人之自述，刻画了世事流转、人情冷漠、世态炎凉的社会现实。"合昏尚知时，鸳鸯不独宿。但见新人笑，那闻旧人哭"四句中，诗人以夜合花的朝开夜合，鸳鸯的同飞共宿的比喻，揭露了负心人的无情无义。在一"新"一"旧"、一"笑"一"哭"的强烈对比中，被弃佳人声泪俱下的悲痛表情历历在目。诗人在慨叹世情冷漠的基调之中，写出了佳人心中的伤痛与苦闷，诗句中充溢着悲情与不平。这一部分构成了全诗的第二部分，写出了佳人倾诉遭丈夫遗弃的人生悲剧。

后八句构成诗的第三部分。"在山泉水清，出山泉水浊。侍婢卖珠回，牵萝补茅屋。摘花不插发，采柏动盈掬。天寒翠袖薄，日暮倚修竹"着笔于佳人在深谷幽居这样一种生活境况下茅屋待补的残破景象与卖珠宝聊以度日，采柏子勉强维持生活的艰难窘迫。由此可见，无论从物质还是从精神方面来说，佳人的境遇都是苦不堪言的。然而尽管如此，她没有被不幸压倒，没有向命运屈服，而是幽居空谷，与草木为邻，同山泉比清。末两句以写景作结语，描绘出佳人的孤高和绝世而立，画外有意，象外有情。诗人是在暗示读者，这位女子有如经寒不凋的翠柏、挺拔劲节的绿竹，有着高尚纯洁的情操。诗人以简单质朴的语言描写彰显出佳人虽遭不幸，尚能洁身自持的高尚和矜持、慷慨、端庄、高洁的美丽形象。

这首诗是杜甫一首格调至高的咏美名篇。诗人采用赋的艺术表现手法铺陈其事，描述了一个在战乱时期被遗弃的上层社会妇女所遭遇的大不幸，揭示了她在逆境中的高尚情操。全诗含蓄蕴藉，描写生动传神，人物形象鲜明。尤其是有关人物神情、情感的描写，使得女主人公的形象既充满悲剧色彩又富于崇高感。

天末怀李白

凉风起天末①，君子意如何②？
鸿雁几时到③，江湖秋水多④。
文章憎命达⑤，魑魅喜人过⑥。
应共冤魂语，投诗赠汨罗⑦。

注　释

① 天末：天的尽头。秦州地处边塞，如在天之尽头。这里指夜郎。当时李白因永王李璘案被流放夜郎，途中遇赦还至湖南。
② 君子：指李白。
③ 鸿雁：喻指书信。古代有鸿雁传书的说法。
④ 江湖：喻指充满风波的路途。这是为李白的行程担忧之语。
⑤ 命：命运，时运。文章：这里泛指文学。这句意思是：有文才的人总是薄命遭忌。
⑥ 魑魅：鬼怪，这里指坏人或邪恶势力。过：过错，过失。这句指魑魅喜欢幸灾乐祸。(有人将"过"解释为经过，但律诗最讲究对仗，此联文章对魑魅，憎对喜，命达对人过。达：通达。命运通达又如何能对人经过？所以应理解为人犯了过失，遭了厄运。)
⑦ 冤魂：指屈原。屈原被放逐，投汨罗江而死。杜甫深知李白从璘实出于爱国，却蒙冤放逐，正和屈原一样。所以说，应和屈原一起诉说冤屈。汨罗：汨罗江，在湖南湘阴县东北。

题 解

唐肃宗至德二年（757），李白因参加永王李璘幕府事得罪肃宗。唐肃宗乾元元年（758）流放夜郎（今贵州省桐梓一带），次年春夏之交于中途遇赦放还至湖南。当时杜甫客居秦州（今甘肃天水），不知李白遇赦实情，担心其安危，于乾元二年（759）秋天作此诗，诗中表达的是诗人对李白的深切牵挂之情，在同情其遭遇的同时，也为其鸣不平。

赏 析

这是一首杜甫抒情诗中的名作，表达对李白的思念之情。全诗通过想象李白在深秋时节从长江经过洞庭湖一带流放途中的情景，在抒写诗人牵挂思念李白的同时，也表达了对千百年来封建社会压制人才做法的强烈不满。

"凉风起天末，君子意如何？"从萧瑟凄冷的秋风写起，凉风飕飕从天边起，你的心境如何，我很担心你现在的状况。诗人以反问的语气表达出对李白近况的关注与担忧。首句以秋风起兴，给全诗奠定了孤苦悲愁的基调。一想起李白在流放途中路途遥远、孤苦无依，诗人心中不禁悲从中起，但这种心情又不知向谁诉说，于是只能反问远在天边的友人，以表达自己最关切的心情。此句言简意真，意味深长。"鸿雁几时到"写出了诗人听说挚友遇赦的消息后，急切地盼望还能得到更多有关好友的音信，突出强调了诗人怀念朋友的心情是多么的迫切与深挚。但无奈"江湖秋水多"致使两位老友犹如相隔天涯，可以相望但消息不得，只有寄语茫茫江水，带去问候捎去关怀。

如果说前四句，是诗人因物起兴，对景怀人，曲折含蓄地表达对李白的款款深情的述写，后四句则是应题目中的"怀李白"而来，不仅写出了李白的人生遭际，还用凝练的语言高度概括了封建社会中有才能、有正义感的文人，总是遭到压抑、排挤乃至迫害导致命运多舛这一人生规律，表达了深刻的人生哲理和强烈的感人力量。"文章憎命达"是说文才出众的人总是不走时运，命途难测；"魑魅喜人过"则是在隐喻李白长流夜郎是因为遭人诬陷所致。这两句诗文，富含哲理，语意深长，是传诵千古的名句。也正是诗人发出了这样的议论与喟

· 天末怀李白

123

叹，此时的李白正好又流转于长江之上，诗人由此联想到了因小人陷害被放逐、自投汨罗而死的爱国诗人屈原。李白和这位千载蒙冤的爱国诗人的命运是多么相似。于是诗人写出了"应共冤魂语，投诗赠汨罗"，遥想李白会向屈原的冤魂倾诉内心的愤懑与不平。"应共冤魂语"十分生动、真实地表现了李白的内心活动。"投诗赠汨罗"中一个"赠"字的巧妙运用，想象出屈原的永存，此刻的李白一定作诗相赠以寄情思。

这首诗由秋风起兴，重点抒发自己怀念李白的真情，感人肺腑。诵读全诗，字里行间能体会到诗人对挚友发自内心深处那种深切的思念之情，感情真实而不做作，格调沉郁，低回婉转，不愧为古代抒情之名篇。

不　见

不见李生久①，佯狂真可哀②！
世人皆欲杀③，吾意独怜才④。
敏捷诗千首⑤，飘零酒一杯⑥。
匡山读书处⑦，头白好归来⑧。

注　释

① 李生：指李白。杜甫与李白于唐玄宗天宝四载（745）在山东兖州分手后，一直未能见面，至此已有十六年。
② 佯狂：故作癫狂。李白常佯狂纵酒，来表示对污浊世俗的不满。
③ 此句指李白因入永王李璘幕府而获罪，系狱浔阳，不久又流放夜郎。有人认为他有叛逆之罪，该杀。
④ 怜才：爱才。
⑤ 这句说李白才思敏捷，创作速度很快。
⑥ 句意指李白一生漂泊，只能以酒消愁。
⑦ 匡山：指四川彰明县（今江油县）境内的大匡山，李白早年曾读书于此。
⑧ 头白：李白此时已经六十一岁。杜甫这时在成都，李白如返回匡山，久别的老友就可以相见了，故云归来。

题　解

这首诗写于诗人客居成都的初期,李、杜二人交谊深厚,自唐玄宗天宝四载(745)于山东分手后,已有十五六年未见。或许杜甫此时辗转得悉李白已在流放夜郎途中获释,遂有感而作。这首诗怀念李白,语言质朴,表现了对挚友的深情怀念。

赏　析

这首诗是杜甫客居成都时所写的一首怀念李白的诗作。当时杜甫经过各种渠道得知李白已在流放夜郎途中获释的消息,有感而发,写下此诗。诗中表达了对李白的同情、担忧和思念的深情。

第一句,以"不见李生久"直抒胸臆,说自己已经好久没有见到至交李白了。不见者,意思是渴望再见,"不见"二字写出了诗人因久未与老友谋面而渴望见面的强烈愿望;久者,极言时间之长、思念之长,一个"久"字强调出自己与朋友分别时间的漫长。"佯狂真可哀"一句,诗人表达了对李白佯狂而怀才不遇的哀怜和同情。李白一向以"楚狂人"自居,吟诗纵酒,常以狂放不羁的态度抒发自己怀才不遇、济世不深的失落与悲愤之情。"佯狂"点出了李白其实内心是忧郁愤懑的,不过是想借助外表的疯狂来表达自己怀才不遇的心情。而他的这种近乎于痴癫的表现,是一般人所无法理解的,只有杜甫这样和李白有着同样遭遇与感受的人才能心知肚明。一个"哀"字,生动地表达出诗人对李白的无限叹惋和同情。

"世人皆欲杀,吾意独怜才"写出了诗人深切哀怜李白的原因所在。"世人"应当理解为朝政之中无法理解李白内心世界的庸俗小人。李白因永王璘一案被牵连,朝廷内利益集团中那些居心叵测之人要将李白处以极刑。杜甫则以"独怜才"表明了自己的立场和态度,在叹惜李白文学才华的同时,对李白在政治上所蒙受的不白之冤给予深深的同情与理解。杜甫曾因疏救房琯而被逐出朝廷,相同的命运,让两颗彼此理解的心灵更能读懂对方的所感所想。

"敏捷诗千首,飘零酒一杯"是诗人对李白人生行为特征的一个概括性总结,写出了李白诗酒飘零的人生，字里行间充盈着诗人对李白的赞赏与思念。"敏捷诗千首"是说李白的才思敏捷与才华横溢，是天下少有的奇才。"千首"不是确指，是言其多。"飘零酒一杯"写出李白身世飘零，连酒都不能纵情欢饮了。"一杯"是说饮酒之少。由此可见，此时的李白漂泊之中很少喝酒，也就不能像以前那样借酒消愁了。在这里，李白出众的才华和他窘困的生活现状形成了鲜明的对比，而诗人对挚友遭遇如此不幸也深表同情。于是，诗人发出了"匡山读书处，头白好归来"的呼唤。"匡山"是李白曾经居住读书的场所，诗人因为同情李白的不平遭遇，希望他能有一天叶落归根，终老故里，这样自己可以去找他，共叙人生滋味。诗人在这里写出了自己对李白的祝福和憧憬，真希望自己能与好友再次相聚，寄情山水，读书论文。这其中蕴含了诗人美好的祝愿和对朋友的深切怀念之情。

这首诗在艺术上的最大特色是直抒胸臆，语言平白质朴但字字含情，看似平常的话语中蕴含的是诗人对友人的一往情深，起到了平凡之中见神奇的艺术效果。诗的开头慨叹与李白的"不见"，诗的结尾写出自己的渴望相见，首尾照应，结构井然无斧凿之痕。

梦李白（其一）

死别已吞声，生别常恻恻①。
江南瘴疠地，逐客无消息②。
故人入我梦，明我长相忆③。
君今在罗网，何以有羽翼④？
恐非平生魂，路远不可测。
魂来枫林青，魂返关塞黑⑤。
落月满屋梁，犹疑照颜色⑥。
水深波浪阔，无使蛟龙得⑦。

注　释

① 死别：永别。吞声：无声地悲泣。
② 瘴疠地：南方因湿热蒸郁而疾病流行的凶险地区。逐客：被放逐的人，此指李白。
③ 明：表明。
④ 有羽翼：比喻自由来往。
⑤ 枫林青：指李白所在。出自《楚辞·招魂》："湛湛江水兮，上有枫。目极千里兮，伤春心。魂兮归来，哀江南。"关塞黑：指杜甫所居秦陇地带。
⑥ 落月两句：写梦醒后的幻觉。看到月色，想到梦境，李白容貌在月光下似乎隐约可见。
⑦ 蛟龙：传说中兴风作浪、能发洪水的龙，比喻奸佞小人。

题 解

这首诗作于唐肃宗乾元二年（759）秋，当时杜甫在秦川。唐玄宗天宝三载（744），李杜初会洛阳成为至交。乾元元年（758），李白因参加永王李璘幕府受牵连被流放夜郎，第二年春遇赦。当时的杜甫只知李白流放，不知已赦还。《梦李白·死别已吞声》是《梦李白二首》中的第一首。此诗通过对梦前、梦中、梦后的叙写，表达了作者对李白的赞许与崇敬以及对老友吉凶生死命运的担忧之情。

赏 析

听到李白流放夜郎的消息，杜甫很担心，晚上做了一个梦，这首诗就是记梦之诗，分别按照梦前、梦中、梦后的先后顺序来写。写出诗人初次梦见李白时的心理，表现出诗人对老友命途难测前景的关切之情。

诗人写梦李白，却不似从"梦"入诗，而是以"死别"发端。"死别已吞声，生别常恻恻。江南瘴疠地，逐客无消息"四句，将生离与死别的痛苦进行对比，死别往往使人泣不成声，而生离却让人更加悲痛。江南山泽是瘴疠滋生流行之处，被贬官流放的人为何到现在毫无消息？以死别衬托生别，相对死别，生离令人更加悲愁难抑。而生存环境的恶劣艰苦与李白流放后的音信不通，给诗人带来了极深的痛苦。此四句使全文笼罩着一片弥漫全诗的悲怆气氛。而正是诗人对故友的担心与牵挂，使得李白入梦而来。

"故人入我梦，明我长相忆。君今在罗网，何以有羽翼？"四句，写出了诗人对李白前途的忧虑和无比的思念之情。因为无法见到老朋友，所以才会有故人入梦，只有这样，才能与老友倾诉自己的天涯忧念之情。今夜老朋友忽然来到我梦里，因为你知道我常把你记忆。如今陷入囹圄，身不由己，哪有羽翼千里迢迢飞来这北国之地？这几句，描写李白幻影在梦中倏忽而现的情景，表现出诗人乍见故人的喜悦和欣慰，巧妙曲折，至诚至真。

"恐非平生魂，路远不可测。魂来枫林青，魂返关塞黑"四句，写出了杜甫对李白前途命运的无比忧虑。诗人面对世间关于李白下落的种种不祥的传闻，担心梦中见到的莫不是李白的魂魄？路途遥远，生与死不得而知。故人魂魄，星夜从江南而来，江南枫林是一片伤心的青色；又星夜自秦川而返，秦州关塞是一片令人惆怅的昏黑。在这里，诗人用细腻逼真的笔触，通过对自己梦幻心理的刻画，写出了自己对李白生死未卜的忧虑和恐惧。典故的巧妙运用，将李白与昔日的屈原联系在一起，在突出李白命运的悲剧色彩的同时，表达出自己对李白的崇敬。"魂来"句，指李白魂之所在。出自《楚辞·招魂》："湛湛江水兮，上有枫，目极千里兮，伤春心，魂兮归来，哀江南。"旧说系宋玉为招屈原之魂而作。"关塞"，指当时杜甫所居的关陇一带。

"落月满屋梁，犹疑照颜色。水深波浪阔，无使蛟龙得"描写自己梦醒后的幻觉。醒来后明月落下清辉洒满了屋梁，朦胧中李白的容貌在月光下隐约可见。待完全醒转过来，才发现这一切都是自己朦胧的错觉。一想到自己的友人处于漂泊在外、动荡不安的生活之中，诗人禁不住叮嘱老友："江南水深浪阔，旅途请多加小心，不要失足落入蛟龙的嘴里。"此四句诗文，诗人通过真实而细致的描述，写出了自己对李白的怀念，以"水深""蛟龙"喻指当今政治环境的险恶，表达出了自己对友人的担忧与祝愿。

全诗语言真诚，句句发自肺腑，感情深厚真挚，容易打动人心，诗人在突出李白晚年不幸遭遇的同时，也表现出了与李白至情交往的真诚友谊。

月夜忆舍弟

戍鼓断人行①，边秋一雁声②。
露从今夜白③，月是故乡明。
有弟皆分散，无家问死生。
寄书长不达④，况乃未休兵。

注　释

① 戍鼓：戍楼更鼓声。断人行：路无行人。
② 边秋一雁声：边塞的秋季，时值大雁南飞。
③ 露从今夜白：指明时节为白露。
④ 寄书：邮寄家信。长不达：平常都不能按时收到。

题 解

这首诗写于唐肃宗乾元二年（759）秋日秦州（今甘肃天水）。本年九月，史思明率领叛军从范阳南下，攻陷汴州，西进洛阳，山东、河南都处于战乱之中。当时，杜甫的三个弟弟杜颖、杜观、杜丰正分散在这一带，由于战事阻隔，音信不通，引起他强烈的忧虑和思念之情。《月夜忆舍弟》即是他当时思想感情的真实记录。

赏 析

表达对亲朋好友的思念之情是不朽的古代诗歌母题。杜甫是擅长写这一类题材的，并且将更深邃的内涵融于其中。杜甫的独到之处在于和其他诗人不一样：他既有独特而丰富的生活体验，还拥有高超的表现手法，匠心独运，使得常见题材也呈现出不同的韵味。

这首诗的起句就给人不同的感受。题目是"月夜忆舍弟"，却不从月夜写起，而是首先描绘了一幅塞外秋寒的图景："戍鼓断人行，边秋一雁声。"路断行人，写出所见；戍鼓雁声，写出所闻。耳目所及皆是一片凄凉景象。沉重单调的更鼓和天边孤雁的叫声不仅没有带来一丝活气，反而使本来就荒凉不堪的边塞显得更加冷落沉寂。"断人行""一雁声"点明社会环境和自然环境，说明战事频繁、激烈，道路为之阻隔，只有天边的大雁一字排开迁徙南方。短短的十四个字，就极为生动地渲染了悲凉的气氛，为全诗打下了沉郁、悲凉的基调。诗人思念舍弟的心情自然就有了动人点。

第三句"露从今夜白"，写景之中点明季节时令。白露节的夜晚，寒露微重，寒意逼人，让饱受战乱之苦的诗人忽感凄清孤苦。第四句"月是故乡明"，也是写景，却与上句略有不同。诗人所写的不完全是客观实景，而是融入了自己的主观感情。同是普天之下的一轮明月，本无差别，偏要说故乡的月亮最明；分明是自己的心理幻觉，偏要说得那么肯定，不容置疑。然而，这种以幻作真的手法却并不使人觉得于情理不合，这是因为它极深刻地表现了作者微妙的心理，突出了对故乡的感怀。"露从今夜白，月是故乡明"是这首诗的精彩之处，

月是故乡明

也是杜甫诗作中的精彩名句。其本意是说"今晚是白露，今晚故乡的月亮最亮"，可是诗人用语序的倒置，使得浅白的意象一下子丰韵起来，难怪北宋学者王得臣在《麈史》里说："子美善于用事及常语，多离析或倒句，则语健而体峻，意亦深稳。"

五、六句诗人由望月进而抒发情感，由写景自然过渡到抒情。月亮常常是诗人情感的触媒，更容易引发漂泊他乡的人的思念之情。而诗人又饱受战乱之苦，又恰恰是在凄清的月夜，思家念弟之情油然而生。在他的绵绵愁思中夹杂着生离死别的焦虑不安，语气也分外沉痛。"有弟皆分散，无家问死生"，上句说弟兄离散，天各一方；下句说家已不存在，生死难卜，写得倍感凄凉，柔肠寸断，不忍卒读。这两句诗也是安史之乱中人民饱经忧患，无家可归，乱世飘零的真实写照。这两句诗同时也使得全诗具有了浓厚的批判现实意义，这也是杜甫以小见大的艺术手法的表现力所在。

"寄书长不达，况乃未休兵"，紧承五、六两句进一步抒发对家国未来的满怀忧虑。亲人们离散各处，平时寄书尚且不能按时到达，更何况战事不断，生死茫茫当更难预料。悲愤、无奈之情，一览无遗。

全诗层次清晰，首尾呼应，起承转合自然无痕，结构又恰到好处。"未休兵"则"断人行"，望月则"忆舍弟"，"无家"则"寄书不达"，人"分散"则"死生"不明，环环相扣，一句一转，一气呵成，大家风范，恣意横现。

堂　　成①

背郭堂成荫白茅②，缘江路熟俯青郊③。
榿林碍日吟风叶，笼竹和烟滴露梢④。
暂止飞乌将数子，频来语燕定新巢⑤。
旁人错比扬雄宅，懒惰无心作《解嘲》⑥。

注　释

① 堂：即"草堂"。成：落成。
② 背郭：背负城郭。草堂在成都城西南三里，故曰背郭。荫白茅：用茅草覆盖。
③ 堂在浣花溪上，溪近锦江，故得通称江。江边原无路，因营草堂，缘江往来，竟走出来一条路，故曰缘江路熟。熟，有成熟意。俯青郊：面对郊原。堂势较高，故用俯字。二句写堂之形势及所用材料。
④ 此二句写草堂竹木之佳，语有倒装。顺说就是：榿林之叶，碍日吟风；笼竹之梢，和烟滴露。蜀人称大竹为笼竹。
⑤ 此二句写草堂禽鸟之适。将：率领。罗大经《鹤林玉露》云："诗莫尚乎兴……盖兴者，因物感触，言在于此，而意寄于彼。非若赋、比之直言其事也。故兴多兼比、赋，比、赋不兼兴。……暂止飞乌将数子，频来语燕定新巢，盖因乌飞燕语，而喜己之携雏卜居，其乐与之相似。此比也。亦兴也。"
⑥ 扬雄：西汉末年大赋家。其宅在成都少城西南角，一名"草玄堂"。扬雄尝闭门草《太玄经》，有人嘲笑他，他便写了一篇《解嘲》文。扬雄蜀人，自可终老于蜀，杜甫不过暂居（他曾有诗："此生那老蜀？不死会归秦！"），所以说"错比"。但也不想像扬雄一样专门写篇文章来表明自己的心意。

题 解

唐肃宗乾元二年（759）冬天，杜甫流落至成都，在亲朋的帮助下，于浣花溪西头营建草堂，本诗作于第二年暮春时节草堂基本建成之时。"堂成"即指草堂落成。《堂成》一诗真实生动地记录了诗人初到成都后在草堂定居生活时的所见所感，于竹木成荫、禽鸟闲适中抒发了诗人在饱尝颠沛流离生活之后暂得一栖身之所时的愉悦心情。

赏 析

杜甫流落到四川成都之后，在朋友帮助下盖成草堂，有了安身之所，生活暂得安定，心情暂得安稳，于是诗人提笔写下了这首诗，表达一时的愉悦闲适之感。

该诗以《堂成》为题，主要记录的是草堂和周围景物以及诗人暂居草堂时那种喜悦的心情。首联以"背郭堂成荫白茅，缘江路熟俯青郊"直笔叙事，描写了草堂的环境，毫无夸饰：用白茅盖成的草堂，背向城郭，临江而立。由于草堂的建成，人们缘江往来，竟走出来一条路来。由于草堂的地势较高，从草堂可以俯瞰郊野青翠葱茏的景色。诗人以简洁之笔，勾勒出了草堂所处的方位。

接下来的四句，紧承上两句的环境描写，继而述写草堂周围的优美景色。"桤林碍日吟风叶，笼竹和烟滴露梢"两句，再现了草堂周围的幽静与安谧。环顾草堂四周，由于林木的枝叶茂盛将阳光都遮挡住了，而清风拂过桤树林，叶子相互摩擦，似发出轻轻的低吟之声。在淡淡的雾晨笼罩下，晶莹的露珠从绿竹梢头徐徐地滴落下来，透着生机与活力。欣赏着如此美好的景致，诗人不禁生发出宁静愉悦闲适的心情，当然，美好的心情与美好的景致自然也融合在了一起。于是诗人便写出了"暂止飞乌将数子，频来语燕定新巢"的诗句。清晨茂密的树林中的融融景色，让飞乌们分外高兴，由于融入了这美好的景象之中，它们都不愿意再去游飞苍穹，而是带着自己的儿女栖息在茂密的枝头，快活的小燕子，则喃喃细语着盘旋在林木之间，好不自在。这两句，诗人写出了草堂禽鸟之适。清新的景色之中，乌燕欢愉，生机无限。诗人用自己的欢欣之情，去体味禽鸟的欢愉之态，于写景状物之中寓有比兴之意，诗人在经历了颠沛流离的生活之后终于有了一个暂时可以栖息的处所，翔集的飞鸟，营巢的燕子，也与诗人一样分享着这份喜悦。然而诗人在文中一个"暂"字的运用，却将诗人虽是新居初定，此处却不是终老之乡的那种彷徨忧伤而又矛盾的心态表达了出来。

也正是因为诗人极其复杂的心境，在诗的结尾，诗人以"旁人错比扬雄宅，懒惰无心作《解嘲》"的议论之语作结。扬雄是西汉著名的学者，成都人，当时由于不阿附权贵而闭门写《太玄经》被人讥讽，于是著《自嘲》一文来自我安慰。

诗人道出了不能跟扬雄比较的原因，开始向情感的深处开掘。这是因为这里是扬雄的家乡，而诗人不过是一个过客。跨越千山万水来到这里，虽不能被世人所理解，也懒得像扬雄那样写文章表白心情了。字里行间，客居他乡的淡淡愁绪让诗人无法释怀。

这首诗，由堂成写起，由写景到写人，再回到草堂，诗文清丽明快，前后呼应，写出了诗人的身世感慨。浓重的思乡情结，使得诗人只能在诗文中抒发暂得栖身之所的愉悦心情。

江 村

清江一曲抱村流①，长夏江村事事幽②。
自去自来堂上燕③，相亲相近水中鸥④。
老妻画纸为棋局⑤，稚子敲针作钓钩⑥。
但有故人供禄米⑦，微躯此外更何求⑧？

注 释

① 江：指浣花溪。抱：环绕。
② 长夏：长长的夏季。
③ 自去自来：随意来去。
④ 相亲相近：形容鸥鸟和乐相依。
⑤ 画纸为棋局：把棋盘画在纸上。
⑥ 钓钩：鱼钩。
⑦ 禄米：生活用度。
⑧ 微躯：谦词，微贱的身体，诗人自指。

题　解

唐肃宗上元元年（760），经历过四年流亡生活的杜甫，在好友资助下于成都郊外浣花溪畔搭建草堂栖身。诗人以《江村》为题，以轻快之笔，勾勒出当时初夏时节浣花溪畔清静幽深的田园美景。面对水鸥相近、老妻稚子的乐趣，让诗人虽身处惨淡的处境，但仍能笑对人生，放笔咏怀，表现出诗人乐观、从容的生活态度。

赏　析

《江村》一诗是杜甫移居成都郊外浣花溪畔，自建草堂定居之后，正值夏天来到，面对江流婉转、田园幽雅的美好景致，诗人有感而发，通过描写来去自由、鸥鸟无猜、妻子画纸为棋盘和儿子做钓钩等情景，再现了浣花溪畔恬适安然的生活，表达了诗人的愉悦、欢喜之情。

首联"清江一曲抱村流，长夏江村事事幽"写出了浣花溪边秀美的小村被清澈见底弯弯曲曲地绕村而流的江水环抱，长长的夏日里，小村的每一个所在都呈现出幽静清新的特点。一个"抱"字的运用，形象地再现了小村山清水秀、自然和谐的韵致。而长夏的酷热难熬在诗人"事事幽"的描写中荡然无存。"事事幽"三个字在诗文中起到承上启下、总领全篇的作用。接下来诗人以"自去自来堂上燕，相亲相近水中鸥"句由静景转向动景，进一步描写江村景色的优美。堂间燕子在天空中自由自在地飞翔；江水中的白鸥，彼此亲密地结伴飞行，在这静雅幽美的环境之中，就连鸟儿也流连于此，上下翩跹不愿离去，尽情享受这恬适的自然美景。在诗人眼中，大自然完全是一派生机盎然、和谐秀美的景象，人与自然的和谐相处，仿佛置身于世外桃源的仙境之中，此时此刻，诗人欢畅愉悦的心情清晰可见。

描写完幽静安然的景色，诗人转向对人物的描写。"老妻画纸为棋局，稚子敲针作钓钩"两句，描写出诗人一家人在这种美好的环境中的家庭欢乐，也让我们看了诗人一家最纯朴温馨的生活。一家人沉浸在幽静典雅的自然环境之中，年老的妻子此刻也有雅兴拿出画纸画着棋局，而年幼的稚子此时也忙碌着敲针做钓钩去江边享受垂钓的乐趣。经历长期离乱之后的诗人,面对此情此景,享受着这人生的幸福时光,是多么的欣喜和满足。

这首诗的前六句,诗人为我们描绘了一幅山水田园诗般恬静优美的图画,读后让人心旷神怡,心向往之。而诗的最后两句却发出了"但有故人供禄米,微躯此外更何求"的感慨,读后余味悠长。之所以能过上这种悠闲的生活,是因为有"故人供禄米"的资助,吃的用的都是老朋友供的,自己一生的事业难道就走到这个程度?从这一句诗中我们看到了诗人内心的惆怅,这种想法一直无法释怀。一句感慨,隐含着深深的凄凉和无奈,也展示了一个在乱世中想寻求简单生存尚不可得的普通百姓的无限悲哀。

这首诗具有典型的现实主义特色。全诗借景抒情,意境幽深。结构紧凑,前后照应。语言质朴,直抒胸臆。诗文两两相对,读起来朗朗上口,不失为一篇即兴感怀的佳作名篇。

茅屋为秋风所破歌①

八月秋高风怒号,卷我屋上三重茅②。
茅飞渡江洒江郊,高者挂罥长林梢,
下者飘转沉塘坳③。
南村群童欺我老无力,忍能对面为盗贼④。
公然抱茅入竹去,唇焦口燥呼不得,
归来倚杖自叹息⑤。
俄顷风定云墨色,秋天漠漠向昏黑⑥。
布衾多年冷似铁,娇儿恶卧踏里裂⑦。
床头屋漏无干处,雨脚如麻未断绝⑧。
自经丧乱少睡眠,长夜沾湿何由彻⑨!
安得广厦千万间,大庇天下寒士俱欢颜,
风雨不动安如山⑩!
呜呼!何时眼前突兀见此屋,
吾庐独破受冻死亦足⑪!

注　释

① 此诗为叙事体。歌行体本是古代歌曲的一种形式，后成为古体诗歌的一种体裁。其音节、格律一般比较自由，形式采用五言、七言、杂言，富于变化。它的特点是不讲究格律，任由诗人创作兴致所至。抒发感情，句数多少不限，可以说是句式整齐的"自由体"诗。但极富韵律，朗朗上口，略求押韵而不无顿句，是古代诗文中极有特色的一类。诗中的茅屋指草堂。

② 秋高：秋深。号（háo）：号叫。三重（chóng）茅：几层茅草。三：不定词，表示多。

③ 挂罥（juàn）：挂着，挂住，缠绕。罥：挂。长：高。沉塘坳（ào）：沉到池塘水中。塘坳：低洼积水的地方（即池塘）。坳：水边低地。

④ 忍能对面为盗贼：竟忍心这样当面做"贼"。忍能：忍心如此。对面：当面。为：做。

⑤ 入竹去：进入竹林。呼不得：喝止不住。

⑥ 俄顷（qǐng）：不久，一会儿，顷刻之间。秋天漠漠向昏黑（hè）（古音为押韵念hè）：指秋季的天空浓云密布，一下子就昏暗下来了。漠漠：阴沉迷蒙的样子。向：渐近。

⑦ 布衾（qīn）：棉被。娇儿恶卧踏里裂：指儿子睡觉时双脚乱蹬，把被里都蹬坏了。恶卧：睡相不好。

⑧ 床头屋漏无干处：意思是，整个房子都没有干的地方了。屋漏：指房子西北角，古人在此开天窗，阳光便从此处照射进来。"床头屋漏"，泛指整个屋子。雨脚如麻：形容雨点不间断，向下垂的麻线一样密集。雨脚：雨点。

⑨ 丧（sāng）乱：战乱，指安史之乱。何由彻：意思是，如何才能熬到天亮呢？彻：通，这里指结束、完结的意思。

⑩ 安得：如何能得到。广厦（shà）：宽敞的大屋。大庇（bì）：全部遮盖、掩护起来。庇：遮蔽、掩蔽。寒士："士"原指士人，即文化人，但此处是泛指贫寒的士人们。

⑪ 突兀（wù）：高耸的样子，这里用来形容广厦。见（xiàn）：通"现"，出现。

题 解

唐肃宗上元元年（760）春，杜甫在亲友资助下于成都西郭外浣花溪畔盖建草堂安居。第二年八月，一场秋风卷走了草堂顶上的茅草，一场夜雨浇漏了茅屋。饱尝战乱之苦的诗人，身处窘境，百感交集，写下《茅屋为秋风所破歌》以抒写自己的情怀。

赏 析

《茅屋为秋风所破歌》这首至今还被人们传诵的歌行体古诗，体现了诗人忧国忧民的崇高思想境界，是杜诗中的典范之作。全诗一共分为四个部分。

第一部分共五句，写诗人的茅屋被秋风所破的惨状。诗人以"八月秋高风怒号，卷我屋上三重茅"起句，"风怒号"三字写出了秋风的力度和声响；一个"怒"字，采用拟人手法，给秋风以人性的色彩，写出了秋风的忽然间铺天盖地，让诗人不免焦急万状。"卷""三重"写出茅屋受害之重。"三重"不是确数，是"多重"的意思。"茅飞渡江洒江郊"的"飞"字、"高者挂罥长林梢"中的"挂罥"、"下者飘转沉塘坳"中的"飘转""沉"等一系列动词的运用，细致地写出了风吹茅草的情状，这所有的变化牵动着诗人的心弦，面对大风破屋的情景，诗人焦灼、苦痛的心情表达了出来。

第二部分有五句，写调皮的南村群童偷抱茅草的情景和诗人捶胸顿足的怅叹：南村的群童欺侮我年老体衰，居然忍心在我面前做起盗贼！公然地抱着茅草钻进竹林而去，我喊得唇焦口燥仍不见效果，只好回来倚仗独自叹息。通过这一群童抱茅、夺茅景象的描写，表现出诗人对刚刚稳定下来的生活的珍惜但又无可奈何的痛苦心情。诗人跌跌撞撞追不上茅草，唇焦口燥喊不住群童，只有归来倚杖自叹息，而这一声叹息，不仅仅是叹自己的茅屋被秋风所破，更叹周围和自己一样穷苦的人们，同时也叹战乱带给人民无尽的苦难。这一部分既有对儿童由心理到行为的刻画，又有诗人自己从行动到心理的描摹，寥寥数语，使人物形象形神俱备。

第三部分共有八句，写诗人屋漏偏逢连夜雨，长夜沾湿无法入睡的痛苦。"俄顷风定云墨色，秋天漠漠向昏黑"两句，用浓墨重彩描绘了天空中黑云在一瞬间笼罩下来、大雨即将来临的情景。"俄顷"二句不仅渲染出山雨欲来风满楼的气势，也烘托出诗人愁眉苦脸的心情。"布衾多年冷似铁，娇儿恶卧踏里裂"两句，写布被因为盖得时间之长冷硬如铁，娇儿由于睡相不好，被里被他都蹬破了。"床头屋漏无干处，雨脚如麻未断绝"则写出了大雨给诗人全家造成的灾难。因为茅屋漏雨，床头被淋湿了，屋子里找不到干燥的地方；而密密麻麻的雨点落下，没有要停歇的意思。这一句，写出了诗人一家生活的窘困，透露出诗人失去唯一遮风挡雨凭借的隐痛和不安。"自经丧乱少睡眠，长夜沾湿何由彻！"面对这样的情景，诗人由小及大，叙述了自己长期以来由于漂泊辗转而生活艰难的情状。自安史之乱开始，诗人就很少能睡个安稳觉，如今雨下个不断，屋子里到处都湿漉漉的，什么时候才能挨到天亮啊。诗人由眼前的雨中凄凉扩展到安史之乱以来的种种痛苦经历，从风雨飘摇中的茅屋扩展到战乱频仍、残破不堪的国家，由个人的遭际扩展到天下苍生的困苦；抚事感时，万念交集，由秋宵屋漏联想到了国家的动荡、民众的苦难，诗人忧国忧民的感情由此可见。以上八句，从结构上讲，是在为下文的直抒感慨做铺垫。

最后六句，组成了诗的第四部分。主要表达的是诗人推己及人，关心百姓疾苦的大爱情怀和崇高精神。"安得广厦千万间，大庇天下寒士俱欢颜，风雨不动安如山"表达的是诗人的美好愿景。多么期望能得到千万间高大的房屋，在狂风暴雨中也不会倾倒，安稳得像山一样，为天下贫寒的读书人遮风避雨，让他们都喜笑颜开。在这里，诗人由己及人，为处于凄风苦雨之中的天下寒士疾呼，为处于水深火热之间的广大贫儒疾呼，这种对未来的美好愿望，折射出诗人的博大胸襟和崇高理想。但至此，诗人似乎还意犹未尽，"呜呼！何时眼前突兀见此屋，吾庐独破受冻死亦足！"一句则是诗人推己及人，希冀有一天会有"广厦千万间"，让"天下寒士俱欢颜"，表达出诗人关心民生疾苦、忧国忧民的深沉情感。这一句是全诗的主旨所在，也是最动人、最具感召力之处。

这首诗按照内容可以分为叙述和抒情两大部分。全诗卒章显志。诗人从叙事写起，借事抒情，情感打动人心。诗人在茅屋几乎被狂风和顽童完全摧毁，屋漏床湿，被冷似铁，全家无法安眠的凄凉背景之下，从切身体验遥想天下民众，渴望有广厦千万间为天下贫寒之士解除居住之苦，甚至不惜牺牲个人的幸福来换取天下寒士的欢颜。语畅情酣，充分发挥了歌行体自然流丽的长处，于质朴的语言中进行白描式的勾勒，形象逼真，动人心魄。诗文情真意切，音调抑扬舒展，收放自如。诗人忧国忧民、先人后己的高尚情怀充溢于抒情之中。

• 茅屋为秋风所破歌

恨　　别

洛城一别四千里①，胡骑长驱五六年②。
草木变衰行剑外③，兵戈阻绝老江边④。
思家步月清宵立，忆弟看云白日眠⑤。
闻道河阳近乘胜，司徒急为破幽燕⑥。

注　释

① 洛城：洛阳。四千里：恨离家之远。
② 胡骑：指安史之乱的叛军。五六年：恨战乱之久。从天宝十四载（755）到如今，已经过了五六年。
③ 剑外：剑阁以南，唐代称剑门之南为剑外。这里指蜀地。
④ 江边：指锦江边，这里是草堂所在地。
⑤ 这两句通过写诗人时间错乱，白天睡觉，晚上在月下散步这些生活细节，表达自己思家忆弟的那种深情。杜甫有四弟，名为颖、观、丰、占，其中颖、观、丰散在各地，只有占随杜甫入蜀。
⑥ 乘胜：指的是唐肃宗上元元年（760）三月，检校司徒李光弼破安太清于怀州城下，四月，又破史思明于河阳西渚，这就是诗中"乘胜"的史实。司徒：指李光弼，当时李光弼为检校司徒。破幽燕：指当时李光弼又急欲直捣叛军老巢幽燕，以打破相持局面。

题 解

《恨别》为一首七言律诗，作于唐肃宗上元元年（760）的成都。诗中抒写了诗人流落他乡的感慨和对故乡、亲人的深切怀念之情，表达了诗人渴望朝廷能够早日平定叛乱、光复国家的殷切希望和爱国思想，感情真挚，打动人心。

赏 析

这首七言律诗格调沉郁、感情真切、动人心弦、感人至深。

首联以"恨别"领起，写出诗人自己在遭遇安史之乱的"五六年"动荡沉浮的岁月中，告别故土、漂泊在外四千多里而不知归期的复杂心境，点出了这首诗思家忧国的主题。安史之乱爆发的五六年时间里，由于叛军铁蹄的蹂躏与祸害，致使生灵涂炭，民不聊生。诗人在这里用"四千里"，特指离家之远；"五六年"则感伤战乱之久。面对此情此景，诗人只能抱以深深的忧虑。

颔联则以"草木变衰""兵戈阻绝"述写了诗人流落蜀地的生活境况。看着草木一天天地由青变衰，由于连年战乱漂泊在剑阁之外的诗人因为兵戈的阻隔，只能任自己在异乡慢慢老去。诗人由草木的盛衰变迁，联想到了飘零在外的逐渐衰老与日渐憔悴。尽管在成都草堂由于友人的资助，生活过得也较为安定，但是由于"兵戈阻绝"，渴望重返故园的思乡之情依旧萦绕于心，面对有家而不能回的社会现实，诗人只能无奈地感慨自己要渐渐地老于锦江之边了。一个"老"字的运用，让诗文充满沉郁凄凉之气，回味不尽。

望云念友，览月思人。颈联"思家步月清宵立，忆弟看云白日眠"两句，在叙事抒情之中巧妙地运用了细节描写。"思家"与"忆弟"互文。诗人想念故土，忆念胞弟，清冷的月夜，辗转难眠，坐卧不安；清冷的白昼，卧看流云，倦怠而眠。这种坐卧不宁的举动，写出了诗人思家忆弟的深情，借白云明月，寄托对友人的深深的挂念之情，委婉曲折地表现了怀念亲人的无限情思，突出了题中的"恨别"之意。在这里，诗人通过对自己"宵立昼眠，忧而反常"（《杜少陵集详注》）的生活细节描写，给读者以具体生动的形象感知，让读者去体会其中所蕴含的无尽的忧伤之情。手法含蓄巧妙，意味深长。

尾联以"闻道河阳近乘胜,司徒急为破幽燕"作结语,抒写诗人听到唐军捷报频传的好消息,期待尽快收复幽燕、平定叛乱的迫切心绪。上元元年三月,检校司徒李光弼破安太清于怀州城下;四月,又破史思明于河阳西渚。当时李光弼又急欲直捣叛军老巢幽燕,以打破相持局面。诗人听到了这鼓舞人心的消息,心中的喜悦自然是不言而喻。他真切地盼望李光弼率军能够早日攻破幽燕、平定叛乱,这样百姓得以休养生息,自己也可以回到中原故乡与亲人团聚。在这里,诗人以充满希望之句作结,感情由悲凉沉郁转为欢快明亮,家事国事交汇在一起,构成了这首诗的内容。诗人的开阔胸怀与爱国之心明镜可鉴。

这首七言律诗,格调优美,语言质朴、浅显但意味深长。诗人将个人遭遇与国家命运结合在一起,每一句都蕴蓄着丰富的内涵,饱含着浓郁的诗情,值得读者反复吟味。

野　　老

野老篱边江岸回①，柴门不正逐江开。
渔人网集澄潭下②，贾客船随返照来。
长路关心悲剑阁，片云何意傍琴台③？
王师未报收东郡④，城阙秋生画角哀⑤。

注　释

① 野老：杜甫自谓。
② 澄潭：指百花潭，是草堂南面的水域。
③ 片云：指孤云，这是写景的，同时也是比喻自己的。何意：何事。琴台：成都的一个名胜，相传为司马相如和卓文君当垆卖酒的地方，在浣花溪北，这里代指成都。
④ 收东郡：指唐肃宗上元元年（760）六月田神功破史思明于郑州，但东京与诸郡犹未收复。
⑤ 城阙：这里指成都。唐肃宗至德二年（757）升成都府为南京，故称"城阙"。画角：古军乐，长五尺，形如竹筒，外加彩绘，所以说"画角"，其声哀厉高亢，军中吹之，以警昏晓。

题 解

此诗写于唐肃宗上元元年（760）。经过长年颠沛流离，杜甫终于在成都西郊建草堂定居下来，这是诗人聊感欣慰的一件大事。然而国家残破、生民涂炭的现实，却时时在撞击着这位有高度社会责任感的诗人的心灵，让他无法平静，这首诗便揭示了诗人内心这种微妙而深刻的感情波动。

赏 析

《野老》一诗是杜甫心忧天下苍生的代表作。诗中表达的是他对国家前途命运的深切忧虑，老臣伏枥之情殷殷切切。

前四句描写了所居之草堂以及远观江面的景象。诗人在诗的开篇便以"野老"自称，似闲庭漫步之中，将草堂、江边之景如数家珍般一一描述。刚刚安居下来的诗人，在草堂前的江边漫步，他看到自家庭院的篱笆随着江岸的弧度曲曲弯弯透迤幽折，低矮的柴门虽方位不正但却正对江面。放眼望去，清澈的百花潭中，渔民们正在热火朝天地下网捕鱼，而来往于江面上的商船，在晚霞的映照中，也纷纷靠岸停泊了。此四句，描绘出诗人在江边信步漫游时的所见与所闻，野望之景，自然而又真实，恬淡闲适而不乏生活气息。而这一切，也使诗人的内心充满了恬淡与喜悦之情，此情此景中的诗人，悠然、闲适，真的感到很享受。

接下来的两句，跟前两句相比，似乎转眼间发生了变化，诗人心境来了一个大转弯。"长路"承接"贾客船"，自然过渡。也许是贾客之船熙来攘往的热闹景象让诗人一下想起了相距遥遥、多年未见的亲人们。诗人的思绪在此时飞向了遥远的家乡，因为那里有他阔别多年日思夜想的兄弟姐妹。剑门失守，归乡难求，诗人此时内心充满了惆怅与伤感。面对此情此境，诗人于无奈之中发出了"片云何意傍琴台？"的痴问。"片云"是诗人自喻，琴台代指成都。诗人以此问，表达了自己流落剑阁之外多年，有家而不能归的无奈与报国无门的苦痛。此时此刻，诗人的内心是矛盾的，也是迷茫的，因为他真的不知道怎么才能找到适合自己的出路。

尾联，作者点出动荡不安、危机四伏的政治时局，抒发自己国愁家愁的情怀。诗人感叹洛阳尚未收复、国家动荡不安的政治局势，让远在边疆的吐蕃也虎视眈眈，伺机入侵，凌割大唐。面对前景难测的时局，诗人心中也充满了深切的忧虑与悲凉。当听到萧瑟秋风中的成都城头传来的画角之声，凄切悲凉之声，搅人魂魄，诗人的心中更是有着无法言说的孤寂与茫然。

这首诗，前四句写景，以江边恬静优雅之景，抒写了诗人心境的淡泊、悠远与平静；后四句笔锋转向，抒写了诗人哀伤的感情。诗人并未因为江村的秀美而忘情于自然，他总是时刻能够让人们感受到他对国家、对民族那份沉甸甸的挚爱之情，诗人的内心是矛盾的，而这种复杂、矛盾的思想却正是他忧国忧民的思想面貌的真实写照。

• 野老

狂　夫

万里桥西一草堂①，百花潭水即沧浪②。
风含翠筱娟娟净③，雨裛红蕖冉冉香④。
厚禄故人书断绝⑤，恒饥稚子色凄凉⑥。
欲填沟壑唯疏放⑦，自笑狂夫老更狂⑧。

注　释

① 万里桥：在成都南门外，是当年诸葛亮送费祎出使东吴的地方。杜甫的草堂就在万里桥的西面。
② 即：是。百花潭：在浣花溪南，杜甫草堂在其北。沧浪：指汉水支流沧浪江，古代以水清澈闻名。传说孔子到楚国，听到一个小孩在唱："沧浪之水清兮，可以濯我缨。"这里表示随遇而安。
③ 筱：细小的竹子。娟娟净：秀美光洁之态。
④ 裛：滋润。红蕖：粉红色的荷花。冉冉香：阵阵清香。
⑤ 厚禄故人：指做大官的朋友。书断绝：断了书信来往。
⑥ 恒饥：长时间挨饿。稚子：小儿子。
⑦ 填沟壑：把尸体扔到山沟里去。这里指穷困潦倒而死。疏放：疏远仕途，狂放不羁。
⑧ 狂夫：自称狂夫是自我解嘲之意，也有不屈品节、乐道安贫之意。

题　解

此诗作于唐肃宗上元元年（760）夏的成都草堂。诗人以自己为题，在描写草堂环境清幽、秀美的同时，道出了自己生活清苦无援、只好狂放自遣的无奈。

赏　析

这首诗以"狂夫"为题，意在抒写诗人心中的不平之气。诗人所说的狂夫实际上是指自己。然而诗一开始，却没有直接从"人"写起，而是从周围的景物写起。

前四句，诗人用细腻的笔触描写出杜甫草堂周围幽美的环境，展现出的是人在大自然中生活时，人与自然天人合一的那份愉悦与宁静。南门外的小石桥相传为诸葛亮送费祎之处，名为"万里桥"，而自己的草堂便位于桥西。过桥向东，便是风景幽美的"百花潭"（即浣花溪）。草堂及浣花溪周围翠竹清影，带着水光的枝叶明净润泽；细雨中的荷花娇艳无比，微风拂过清香可闻。"万里桥西一草堂"，点出了草堂的位置在"万里桥西"，"百花潭水即沧浪"一句中"即沧浪"三字隐含有《楚辞》"沧浪之水清兮，可以濯我缨"之句意，写出了诗人闲居草堂之中的恬然自安。"风含翠篠娟娟净，雨裛红蕖冉冉香"描写的是草堂周围景色。上句风中有雨，下句雨中有风，斜风细雨之中翠竹轻摇，荷花送来阵阵清香。此情此景，怎不令人怡然自乐？

然而后四句，诗人却笔锋一转，由景物描写转向描写自己生活的窘困贫苦和世态炎凉。"厚禄故人书断绝，恒饥稚子色凄凉"一句，诗人用凄凉的文笔抒发自己靠故人接济度日的窘困，一旦这故人音书断绝，一家子的生活便会没有了着落，难免挨饿陷入困顿。诗的结语"欲填沟壑唯疏放，自笑狂夫老更狂"一句，则道出了诗人过上这种穷困潦倒生活的根本原因是自己过于狂放而不被人认可的性格。但诗人认为，即便是自己满头白发，还是要更加狂放下去的，因为在诗人心中，永远不能丢掉的是尊严和品格。正是因为自己狂傲疏放的品性，所以诗人从不奴颜婢膝，不去追求趋炎附势的生活，才会如此拮据，如此窘迫，如此潦倒，以至于到了"欲填沟壑"的地步。"填沟壑"，即饿倒路旁被扔进沟里无人收葬。即便是在这样一种严酷的生活现实之下，坚强的诗人也没有被摧垮、没有改变当初的气节，始终像斗士一样坚强倔强地挺立着。这最后两句诗，诗人表明了自己疏远仕途、狂放自适的心境。通读全篇，我们从诗人的描述之中看到了一个生计潦倒却愈老弥坚的"狂夫"形象，这是诗人不屈精神的写照。

　　这首诗，前半部分写景写物，后半部分状情抒怀。诗人通过对万里桥、百花潭、翠竹、红莲、微风、细雨这景物的细致描画，表达出诗人被生存折磨的困顿局面，也体现出诗人不为斗米折腰的志向与不随波逐流的尴尬。以乐景写哀情，成为这首诗的一大特色。全诗音节舒缓，语调从容，用词细腻生动，意境完整。

戏题王宰画山水图歌

十日画一水，五日画一石。
能事不受相促迫①，王宰始肯留真迹。
壮哉昆仑方壶图②，挂君高堂之素壁。
巴陵洞庭日本东③，赤岸水与银河通，
中有云气随飞龙。
舟人渔子入浦溆④，山木尽亚洪涛风⑤。
尤工远势古莫比⑥，咫尺应须论万里⑦。
焉得并州快剪刀⑧，剪取吴松半江水⑨。

注　释

① 能事：十分擅长的事情。此指绘画。
② 昆仑：我国西部大山，也是神话传说中的仙山。方壶：神话传说海上有三座仙山，方壶是其中之一。
③ 巴陵：山名，又称巴丘，在今湖南岳阳市西南，靠近洞庭湖。日本东：日本东面的海域。
④ 浦溆：岸边。
⑤ 亚：低垂。
⑥ 尤工：特别擅长。远势：远景。
⑦ 咫尺：形容篇幅极小。周制，八寸为咫。
⑧ 并州：唐朝时期的河东道，即今山西太原一带，当地所产剪刀以锋利著称。
⑨ 吴松：即今吴淞江，俗称苏州河。源出江苏苏州太湖瓜泾口，东流至上海市外白渡桥入黄浦江。

题 解

这是一首题画诗。此诗题下原著:"宰画丹青绝伦。"王宰,蜀中人,诗人定居成都期间与其相识,为唐代著名山水画家。善画山水、树木、石头,画技高超。唐肃宗上元元年(760),杜甫应王宰邀请,为其画题写此诗。此诗赞美了王宰画中描绘的奇美山水图景和无人可比的高超画技。

赏 析

这首诗描绘了王宰山水画风格的宏大气势与壮阔场面,使读者于诗情画意之中,在尺幅之间纵观了无比壮美的大好河山。

首四句以"十日画一水,五日画一石。能事不受相促迫,王宰始肯留真迹"开篇,极力褒赞了王宰绘画态度的严谨、认真。王宰擅长绘画,但却不愿意因为压力而草草完成,往往要经过很多时日的思考沉淀,胸有成竹后于五日十日之后才能画出寥寥的一水一石,挥毫留下真迹,可见其创作态度的一丝不苟,独具大家风范。进而,诗人描写了挂在王宰高堂白壁上的巨幅山水画作——昆仑方壶图。两座神山东西遥望,波峰连绵起伏,高耸入云霄,蔚为壮观。画面之上,空间辽阔、宏大,给人以雄奇壮丽的视觉体验。就连诗人也禁不住发出"壮哉"的赞叹,表达出自己由衷的赞美与感叹。

在接下来的诗句中,诗人用节奏鲜明的语调,饱含热情的笔触,摹绘出画作中的美好景象。"巴陵洞庭日本东"描绘出洞庭湖水从西向东一路奔涌滔滔不息,流向日本东部海域的气势震撼人心。"赤岸水与银河通"则表现出黄河之水的广远浩渺,水天一色,仿佛与银河相通的壮观。在这里,山水相生,自然天成。"中有云气随飞龙"一语,再现出画面之上云气弥漫流动、风云变幻万千的动态之美。诗人在此化虚为实,以云气飞动烘托出风势的猛烈,将静态的画面赋以动态之势,显得自然活泼、生动传神。在风涛激荡之中,渔夫急着将船儿向岸边驶去,山中林木被狂风吹得低垂俯地。诗人在此将画上风烈、浪高、水急的特点淋漓尽致地予以再现,整个画面气韵飞动、生机盎然。

最后四句,诗人进一步赞颂了王宰炉火纯青的画技及独特的艺术表现力。

"尤工远势古莫比,咫尺应须论万里"两句,高度评价了王宰山水图画在绘画中的构图技法的前无古人。他擅长画大山水,能在咫尺篇幅间描摹出万里河山的盛景。而"焉得并州快剪刀,剪取吴松半江水"之语,则是诗人为王宰高超的绘画技艺所折服的由衷赞叹之词:诗人赞叹王宰所画山水就像真的一样,恨不得用并州快剪刀剪下来归自己收藏。结尾两句用典,语意相关。相传晋索靖观赏顾恺之画,为之倾倒,赞叹:"剪松江半幅练纹归去。"杜甫在这里以索靖自比,以王宰画相比顾恺之画,来赞扬昆仑方壶图的巨大艺术感染力,表达了诗人对王宰山水画的赞赏和倾倒之情,而"焉得并州快剪刀,剪取吴松半江水"早已成为千古传诵的名句。

　　这首诗,语言凝练生动形象,意境阔远深隽。诗情与画意融为一体,画中有诗,诗中见画。诗中将画家高超、精湛的绘画技艺与诗人独特的赏画体验融为一体,堪称题画诗作之名篇。

• 戏题王宰画山水图歌

与朱山人①

锦里先生乌角巾②,园收芋栗未全贫③。
惯看宾客儿童喜,得食阶除鸟雀驯④。
秋水才深四五尺,野航恰受两三人⑤。
白沙翠竹江村暮,相送柴门月色新⑥。

注 释

① 朱山人:杜甫住在成都草堂时的邻居,隐士。
② 角巾:古代隐士常戴的一种有棱角的头巾。
③ 芋栗:芋艿、栗子。
④ 阶除:堂屋前面的台阶。
⑤ 恰受:刚好容纳。
⑥ 柴门:简陋的门。

题 解

这首诗是杜甫住在成都浣花溪畔时所写的一首七言律诗,诗中的朱山人是他的邻居,也是他的好友。这首诗另有诗题为《南邻》。诗中刻画了一位安贫乐道、喜交朋友的和善老人形象。

赏 析

这首描写邻居的佳作从朱山人的家庭环境、家中的孩童以及他本人待人接物的态度写起,刻画出一位安贫乐道、与人为善、乐于交友而又平易近人的邻人形象。

起句以"锦里先生乌角巾,园收芋栗未全贫"两句,从朱山人的外貌写起,勾画出朱山人的形象特点及清苦的生活。一位头扎乌角巾的邻人,依靠自家园子里收获的芋芳、栗子等得以继日,就算这样,日子依旧过得有声有色、富有情趣。家中单纯质朴的孩子也对常来常往的宾客耳熟能详,常常以笑脸相迎、相送。更让人感到称奇的是,就连在朱山人自家庭院里、台阶上啄食的鸟儿们,也好似接受过朱山人的驯养一般,自由自在地生活在这里,和这个小庭院里的一家人和平共处、相安无事。由此可见,我们面前的这位老人是多么的和善与容易相处,从他那种坦诚、淳朴的交友之道和恬淡自然的生活态度中,人们品味出的是这位老人高洁的风骨与质朴的品格。

后四句,描写天色已晚,黄昏来到,山色渐暗,河里渐渐水涨,朱山人走出院子与客人道别。秋日的河水涨起后也不过四五尺深,野外的小渡船刚好可以坐下两三个人,客人们见天色渐晚,纷纷起身告辞。好客的主人起身将他们送出家门,目送小船渐行渐远。白沙和翠竹掩映在江村的暮色之中,清透的月色下,诗人感动于目睹主人与客人一一道别的温馨场景,由衷地钦佩眼前这个质朴、可亲的老人待人接物时尽善尽美的品格,于是用平实质朴的语言,将这位邻人自守清贫的风骨体现于字里行间。

在诗人眼里,邻家的这位老人无论是迎来还是送往,都表现得礼貌有加。质朴自然、恬然自安的生活之中并不缺乏邻里与友人交往的乐趣。虽然没有铺张、奢侈的宴饮与排场，但心境的平和、生活的朴素、与人相处的和谐有度让这位清贫的老人拥有了更多的造访者。人们敬重朱山人谦和的人品、更敬重他朴素的生活方式。在这首诗里，诗人在描摹刻画朱山人的形象之时，也极尽笔力地呈现出江村别具一格的抽象风景：白沙滩的柔软映衬出翠竹的坚硬、月色中的小村庄依旧呈现出它应有的生机，朱山人与宾客们则是在相互的寒暄之中依依惜别。在这首诗里，山水相依、人与人和睦相处，隐居山林之中的朱山人虽归隐山林之中，却依旧不失生活的乐趣。

绝　句

迟日江山丽①，
春风花草香。
泥融飞燕子②，
沙暖睡鸳鸯③。

注　释

① 迟日：春天日渐长，所以说迟日。语出《诗经·七月》："春日迟迟。"欧阳炯《春光好》中有"天初暖，日初长"。
② 泥融：这里指泥土滋润。
③ 鸳鸯：一种水鸟，雌雄成对生活在水边。

题　解

这是一首五言绝句，是诗人杜甫漂泊西南的早期作品，写于成都草堂，描绘草堂所在浣花溪一带的绚丽春景，突出再现了春天的日光和煦与万物的欣欣向荣，从而构成了一幅明丽和谐的春色图。

赏　析

全诗四句，两两相对，为人们描绘出一幅绚丽多彩、生机盎然的春天的美丽图画。

首句以"迟日"领起全篇，突出了浣花溪一带在初春灿烂阳光的照耀下明净绚丽的春天景象。诗人以"迟日"突出春天阳光独有的暖洋洋的特点，以"丽"字总写景物特征，突出了春光明媚、万物欣欣向荣的特点，使诗中描写的物象有机地融合为一体，构成一幅色彩明丽的春色图。

次句选择了和煦的春风、初放的百花、如茵的芳草、浓郁的芳香几个意象来续写春光的明媚清新。因为诗人把春风、花草及其散发的馨香有机地结合在一起，山清水秀，草木葱茏，清风拂面，送来百花的芳香，带来春草的香气，让人仿佛身临其境，陶醉在美好的春光中流连忘返。

前两句主要从静态方面展现春天的明媚清丽，从第三句开始，诗人引入了动态的意象以展现春天的盎然生机。河岸上冰雪消融，泥土变得潮湿而松软，从南方飞回来的燕子正忙着含泥筑巢，开始新的生活，大自然一片繁忙而又生机勃勃的动态景象。诗的第四句，诗人勾勒出一幅水暖沙温，美丽多情的鸳鸯相依相偎，恬然静睡，十分娇俏可爱的静态景物画。一动一静，动静结合，静美之中有盎然生机，动态中又流溢着温馨安谧，将自然的和谐勾画得出神入化，体现了杜甫诗歌的另一种特色。

通读全诗，诗人抓住了春天的特点来描写景色，语言平实流畅，色彩明净绚丽，格调清新自然。全文以"迟日"统摄全篇，江山、春风、花草及其香味、燕子和鸳鸯、泥融与沙暖等春天的特有景物，无不是沐浴在温煦的阳光下，给读者描绘了一幅明丽静美的春景图，诗人的整个身心都沉浸于柔美和谐和春意之中，表达了诗人结束奔波流离生活后暂居草堂的安适心情，也表达了诗人对初春时节自然界一派生机、欣欣向荣的欢悦情怀。反复诵读此诗，你也会有春不醉人人自醉的感觉。

·绝句

江畔独步寻花（七绝句其六）①

黄四娘家花满蹊②，
千朵万朵压枝低。
留连戏蝶时时舞③，
自在娇莺恰恰啼④。

注 释

① 江畔：江边。独步：一个人散步或走路。寻花：找到花仔细欣赏。
② 黄四娘：人名。蹊（xī）：小路。花满蹊：指花多得已经占满了小路。
③ 留连：即留恋，舍不得离去。本诗句用来形容蝴蝶在花丛中飞来飞去，恋恋不舍的样子。
④ 娇：可爱的。恰恰：这里形容鸟叫声和谐动听。

黄四娘家花满蹊

题 解

这是一首单纯地描写春光的写景诗。作于杜甫定居成都草堂的第二年,即唐肃宗上元二年(761)春。春暖花开的时节,杜甫独自沿锦江江畔散步赏花,每到一处便赋诗一首,一连成诗七首,此为组诗的第六首。诗中主要描写了黄四娘家繁花似锦、蝶舞莺啼的热闹景象,春花之美、人与自然的亲切与和谐,跃然纸上。

赏 析

诗人通过自己在春日里闲庭信步于成都锦江江畔时的所见所闻,向读者呈现了一幅春意盎然、百花争艳、彩蝶飞舞、莺歌燕舞的美好画面,而诗人纵情春光、陶醉沉迷、流连忘返的心境也得以淋漓尽致地表达。

题目是"寻花",全诗紧紧围绕花景展开。开篇第一句"黄四娘家花满蹊",点明了寻花的地点,告诉读者黄四娘家门前的小路上开满了各种各样美丽的花朵,繁盛的花朵几乎都把小路给遮住了。"花满蹊"说明了花儿开放得十分茂密繁多。一个"满"字的巧妙运用,突出了花开得繁盛。"千朵万朵压枝低"一句再次向读者说明了花开得繁盛到了"压枝低"的程度。千朵万朵盛开的花儿沉甸甸地把枝条都压弯了。"压"和"低"两个字生动形象贴切地表现了花朵恣意盛开的情态。这两句通过写邻居黄四娘的家的小路开满了花,千朵万朵缀满枝头向下压的景象,分别从范围、数量、情态三个角度临摹了花儿绽放的景象,使人印象深刻。第三句"留连戏蝶时时舞"是侧面写花,通过蝴蝶在花丛中翩翩飞舞的情景,写出了花朵的娇艳美丽,以至于蝴蝶流连忘返、不舍离去,这也是拟人手法,赋予蝴蝶以人的情态,生动传神。彩蝶翩跹是因为恋花而不愿意飞走,暗示了花的芬芳妖艳。"留连"是形容蝴蝶飞来飞去舍不得离开的样子。彩蝶飞舞在繁花锦簇之中,不免使赏花的人也为之感染,不禁在花丛中徘徊欣赏。这一句,诗人通过飞舞的彩蝶从侧面写出了花儿的艳丽芬芳,使人也因此被万紫千红的春花所吸引而流连忘返。第四句"自在娇莺恰恰啼"中的"娇"字写出莺声轻柔、圆润的特点。"自在"

不仅是娇莺姿态的客观写照，也传递出它给人心理上的愉快轻松的感觉。"恰恰啼"是说正当诗人赏心悦目、忘情于花景之中时，恰巧传来一串黄莺动听的歌声，将沉醉花丛的诗人唤醒。后两句，诗人采用了移情于物的手法，由前两句写静态景物转向了写动态景物，通过声音来细致刻画了蝴蝶的翩跹飞舞和黄莺的和鸣，从而构成了一幅物我交融、情景相生的生动画面。

　　这首诗，色调明快，画面清新，给人以春光扑面的惬意感受。全诗描写动静结合，绘声绘色，刻画了生机盎然、春光明媚的意境。四句全为写景，但景中寓情，诗人欣赏着春花满枝的美景，倾听着黄莺啼叫的动人歌声，那种心旷神怡、轻松愉快的心境被这首诗轻松明快的节奏得以体现，给人一种清新优美的感觉。而诗人对和平、宁静生活的热爱与向往，以及久经离乱后得以安居时的喜悦心情也通过这首诗表达了出来。

春 夜 喜 雨

好雨知时节,当春乃发生①。
随风潜入夜,润物细无声②。
野径云俱黑,江船火独明③。
晓看红湿处,花重锦官城④。

注 释

① 好雨:指春雨,及时的雨。当:正当。乃:就。发生:催发植物生长,萌发生长。这两句说,春雨及时而来,好像雨也晓得大地上什么时候需要它似的。
② 潜:暗暗地,静悄悄地。润物:指滋润土地草木。这两句说,好雨不声不响地趁夜来了。
③ 野径:田野间的小路。俱:全,都。江船:江面上的渔船。独:独自,只有。这两句写雨中的夜景。杜甫的居处临江,从户内向外看去,见天上地下一片漆黑,而江船灯火独明。
④ 晓:清晨。红:红花。红湿处:指带有雨水的红花的地方。花重(zhòng):花沾上雨水变得沉重。锦官城:故址在今成都市南,成都旧有大城、少城。少城古为管织锦的官员所住的地方,因称锦官城。后通称成都为锦官城,简称锦城。它是唐代最繁荣的商业城市之一。

题 解

这首诗写于唐肃宗上元二年（761）春，此时诗人因陕西旱灾来到四川成都草堂已定居两年之久。一场春雨的到来，让杜甫感到欣喜万分，以久旱逢甘霖的心情，写下了这首描写春夜降雨、润泽万物的诗作，抒发了诗人的喜悦之情。

赏 析

诗的题目就指出了本诗的重点描写对象以及季节和心情。这首诗重点描写春夜雨景。诗人在春夜感觉到"好雨"降落，想到它能够及时地润泽万物，于是心生欢悦。这首诗主要是讴歌春雨润泽万物的恩德，抒发了作者对春雨的喜爱和赞美之情。

第一句，以一个"好"字起笔，既表达了对及时雨的盛赞，也流露出了诗人的喜悦心情。诗人紧扣诗题中的"喜"字，对春雨进行细致入微的描绘。"知时节"则是诗人采用拟人的手法，赋予春雨以人的情感。在作者看来，春雨体贴人意，应节而落，在大自然最需要它的时候飘然降落，焕发勃勃生机。"知"字可谓一字传神，把一场春雨写活了，写出了情感。这一句，既直写了春雨的"发生"，又含蓄地传达出诗人盼雨早来的急切心情。

第二句，诗人又转向听觉角度来曲折表达春雨的美好。绵绵春雨，润物无声，诗人沉醉在雨声中，心情舒畅。苍茫的夜晚一场春雨随风而至，悄无声息，滋润万物。一个"潜"字十分恰当、准确地传递出春雨无声无息滋润万物的不动声色，也暗写小雨之纤弱轻细；一个"细"字，写出了春雨轻柔滋润万物的景象。这两句，以拟人化的手法，于无声处将雨的连绵润泽写得十分传神，将人的"喜雨"之情写得十分生动。

第三句"野径云俱黑，江船火独明"描写诗人在暮色中观雨，从视觉角度又将春雨侧面烘托出来。由于春雨的细密，水雾迷蒙一片，平常夜里在星光下隐约可见的田野小路已经看不清楚了，只有江上孤舟的灯火于一片茫茫中透出光亮，装点了暗黑的夜色。至此，诗人从不同侧面为我们描绘出一幅美好的春江夜雨图。

第四句"晓看红湿处，花重锦官城"则完全是虚笔描摹，不是所见所闻所感。作者驰骋想象，期待早晨起来，眼前是一幅雨后清新明净、生机盎然的春天图画：明晨的锦官城，细雨初歇后满城春花带雨怒放，红艳欲滴，沉甸甸汇成花的海洋，而花之红艳欲滴、生机盎然正是无声细雨潜移默化、滋润洗礼的结果。因此，诗人在这里以写花烘托出了春雨的无私奉献品格。

从内容看，这首诗是赞美春夜的一场小雨。全诗以一个"喜"统摄全篇。因为一场及时雨的到来，大地迎来了蓬勃生机和明媚的春光。诗人从听觉写到了视觉，从夜晚写到了拂晓，从物写到了花，从实景到虚景，不断皴染铺陈，大有赋体穷形尽相的特征。全文情景交融，语言自然流畅、生动传神，达到了形式与内容的严格统一，不愧为名家之作。

题玄武禅师屋壁①

何年顾虎头②,满壁画沧洲③。
赤日石林气,青天江海流。
锡飞常近鹤④,杯渡不惊鸥⑤。
似得庐山路,真随惠远游⑥。

注　释

① 玄武禅师屋：是一佛寺，故址在今四川省三台县。玄武禅师是一位和尚的法号。
② 顾虎头：晋代画家顾恺之。
③ 沧洲：滨水的地方。古称隐士所居之地。
④ 锡飞常近鹤：这是一个典故。梁时，僧侣宝志与白鹤道人都想隐居山中，二人皆有灵通，因此梁武帝令他们各用物记下他们要的地方。道人放出鹤，志公则挥锡杖并飞入云中。当鹤飞至山时，锡杖已先立于山上。梁武帝以其各自停立之地让他们筑屋居住。
⑤ 杯渡不惊鸥：这是画面上画的另一个典故。昔有高僧乘木杯渡水而来，于是称他为杯渡禅师。
⑥ 惠远：东晋时高僧，住庐山。

题　解

此诗是杜甫到三台"蓝池庙"一带（今四川省中江县玄武山玄武庙）游历时，在玄武禅师的屋壁上看到东晋大画家顾恺之的画，有感而发，为抒写其见闻感受题在墙上的一首著名诗篇。表达了诗人渴望归隐山林的思想。

赏　析

这首诗是杜甫在游览观赏了玄武禅师房间内的壁画后挥毫题写在墙壁上的一首名篇佳作。全诗一共八句，前四句写画，后四句写人。

诗人首联以"何年顾虎头，满壁画沧洲"一句来盛赞壁画精美绝伦，写出自己所见。告诉读者这幅画出自大师顾恺之之手，所画的是水滨胜景。顾虎头，指东晋大画家顾恺之，时人称之为三绝：画绝、文绝和痴绝。他是与阎立本齐名的古代书画大师。沧洲，指玄武山临水的一面。玄武庙是隐者居住的地方，而沧洲在古时常被文士用来指隐居者的住处。"赤日石林气，青天江海流"写出了胜景的内容：是一幅由赤日、古林、青天、江海构成的美丽的山水名画，由此可见顾恺之大师绘画功力炉火纯青、无人可比。诗人在这里运用了简练准确的语言，对题壁之画给予高度评价。

在接下来的"锡飞常近鹤，杯渡不惊鸥"一联中，诗人连用《高僧传》中的典故，点明了寺院壁画最大的特点。"锡飞常近鹤"中锡鹤指宝志和尚和白鹤道人。传说梁朝僧人宝志和道人白鹤都有意隐居潜山，向武帝说明意图，武帝以为两人都是有道的神仙，就告诉他们二人，两者的法宝抵达潜山哪里他们就居住在哪里，于是道人驱鹤，僧人御起禅杖，结果僧者居于山顶，道人居于山脚。"杯渡不惊鸥"则是传说昔有高僧乘木杯渡水，人们以此称其为杯渡大师。诗人在这里接连运用传说典故，以此来衬托玄武庙中顾恺之壁画的精彩、生动，同时也是为了体现寺院壁画的主要特点。面对画中美景，诗人由此想起了用锡杖与白鹤竞飞的宝志大师，乘木杯渡沧海的杯渡和尚。诗人提到的人物都与佛、道有关，暗合了玄武禅师的特殊身份。"似得庐山路，真随惠远游"的结句，写出了诗人看完这幅画作之后，出现了时空交错之感，把玄武山看作是庐山，把玄武禅师看作是惠远大师，这是对壁画的赞美，也是对玄武禅师的恭维，同时也表现出诗人归隐山林的思想。当时杜甫在梓州一带漂泊，居无定所，寄人篱下，生活困窘，前途渺茫，故产生了避世归隐的思想。如此巧妙布局、用语，也只有诗圣杜甫能做得至高至巧。

  这首诗，是诗人在观赏玄武禅师寺中的壁画后有感而写的赏鉴诗。诗人在再现壁画内容的同时，运用了许多与宗教相关的传说典故，通过联想比衬的手法将这位名家的著作刻画得真实生动。在一座临水而建、年代久远而幽静深寂的寺院之中，隐居着许多高人，这些都来源于这位名画家的一幅壁画，而这却恰恰是这幅画的精彩所在。在这首诗中，诗人没有运用过多的语言来评价这幅画作，而是用非常精练的文字，描绘出青天赤日、江海奔流、石林山岚的雄浑图景，《高僧传》中两个典故的运用，也是为了切合寺院中的壁画这一特点，不显堆砌。而诗文结语所表现出的消极出世思想，也正是当时杜甫因兵乱避居梓州，生活窘困，前途不测的思想写照。

  透过这首诗作，读者不难看出诗人写作此诗时的独特视角与匠心，而这正体现了诗人与众不同的艺术风格。

水槛遣心二首（其一）①

去郭轩楹敞②，无村眺望赊③。
澄江平少岸④，幽树晚多花。
细雨鱼儿出，微风燕子斜。
城中十万户，此地两三家⑤。

注　释

① 此诗作于唐肃宗上元二年（761），共两首，这是第一首。诗人自上一年春定居浣花溪畔，经营草堂，至今已初具规模。水槛（jiàn）：指水亭之槛，可以凭槛眺望，舒畅身心。
② 去郭：远离城郭。轩楹：指草堂的建筑物。轩：长廊。楹：柱子。敞：开朗。
③ 无村眺望赊（shē）：因附近无村庄遮蔽，故可远望。赊：长，远。
④ 澄江平少岸：澄清的江水高与岸平，因而很少能看到江岸。
⑤ 城中十万户，此地两三家：将"城中十万户"与"此地两三家"对照，见得此地非常清幽。城中：指成都。

题 解

《水槛遣心二首》大约写于唐肃宗上元二年（761）。杜甫定居草堂后，经过悉心经营，草堂环境有了很大改观。田园扩展，树木成行，水亭边还修建了专供垂钓、眺望的水槛。诗人终于有了一个风光绮丽的安身之所，暂时结束了长期颠沛流离的生活以后，想到自己目前的生活情景，情不自禁地写下了这首歌咏自然景物的小诗，以表达诗人对大自然春天的热爱之情。

赏 析

这是一首借景抒情的小诗，它描绘了诗人居住的草堂的周围环境，抒发了诗人恬然自安的心境和对自然万物的喜爱之情。

首联从草堂环境写起：草堂远离城市中心，院落无比开阔，因周围没有村落遮藏，所以诗人在这里能够放眼四望，视野开阔，自然心情也是无比舒畅。

颔联两句，写自己放眼望去与环顾四周所见到的景色。诗人凭槛望远，"澄江平少岸"，清澈可鉴的江水一望无边，浩荡之势似乎要与江岸齐平；而再观察身边近景，"幽树晚多花"，草堂周边全是枝繁叶茂的树木，衬托在草堂周围显得格外的幽静宜人；春日的黄昏渐渐临近，各种竞相开放的花儿，散发出一阵阵迷人的清香。诗人置身于这清幽舒爽的环境之中，心中自然是无以言说的悠然与闲适。

颈联两句"细雨鱼儿出，微风燕子斜"生动形象细致地摹绘出细雨微风中鱼与燕子的动态之美。在细密而下的小雨中，鱼儿悠闲地游弋在水中，不时地游到水面，顽皮地吐个泡泡。微风的吹拂下，轻盈的燕子倾斜着身子掠过雨雾蒙蒙的天空。这两句，是诗文中刻画景物极为细腻、生动、形象的写景名句，历来为人传诵。一个"出"字，极其自然地写出了鱼儿的欢欣；一个"斜"字，生动形象地写出了燕子的轻盈。诗人在此采用了托物寄兴的写作手法。此二句诗流露出作者热爱春天的喜悦心情。

诗的尾联用"城中十万户"与"此地两三家"做对比，更加衬托出草堂环境的幽谧与安静。诗人经过了长期漂泊颠簸的生活以后，终于又回到了能让自己安身的处所,在这里,远离了尘世的喧嚣与嘈杂,仿佛置身于世外桃源的优美环境之中,诗人心中那无以言说的满足感渗透于字里行间。

　　这首诗描写了诗人在入暮时分于微风细雨中所观望到的自然景象。全文对仗工整,景物描写自然、细腻,句句写景,句句扣情。诗文以描写草堂环境为主,但字里行间蕴含的是诗人对清幽、美好环境的喜爱和对闲淡生活的自足之情。面对绮丽的蜀地风光,置身娴雅的草堂,远离尘世喧嚣的诗人追求的正是这么一种平淡、宁静、悠闲的心情与情致。

赠 花 卿①

锦城丝管日纷纷②，
半入江风半入云③。
此曲只应天上有④，
人间能得几回闻⑤？

注 释

① 花卿：即花敬定，唐朝武将，曾平定段子璋之乱。杜甫《戏作花卿歌》"成都猛将有花卿，学语小儿知姓名"，即此花卿。卿：尊称。
② 锦城：四川省成都市。丝管：弦乐器和管乐器，此借指音乐。纷纷：繁多而纷乱。此处应是"繁盛"意。
③ 半入江风半入云：乐声随江风飘散，飘到江上，飘入云层。"半入"并非各半。江：指锦江。成都市在锦江边。
④ 天上：以仙乐比之。双关语，虚指天宫，实指皇宫。
⑤ 几回闻：本意是听到几回。文中的意思是说人间很少听到。闻：听。

锦城丝管日纷纷

题 解

此诗约作于唐肃宗上元二年（761）。杜甫经常到各地云游，一日，在花敬定府中的一次宴请中，被一首悠扬动听的乐曲打动。杜甫感叹之余，即兴挥毫作此诗，盛赞该乐曲为人间难得的神曲。

赏 析

这首《赠花卿》在杜诗的七言绝句中独树一帜。这是杜甫给花敬定的赠言，主要赞美了花家所演奏的行云流水般的音乐之美。

前两句"锦城丝管日纷纷，半入江风半入云"描写了锦官城里的管弦乐交替演奏，从白天到夜晚音声不绝的景象。音乐声一半散入江风，一半散入云层。开篇两句构思巧妙，写出了音乐从城中向空中、向郊外飘散，主要是为了表现音乐行云流水般的优美动人。"纷纷"二字写出了急管繁弦交替演奏精彩绝伦的特点。其中"半入江风半入云"一句，可谓点睛之笔。"丝管"中流淌出的音乐之声和着流淌不息的江水，伴着江上柔美的清风，划过天空飘动的白云，传达出一种轻柔、流畅、悠扬、恬淡、和谐的美妙感觉。两个"半"字，将音乐拟人化，写出了音乐的妙不可言。诗人借助于外在的风和云，从侧面将音乐的繁盛赋予具体可感的形象，使得抽象的音乐得以传神地表达。

"此曲只应天上有，人间能得几回闻？"两句写诗人听曲的感受。诗人听到这种天籁之音后，不禁发出感叹：这样美妙的乐曲只在天上才有，人世间难得能有几回听得到！诗人在这里用反问作结，直接给音乐以赞美之词。至于美到什么程度，只有在天上才会有，人间是极难听得到的。诗人通过夸张的手法，使诗意得以升华到一个更新的高度，给人以无限想象和余味。

全诗四句，前两句具体描绘乐曲形象，极写成都音乐的繁盛动听，音乐不断，乐声到处飘传，是实写；后两句以天上的仙乐来赞美成都音乐的高超优美，是想象之笔。由实入虚，虚实相生，将乐曲的美妙描写到了最高的境界。诗中对音乐的描写出神入化，巧妙地写出了音乐的美妙动听。

这首诗的思想感情历来看法不一。有人认为它是单纯赞美乐曲之妙，而有人认为作者是借此诗别有暗讽花敬定之意。在古代礼乐制度极为严格的情况下，花敬定居功自傲，不顾国家困难和人民疾苦，而天天过着帝王一般生活，诗人通过形象地描绘歌曲的美妙，巧妙地给予其讽刺和批判。这种说法也不是毫无道理。

客　　至[①]

舍南舍北皆春水，但见群鸥日日来[②]。
花径不曾缘客扫，蓬门今始为君开[③]。
盘飧市远无兼味，樽酒家贫只旧醅[④]。
肯与邻翁相对饮，隔篱呼取尽余杯[⑤]。

注　释

① 这首诗是杜甫居住在成都草堂时写的。客指崔明府，杜甫在题后自注："喜崔明府相过。"明府，县令的美称。
② 舍：指家。但见：只见。此句意为平时交游很少，只有鸥鸟不嫌弃能与之相亲。
③ 缘：因；为了。蓬门：茅屋的门。
④ 飧（sūn）：熟食。这里泛指菜肴。市远：离街市（集市）远。市：街市，繁华的地方。兼味：不止一味，多种菜肴。樽：酒器。旧醅（pēi）：隔年的酒。醅：没经过过滤的酒。
⑤ 肯：能否允许，这是向客人征询。呼取：呼唤邀请（邻翁）。取：助词，相当于"得"。余杯：余下来的酒。

题 解

这是一首迎客宴客诗，作于诗人入蜀之初。杜甫在历尽颠沛流离之后，结束了长期漂泊的生活，在成都西郊浣花溪头修建草堂定居下来。唐肃宗上元二年（761）春天，久经离乱、年近五十岁的诗人值客人来访，欣喜之余遂作此诗一首。此诗情真意深，洋溢着浓郁的生活气息，表现出诗人纯朴的性格和好客的心情。

赏 析

这是一首性情之诗，由里到外洋溢着浓郁的生活气息，通过对生活细节的描写，表现出诗人好客的热情和恬淡质朴的情怀。

前二句从门外的景色写起，简笔勾勒了诗人居住的草堂外周围的环境特点，点明客人来访的时间、地点和诗人当时的心境。"舍南舍北皆春水"是说屋前屋后春水环绕，清波荡漾。一个"皆"字暗喻春江水满水波浩渺之景象。"但见群鸥日日来"写鸥鸟飞舞，终日与诗人相伴，从动态角度写出春天的盎然生机。"群鸥"在古人笔下常常做水边隐士的伴侣，它们天天与诗人相伴，作者借此侧面烘托草堂周围环境的清幽，言辞之间蕴含着隐逸的意味。"但见"一词，是说群鸥固然可爱，但天天与群鸥见面，未免单调无聊，这实际上是为下文的喜迎贵客做好了铺垫。

"花径不曾缘客扫，蓬门今始为君开"两句，开始由外部环境写到核心环境——庭院，呼应题目"客至"。花草繁多的庭院小路，因为没有人来也就懒得去扫。平日里大门紧闭不开，忽然听到有人敲门，今天才第一次为你崔明府打开。诗人采用与客谈话的口吻，将老朋友相见后的惊喜万分和深情厚谊生动描写出来。

颈联"盘飧市远无兼味，樽酒家贫只旧醅"。诗人着力描写了宴请挚友的场面。"盘飧""樽酒"——简陋，加上"无兼味"，"市远""家贫"点出不能款待老友的原因。老朋友来得突然，草堂距市镇又远，来不及准备更好的酒食，只好拿出自酿的陈酒招待客人。这些话质朴自然，仿佛对面而语，显得亲切无拘束，让人真切感受到主人真诚待客的情意和一份歉疚的心情，字里行间洋溢着主客之间真诚相待的深厚情谊。主人盛情招待，频频劝酒，却因力不从心，酒菜欠丰，而不免歉疚。那实在而又亲切的家常话，让这场宴请变得更自然更有家庭生活气息。

  尾联"肯与邻翁相对饮，隔篱呼取尽余杯"。诗人宕开一笔，又从室内写到室外，写两位挚友席间越喝酒意越浓，越喝兴致越高，兴奋、欢快，气氛越来越热烈，越来越融洽。诗人高声呼喊着，请邻居的老翁过来作陪一起喝酒。这一细节描写可谓峰回路转、别开生面，同时也写出了作者与友人相聚后的愉悦心情和闲居之乐。

  全诗语言质朴流畅，自然亲切，生活气息浓郁。篇首以"群鸥"引兴，篇尾以"邻翁"作结。结构上，作者兼顾时空的自由转换。从空间上看，从外到内，由大到小；从时间上看，则写了迎客、待客的全过程。前两句写出诗人日常生活的孤独与接待客人的欢乐情景形成对比，塑造了具有率真诚朴性格和喜悦心情的诗人形象。

• 客至

野望（其一）

西山白雪三城戍①，南浦清江万里桥②。
海内风尘诸弟隔，天涯涕泪一身遥。
惟将迟暮供多病③，未有涓埃答圣朝。
跨马出郊时极目，不堪人事日萧条。

注 释

① 西山：在成都西，主峰雪岭终年积雪。三城：指松（今四川松潘县）、维（故城在今四川理县西）、保（故城在理县新保关西北）三州。戍：防守。三城为蜀边要镇，吐蕃时相侵犯，故驻军守之。
② 南浦：南郊外水边地。清江：指锦江。万里桥：在成都城南。蜀汉费祎访问吴国，临行时曾对诸葛亮说："万里之行，始于此桥。"这两句写望。
③ 迟暮：这时杜甫年五十。供多病：交给多病之身了。

题 解

此诗作于唐肃宗上元二年（761）杜甫身居草堂之时，当时四川边境被吐蕃入侵，作者以"野望"为题，感伤时局、思念家中的兄弟，哀伤漂泊的自己，抒写胸中的忧虑与感怀。本诗由景入题，忧时忧国，语言淳朴，感情深沉。

赏 析

杜甫的《野望》诗一共两首，两首诗均表达了诗人在郊外骑马所见所闻所感，抒发对国家离乱、个人命运的感伤情怀。本诗为其中之第一首，诗人由自己郊游野望时的感触写起，把对国家前途的担忧，对民众悲惨生活的同情与忧虑，尽情表达出来。

首联从野望所见的西山和锦江景色写起，"西山白雪三城戍，南浦清江万里桥"所表现的是不同地点的景物。远望苍茫的岷山，积雪终年覆盖不化，松州（今四川省松潘县）、维州（今四川省理县）、保州（今四川省理县新保关西北）三城因严防吐蕃入侵，设有重兵防守；南郊外百花潭水清澈见底，锦江万里桥横跨在碧波之上。

颔联"海内风尘诸弟隔，天涯涕泪一身遥"写诗人看到眼前景联想起失散在外的兄弟和自己漂泊在外的生活经历。由于国内的连年战乱，诗人与流落在外的兄弟多年未得音讯；天涯相聚遥遥，远离家乡的我孤孤单单一个人生活，不觉流下了感伤的眼泪。这两句，写诗人由战乱引发了诗人对兄弟的怀思，对自己羁泊天涯的真情实感。"风尘"指持续十多年的安史之乱带来的连年战火不断。"诸弟"是说诗人家中的杜颖、杜观、杜丰、杜占四位兄弟。"一身遥"写诗人自己独自客居西蜀，有如天涯。

颈联"惟将迟暮供多病，未有涓埃答圣朝"诗人转而描写自己。迟暮之年不但一事无成，反而病体连连，对国家没有一点可以称道的功劳。诗人写出了自己因为迟暮多病不能报效国家的遗憾，由此一颗赤子般的报国之心天地可鉴。

尾联"跨马出郊时极目，不堪人事日萧条"写诗人独自在郊外骑马，常常放眼望去，世事日渐变得萧条，真叫人不忍想象。这一句，更接近诗的主题，以世事间的萧条作结语，表达出诗人对国家前景的隐忧。"不堪人事日萧条"是这首诗的核心所在。"人事"，人世间的事。当时西山三城由于防守吐蕃入侵，重兵防御，蜀地老百姓各种赋税劳役负担沉重，不堪其苦。诗人因此担心民不堪命而世事会"日"转"萧条"。

　　在这首诗中，诗人"跨马出郊"，"极目"四"望"，本来只为散心，排遣一下内心的忧闷。但杜甫是一个时刻把家国之事装在心里的诗人，即便景色优美也丝毫不能消解内心的担忧。他的这一"望"，由远及近望出了对百姓苍生的关心、对弟兄离别的思念和对个人经历的思量。诗的前三联抒写野望时诗人自我思想感情的变化过程，从由外的观察景物转为向内的审视内心，尾联则指出由外向到内向描写的原因所在。结句点题并与开篇相呼应。全诗由景入题，忧国忧时。语言凝练、淳朴，感情真挚、深沉。

江上值水如海势聊短述[①]

为人性僻耽佳句,语不惊人死不休[②]。
老去诗篇浑漫兴[③],春来花鸟莫深愁[④]。
新添水槛供垂钓,故着浮槎替入舟[⑤]。
焉得思如陶谢手[⑥],令渠述作与同游[⑦]。

注释

① 值:正逢。水如海势,江水如同海水的气势。值奇景,无佳句,故曰聊短述。聊:姑且之意。杜甫当时也许打算写一首长诗。

② 为人性僻耽佳句,语不惊人死不休:此二句杜甫自道其创作经验。可见杜甫作诗的苦心。性僻:性情有所偏,古怪,这是自谦的话。不管是什么内容,诗总得有好的句子。耽:爱好,沉迷。惊人:打动读者。死不休:死也不罢手。极言求工。

③ 浑:完全,简直。漫兴:随意付与。

④ 莫:没有。愁:属花鸟说。诗人形容刻画,就是花鸟也要愁怕,是调笑花鸟之辞。韩愈《赠贾岛》诗:"孟郊死葬北邙山,从此风云得暂闲。"又姜白石赠杨万里诗:"年年花月无闲处,处处江山怕见君。"(《送朝天集归诚斋时在金陵》)可以互参。

⑤ 新添:初做成的。水槛:水边木栏。故:因也。跟斩字作对,是借对法。故着(zhuó):又设置了。槎(chá):木筏。

⑥ 焉得:怎么找到。陶谢:陶渊明、谢灵运,皆工于描写景物。思:即"飘然思不群""思飘云物外"的思。

⑦ 令渠:让他们。述作:作诗述怀。语谦而有趣。

题 解

这是一首七言律诗。此诗作于唐肃宗上元二年（761）安史之乱时。时年杜甫五十岁，居成都草堂。一次观锦江"水如海势"之波涛汹涌的壮景，触景生情而感慨万端，以"聊短述"为题，抒写自己激愤之余寻求自我解脱的人生感悟。

赏 析

这篇叙怀之作共八句五十六字，语短意长，寓意深远。全诗以"为人性僻耽佳句，语不惊人死不休"起句，诗人以此句总结出自己的多年来对诗歌艺术创作的不懈追求。"性僻"一词是诗人自谦的话语。"语不惊人死不休"写出诗人自己创作时的用心良苦，作为传世名句，表明了诗人在诗歌创作中十分注重语言的甄选与精练，道出了作者诗文创作的严肃态度与不懈追求，体现的是一代诗圣杜甫，对写作的敬业精神和对文学创作执着认真的态度。

颔联写诗人自述自己春秋已高，在创作中已经不像以前那样用心研究琢磨，但实际上，也正是因为杜甫在诗歌创作中多年来的历练与修养，所以才成就了他诗歌艺术的炉火纯青，其诗歌技艺与成就当然无人可比，因此便会有了"老去诗篇浑漫兴，春来花鸟莫深愁"的描述。春光明媚，花香鸟语之中的诗人自是快乐无比，因此也就没有了什么花鸟深愁的问题，"莫深愁"是诗人对于自况的述写。由此可见，老时的诗人诗境日渐成熟，在诗歌创作方面已经达到了触景生情、随意而成的境界。

首、颔联两组句子，诗人从大处着眼，虽没有直接述写锦江水势的苍茫壮阔，但气势磅礴的落笔和精骛八极的气势，让诗人胸中已经形成一个心中之海，在此处，诗人运用了虚写的手法。

颈联，诗人转而描写眼前景象和生活环境，由虚写转向实写，着眼于面前的江水，于是便有了"新添水槛供垂钓，故着浮槎替入舟"的描写。在此诗人用自然景物做对比，说明年事已高的诗人已经不再刻意去追求人生中不切实际的东西，而是"凭槛垂钓，浮槎替舟"，在山水之中自娱自乐，暗含了诗人盛年难再、韶华易逝的感慨，也是他自然心境的写照，而"凭槛垂钓，浮槎替舟"则更加形象生动地写出了自己诗文创作流畅自然与合乎情理的特色。

尾联以"焉得思如陶谢手，令渠述作与同游"作结语，表达出诗人对田园生活的向往和对陶渊明、谢灵运一样寄情山水、悠闲田园的羡慕之情。诗人谦虚地将自己创作比作是陪同陶、谢二人游玩而已，言辞谦虚而又富有情趣。由此谦和之语，显示出的是诗人对艺术最高境界的执着追求与其高度的责任心和时代感。

通读全诗，八句诗组成了一个和谐统一、含意深邃的整体。诗文以虚见实，虚实结合，意在言外。此诗以江边值水之作，却略谈水势，而主要描写的却是诗人自己的一段感情经历、心路历程。江水的波涛汹涌，引发的是诗人情感的跌宕起伏，而诗人严谨的创作风格也跃然纸上。全诗抑扬有致，"语不惊人死不休"的概括，更已成为更多文人的座右铭。

送韩十四江东觐省①

兵戈不见老莱衣,叹息人间万事非②。
我已无家寻弟妹,君今何处访庭闱③?
黄牛峡静滩声转,白马江寒树影稀④。
此别应须各努力,故乡犹恐未同归⑤。

注　释

① 觐省:省视父母。韩十四:姓韩的朋友,排行第十四,其人不详。十四:是称呼韩的排行。江东:长江东南岸,江苏一带,韩十四当是这里人。
② 老莱衣:老莱子七十岁穿五彩衣戏耍以取悦双亲。
③ 无家:即无处。庭闱:父母所居,代指父母。
④ 黄牛峡、白马江:皆韩出峡往江东所必经之地。黄牛峡在湖北宜昌县西。旧注,江陵有白马州。
⑤ 各努力:各自努力为归乡之计。

题 解

这首七律写于唐肃宗上元二年（761）深秋，为送别韩十四去江东探亲所作。作这首七律时，杜甫在成都。安史之乱尚未平息，此诗表达了诗人心忧国家的高度责任心。

赏 析

这首送别诗，基本内容与杜甫大部分家国之诗类似，总是将个人的人生遭际、国家的动荡不安与眼前事眼前景融合在一处，从而表现出深沉蕴藉沉郁的诗歌风向。

首联，诗人直写安史之乱带给人民的巨大灾难。由于战乱频仍，国家一天一天衰败，老百姓流离失所，人间混乱不堪，到处是动乱、破坏和灾难。亲子、孝亲的美好习俗已经荡然无存于这个社会之中，留下的只有感叹了。诗文中"万事非"三个字，包含着巨大的世事沧桑，概括出辛酸的人间悲剧，表现了诗人深厚的忧国忧民的思想感情。在这里，诗人以感叹发端，引领全篇。

接下来，颔联中"我已无家寻弟妹，君今何处访庭闱？"两句，诗人娓娓叙述自己多年来四处漂泊，与家人、兄妹音讯隔绝的凄凉处境。而此时的韩十四，面对战乱的动荡不安，此去寻亲之路多有险阻，没有定数。自述之音，悲哀之至，诗文在述写诗人对家破人散的孤寂、哀痛之情的同时，也表达出诗人对骨肉同胞的思念之情。

颈联运用想象之虚笔来描写诗人与韩十四分手的怅惘之情。韩十四走了，踏上了前往江东寻亲的旅途。"黄牛峡静滩声转，白马江寒树影稀"，诗人目送韩十四登船扬帆而去，逐渐消失在水光山影之中，想起此次寻亲之旅他一定要经过的地方：黄牛峡的水声仿佛在耳边回响不绝。诗人的思绪也被友人的远行牵得很远很远。一想到此去路途遥远，诗人的伤感与别离之情就越来越浓。当自己从离别的思绪中走出来，才发现白马江边的暮色渐浓，稀疏的树影在秋风的拂动下摇来晃去，秋意愈来愈浓。蓦然间，孤独感向诗人袭来，面对友人远去，前途未卜的不知与不定，诗人心中充满了凄凉与怅惘。

送韩十四江东觐省

191

结尾两句，写诗人对韩十四的诚挚的嘱托。"此别应须各努力"表现了作者对友人谆谆的鼓励之情；"故乡犹恐未同归"隐露出诗人对未来的隐忧。世事茫茫难卜，诗人只有在对友人寻亲的祝福声中结束全篇。诗人嘱咐友人，盼望各自都能找到自己的亲人，有一天能和他在故乡重逢，但对未来有多少希望诗人并没有述写。"犹恐"二字隐露出诗人对未来的担忧，这说明安史之乱带给人民无比深重的灾难很难消退。

这首诗，笔力劲健，收放自如，意境畅阔。诗人笔下的送别并没有凄婉的个人场景，而是在无限的叮嘱声中描写深沉的别情，其中蕴含了诗人对世事艰辛、民苦国难的深深忧虑。

奉济驿重送严公四韵

远送从此别，青山空复情。
几时杯重把，昨夜月同行①。
列郡讴歌惜②，三朝出入荣③。
江村独归处④，寂寞养残生。

注　释

① "几时"两句：这是倒装，意谓想起昨夜在月光下举杯送别的深情，不知几时重得此会。
② 列郡：指东西两川属邑。
③ 三朝：指玄宗、肃宗、代宗三朝。入荣：指严武迭居重位。
④ "江村"句：指送别后独自回到浣花溪边的草堂。

题 解

奉济驿，在成都东北的绵阳县。严公，即严武，曾两度任剑南节度使，为杜甫世交，两人品性相投，镇蜀期间经常在经济上给杜甫以帮助，结下深厚的友谊。唐代宗宝应元年（762）四月，唐肃宗去世，唐代宗即位，六月召严武入朝，杜甫相送至绵州（今四川绵阳）北三十里奉济驿，赠诗以别。因之前诗人写过《送严侍郎到绵州同登杜使君江楼宴》，故此题称"重送"。本诗双句押韵，八句诗四个韵脚，故称"四韵"。严武有文才武略，此诗表达了诗人对严武赴蜀还朝的依恋难舍之情和别后孤独难忍的寂寞之感。

赏 析

这是一首送别诗。杜甫在动荡年代曾到严武手下担任幕僚，深得严武赏识与关爱。严武奉召还朝，诗人以诗送别好友，表达自己与好友别离时的不舍之情。在感激与夸赞的同时，诗人也抒发了晚年"寂寞养残生"的人生叹息。

第一句以"远送从此别"开头，点明了诗人远送好友的情深意长。由于在蜀地时严武对杜甫在生活中照顾颇多，关怀备至，两人结下了极其深厚的友谊。此次别离，不知何时才能相见，正是因为如此，诗人才远程相送，送了一程又一程，离别的话语总也说不完道不尽，就这样，不知不觉就送到了两百里以外的奉济驿。青峰伫立，似乎也在含情目送友人离去。但无奈送君千里终须一别，天下没有不散的筵席，一想到昨夜饯别情景，不知道什么时候才能与故友再次重逢。诗人以山言人，委婉含蓄地表达出自己那种不忍相别而又不得不别的复杂而又无奈之情。

"列郡讴歌惜，三朝出入荣"两句转向对严武所取得的卓越成就，对他入相出将的生平经历的描写评价，用简洁生动的语言赞美了他的英才盖世。"列郡"是说严武此行所经过的郡县，"讴歌"是说列郡的吏民在歌颂严武的功德，"惜"是说吏民对严武的离任表示惋惜。这是一位在乱世中彰显文韬武略的英雄人物，他在扫荡安史叛军、收复两京中立有战功，在镇守蜀地、抗击吐蕃中名声显赫。在这里，诗人并没有从正面赞颂其政绩，而是说他于玄宗、肃宗、代宗三朝出

远送从此别，青山空复情

守外郡或人处朝廷均荣居高位，离任时东西两川属邑的人们都称赞他。诗人通过他人对严武离任依依惜别的反应，来映衬严武的功勋业绩。

最后两句，抒发诗人在送别好友之后寂寞难耐、孤独悲伤的心境。"江村独归处，寂寞养残生。"一个"独"字，实为全诗的诗眼，写出了诗人与友人离别之后的孤单寂寞、无依无靠，具有总括全篇、画龙点睛的作用。一个"残"字，蕴含着诗人风烛残年的寂寞与悲凉；"寂寞"一词中品出的是至交远去后留给诗人的冷落和惆怅。"独归""寂寞""残生"三个具有愁苦情调的词汇的运用，营造了本诗凝重凄苦的氛围，从而把作者的情感推到极致。由此，更加衬托了诗人对友人思念之切的诚心与真意，依恋惜别之情溢于言表。

这首诗，章法谨严有度，语言质朴、意深情长，浅易的言辞之中抒发出沉郁的深情厚谊，情真意挚，感人至深。

闻官军收河南河北①

剑外忽传收蓟北②，初闻涕泪满衣裳③。
却看妻子愁何在④，漫卷诗书喜欲狂⑤。
白日放歌须纵酒⑥，青春作伴好还乡⑦。
即从巴峡穿巫峡⑧，便下襄阳向洛阳⑨。

注　释

① 闻：听见；看见。官军：指唐王朝的军队。收：收复。河南河北：指当时黄河以南及黄河以北地区。唐代安史之乱时为叛军的根据地。公元763年被官军收复。
② 剑外：剑门关以外，这里指四川。也作剑南。蓟北：泛指唐代幽州、蓟州一带，今河北北部地区，是安史叛军的根据地。
③ 涕：眼泪。这是痛定思痛、喜极而悲的眼泪。
④ 却看：再看，还看。妻子：妻子和孩子。愁何在：哪还有一点的忧伤？愁已无影无踪。
⑤ 漫卷：胡乱地卷起（这时还没有刻版的书）。是说杜甫已经迫不及待地去整理行装准备回家乡去了。喜欲狂：高兴得简直要发狂（欣喜若狂）。
⑥ 白日：表现时光美好。放歌：放声高歌。须：应当。纵酒：开怀痛饮。
⑦ 青春：指明丽的春天。这里的青春是人格化了的。作伴：与妻儿一同。
⑧ "即从"二句：写还乡所采取的路线。即：即刻。峡险而狭，故曰穿，出峡水顺而易，故曰下，由襄阳往洛阳，又要换陆路，故用向字。人还在梓州，心已飞向家园，可以想见杜甫那时的喜悦。
⑨ 便：就。襄阳：今属湖北。洛阳：今属河南，古代城池。

即从巴峡穿巫峡

题　解

这首诗作于唐代宗广德元年（763）春天。唐代宗宝应元年（762）冬季，唐军收复了洛阳和郑州、开封三地，叛军头领薛嵩、张忠志等纷纷投降。第二年，史思明的儿子史朝义兵败自缢，持续七年多的"安史之乱"结束。正流寓梓州（今四川三台）过着漂泊生活的杜甫听到这个消息，以饱含激情的笔墨，写下了这篇脍炙人口的名作。这首诗极其自然概括地表现出了所有乱离之人的共同感受。全诗韵律严谨，自然顺畅，一气呵成，读后令人深为感动，不愧为杜甫"生平第一快诗"。

赏　析

这首抒情诗是杜甫的代表作之一，有人称赞它是杜甫"生平第一首快诗"。长达七年之久的安史之乱终于尘埃落定，诗人得知蓟北收回的好消息，想到可以挈妇将雏回归故里，喜极而泣。通读全诗，读者都能真切感受到诗人面对家人欣喜若狂地讲述喜讯时手舞足蹈的神态与表情，毫不掩饰内心的喜悦，情感真挚感人。

首联"剑外忽传收蓟北，初闻涕泪满衣裳"描写了诗人忽然得知喜讯后，喜极而泣的情景。第一句写出了捷报传来之突然。"剑外"是诗人当时寄居之地，"蓟北"是安史叛军的老巢。多年流落"剑外"，备尝生活的艰辛困苦，因动乱阻隔多年不能回到故土。如今突然传来"收蓟北"的好消息，真是喜从天降，怎能不涕泗横流呢？第二句流露出诗人得知喜讯后的真实情感，毫不收敛，可见这是盼望了多年的好事，如今终于如愿。听说官军收复蓟北，想到归乡有望，艰辛的流亡生活将要成为过去，诗人不禁悲喜夹杂，流下了感动的泪水。"涕泪满衣裳"五字，高度概括了诗人"初闻""收蓟北"的喜讯时不胜激动的心理波动，形象逼真地描绘出诗人得闻喜讯后复杂的内心情感。

第二联紧承上联，从家人的角度进一步抒写诗人将这个喜讯告诉家人后家人的喜悦之情。"却看妻子愁何在，漫卷诗书喜欲狂"写诗人在得到捷报后，泪湿青衫，再看看老婆孩子，听到喜讯后脸上已经没有了往日的愁苦倦怠，于是诗人胡乱地卷着诗稿和书籍，高兴地简直要发狂。"愁何在"写出了家人多年的愁云已经一扫而光，家人的喜悦让诗人更忍不住欣喜和畅想。家人情绪的变化，更增强了诗人渴望回归故里的愿望与喜悦；"喜欲狂"写出了诗人已经无心做事几近疯狂的表现，于是随手卷起诗书，和大家一起分享好消息带来的希望。

第三联"白日放歌须纵酒，青春作伴好还乡"进一步抒写了自己"喜欲狂"的心理表现，抒发了自己盼望早日回归桑梓的迫切心情。因为欣喜，所以"放歌"、所以"纵酒"，而且还要让明丽的春光与家人做伴一起返还家乡。一想到回乡在即，心中无法不"喜欲狂"。

尾联"即从巴峡穿巫峡，便下襄阳向洛阳"以虚笔的展望作结语，抒发对还乡之旅的进一步期待，写出了诗人已经做好了回家打算，归心似箭。从剑外到洛阳路途很远，巴峡、巫峡、襄阳、洛阳四处相距也不是很近，但是在急欲回乡的诗人笔下，遥远的路途因为心情的喜悦也变得平易坦荡，即便是故乡远隔千里，也可以像朝发夕至那么容易、那么快速。"穿""下"二字运用贴切、形象，描绘出诗人想象中在险峡中穿行疾驶与出峡后顺流而下的畅快，实际上是心情的写照，仿佛一瞬间就能见到日夜思念的故乡。

这首诗，主要通过铺陈的手法集中抒发作者听到胜利消息后欣喜若狂的心境。全诗最大的特点是突出一个"喜"字，无论是"初闻涕泪""却看妻子""漫卷诗书"，还是想象中的"放歌纵酒""还乡""从巴峡穿巫峡""下襄阳向洛阳"。诗人从欢喜开篇，以欢喜作结，既有自己的欣喜，也有家人的欣喜作衬托；既有现实欣喜的写实笔法，也有想象归程的虚笔烘托。"喜"字成为贯穿全诗的主线。全诗从头至尾一气呵成，感情真切，旋律轻快，具有强烈的艺术感染力。

征　　夫①

十室几人在？千山空自多！
路衢惟见哭②，城市不闻歌③。
漂梗无安地④，衔枚有荷戈⑤。
官军未通蜀，吾道竟如何？

注　释

① 征夫：古代战时被征用为战士或挑运物品的男子。
② 衢：四通八达的道路。
③ 市：交易物品的场所，集市。
④ 梗：植物的枝或茎。
⑤ 枚：古代军队行军时为防止喧哗，让士兵衔在口中的竹或木片。荷戈：代指兵士。

题 解

这是一首五言律诗,为唐代宗广德元年(763)冬诗人初到阆州时所作。当时吐蕃围攻松州,蜀中人民苦于征戍。诗中表现了蜀中人民苦于征戍,到处是一片哭声的悲惨场面,表达出诗人伤时哀世的沉郁情感。

赏 析

《征夫》是一首哀悯黎民、心忧社稷的作品。诗人对蜀中人民常年苦于征战表示了深切的同情,作品描述了动荡不安的战乱带给劳苦大众的深重灾难,表达出诗人同情人民疾苦、心忧国家命运的情怀。

起句格调沉郁,"十室几人在?千山空自多",写出了战争频仍的混乱时代,老百姓因苦于征战远戍,或流落他乡或被抓当兵或饥寒而死,造成人口急剧减少的状况。十户人家不知能有几人活着?在这样一个战乱频发的年代,黎民百姓已经剩不下什么了,家里山外到处都是荒无人烟、一片凄凉景象。诗人以极为沉痛的语气,描写出了朝廷征召壮丁带给人民生活的巨大改变和无穷苦难。

第二联,写诗人的所见所闻,蕴含着极深的悲切情绪。"路衢惟见哭"写出了大路小路上到处都传来送别亲人上战场的生离死别的痛哭之声。"城市不闻歌"与上句相对,就连最热闹的城市也听不到一句欢声笑语。之所以景象如此悲凉,归结起来只有战争。这两句诗,让人们再一次感受到了战乱带给人民的伤痛与无奈,诗人痛恨这没有休止的战乱与征戍,忧国忧民之情尽在其中。

面对生灵涂炭,联想自己多年四处漂泊的身世,直到现在还找不到可以暂时安定栖身的所在,心系人民疾苦的诗人有感而发:"漂梗无安地,衔枚有荷戈。"他将自己比作漂浮在水中的断枝枯藤,找不到安身之处,形象地映衬出战乱时期人们的居无定所、四处奔波的生活状态;而那些衔着竹片背着沉重武器,在战争状态中的紧张地行军的战士,不也是一根"漂梗"吗?这两句描述,透露出对战乱的愤慨。

结尾以"官军未通蜀,吾道竟如何?"写出诗人对自身对国家未来的极大忧虑。官军没有收复四川,我能够到哪里去呢,诗人忽然有一种走投无路的感觉。

安史叛军没有平息，外患侵扰尚未结束，前往蜀地的归路还未打通，自己还能不能回到家乡还是个未知数。面对诗人对自己未来生活的不可知与不确定，在诗人对未来担忧中，也包含着诗人对国家前途的担忧。

这首诗，诗人选择征夫这样一个具有强烈时代烙印的人物作为触媒，通过特殊的角度，将安史之乱带给劳苦大众的深重苦难予以深刻的揭露，同时也表达出诗人对国家未来前途的深深忧虑。

征夫

岁　暮①

岁暮远为客，边隅还用兵。
烟尘犯雪岭②，鼓角动江城③。
天地日流血，朝廷谁请缨④？
济时敢爱死？寂寞壮心惊！

注　释

① 本诗作于唐代宗广德元年（763）末，时杜甫客居阆州（今四川阆中）。
② 雪岭：又名雪山，在成都（今四川成都）西，因终年积雪得名。雪岭临近松州、维州、保州（均在今四川成都西北），杜甫作本诗时，三州已被吐蕃攻占。
③ 江城：指梓州城（今四川三台县），梓州濒临涪江。
④ 请缨：将士自告奋勇请命杀敌，语本《汉书·终军传》："军自请愿受长缨，必羁南越王而致之阙下。"

题　解

唐代宗广德元年（763），杜甫客居梓州，闻听叛军大败，欣喜之余欲还都，但不久又东下吴楚。其间曾到阆州（今四川阆中），在这里听说吐蕃攻破松、维、保三州，成都告警，心忧国家的杜甫有感于国防空虚，朝中无人，自己虽有壮志但又不被重用，写下了这首《岁暮》诗以抒发感慨。诗中可以看出作者既反对非正义的对外战争，也坚决主张抵抗外来的侵略。

赏　析

《岁暮》一诗，表达了诗人心忧社稷的情怀。

首联直写此刻的诗人正羁泊异地，在岁末之时，获悉吐蕃攻克边城，松、维、保三州时局难测、成都告急的消息。刚刚经历了安史之乱的诗人期待、向往着能够过上国家安定、人民安居乐业的幸福生活。可是事与愿违，内忧刚刚平定，外患却接踵而来。在诗人看似平淡的陈述中，抒发的却是诗人心忧国与民的沉重心情。"岁暮远为客，边隅还用兵"则是诗人面对外族入侵，由内心深处发出的无奈之语。国不能泰、民不能安，这其中又蕴含了诗人多少凄凉与愁怅。

颔联"烟尘犯雪岭"与"鼓角动江城"两句，用代表性的意象象征吐蕃入侵时的嚣张气势与危急时局。诗人以"烟尘"和"鼓角"两个在战争中具有代表性的词语，代指边境战事的紧张与激烈程度。"烟尘"一词使人从视觉角度感受到了侵略者进犯的气势；"鼓角"一词则从听觉角度渲染出战事的紧张与时局的艰危。战争的烽烟笼罩了雪岭，鼓角声声震动了整个江城。在这里，诗人将自己感受到的战争景象与内心世界的强烈冲击反映在字里行间，使人们能深深体会到诗人拥有一颗时刻心系国家与民族安危、蕴含真挚感情的爱国之心。

由于外族侵犯、社稷临危、生灵涂炭，征战杀伐连年不断，个人安危都难以保证，使得这个国家已经没有了愿意挺身而出、救社稷黎民于水火之中的勇士。颈联中"天地日流血，朝廷谁请缨"写出了战争场面的惨烈与残酷，更道出了国家危在旦夕的处境与命运。诗人在这里运用了汉代终军请缨的典故,暗示朝中无人为国分忧,写出了自己的忧心与慨叹,借以表达诗人对国事的深深忧虑。

  尾联,诗人以"济时敢爱死?寂寞壮心惊"作结,前一句运用反问,是说一个真正为国家担忧热爱国家的人,面对危急的局面,一定不会考虑自身安危,而勇于投身于拯救国家民族、天下苍生的血雨腥风之中的。而最后一句,则点出了诗人此时的心境。多年独自客居在外的诗人,过着孤单寂寞的生活,而任凭自己空有一腔报国之志却无门以报,诗人心中的无奈、落寞和悲愤只有自己能品出其中滋味。然而,"位卑未敢忘忧国"的诗人,面对边境发生战争,时局艰危朝廷中无人为国分忧,依然表现出自己渴望能赴难报国的决心,一颗跳动不已的"壮心",使人们看到了诗人崇高的责任感、强烈的爱国心。

登　楼

花近高楼伤客心，万方多难此登临①。
锦江春色来天地，玉垒浮云变古今②。
北极朝廷终不改，西山寇盗莫相侵③。
可怜后主还祠庙，日暮聊为《梁甫吟》④。

注　释

① 客心：客居者之心。
② 锦江：在今四川成都市南，岷江支流，以濯锦得名，杜甫的草堂即临近锦江。来天地：与天地俱来。玉垒：山名，在今四川灌县西、成都西北。变古今：与古今俱变。
③ 北极：星名，北极星，古人常用以指代朝廷。终不改：终究不能改，终于没有改。西山：指今四川省西部当时和吐蕃交界地区的雪山。寇盗：指入侵的吐蕃军队。
④ 后主：刘备的儿子刘禅，三国时蜀国之后主。曹魏灭蜀，他辞庙北上，成亡国之君。还祠庙：意思是，诗人感叹连刘禅这样的人竟然还有祠庙。诗人借眼前古迹慨叹刘禅宠幸佞臣而亡国，暗讽唐代宗信用宦官招致祸患。还：仍然。《梁甫吟》：乐府篇名，亦作《梁父吟》。相传诸葛亮隐居时好为《梁甫吟》。但现存《梁甫吟》歌词，系咏晏婴二桃杀三士事，与亮隐居时心情似不相涉，故学者疑之，一说亮所吟为《梁甫吟》古曲。又一说吟者是杜甫自己。按：李白也曾作《梁甫吟》，此处之"聊为"，疑杜甫也欲作此曲以寄慨。

题　解

　　这首诗是唐代宗广德二年（764）春，杜甫在成都所写。当时诗人已客居四川五年有余。763年正月，官军收复河南、河北，安史之乱平定；十月吐蕃攻陷长安、立傀儡、改年号，代宗奔逃陕州，不久郭子仪收复京师。年底，吐蕃破松、维、保等州（在今四川北部），继而再攻陷剑南、西山诸州。诗人面对变化无常的世事艰辛，登高抒怀，诗中"西山寇盗"即指吐蕃，"万方多难"道出了吐蕃入侵为最烈，与此同时，诗中也道出了当时宦官专权、藩镇割据、朝廷内外交困、灾患重重的日益衰败。全诗于悲情苍凉之中，体现着诗人爱国热情的深长与凝重。

赏　析

　　《登楼》抒写国家命运，表达自己的政治主张及抱负理想。诗人描写自己登上高楼望见锦江两岸广阔的景物，而此时正是边关告急、边境多难的时节，禁不住伤心感叹。由此诗人联想到朝廷犹如北极星不可撼动，即使吐蕃入侵，也不能改变人们忠于朝廷的坚定信念，抒发了自己渴望宗法诸葛亮能够辅佐朝政的政治理想。

　　首联"万方多难"是全诗写景抒情的出发点。由于万方多难，漂泊异乡的诗人无法排遣愁思，于是登楼远望，满目的春色与春景难掩诗人心中深藏已久的担忧。此句以乐景写哀情，表明了此时诗人的愁绪万千的复杂心理。

　　第二联诗人写出了自己登临后俯仰之间的所见所观，描述了山河景象的壮观。锦江流水带着春色从天边汹涌而来，玉垒山上的浮云起伏变幻多像是古今历史的风云变迁。诗人在这里大胆展开自己的想象，将天地的高远、历史的沧桑概括于自己的笔下，在表述自己忧国忧民的深切忧思时，表达着对大好河山的赞美之情和对历史的追怀之思。

　　第三联写出了诗人登上高楼之后的所想与所思，是对天下之势的评说。诗人以北极星象征大唐政权的不可替代，"寇盗莫相侵"则是诗人面对来犯者的入侵义正词严地表明了鲜明的政治态度：不要再徒劳无益地前来侵扰大唐百姓的安宁生活，大唐王朝的坚不可摧是任何力量都不能撼动的。语气中透着坚定与决绝。

最后一联，诗人借后主祠表达自己的质问，矛头指向当朝昏君，寄托个人情怀。诗人以后主刘禅宠信宦官终致亡国来讽喻当朝昏君代宗李豫，以《梁甫吟》来表达对诸葛武侯的敬仰之意。于是诗人叹息自己空怀一颗匡时济世之心，徒有一腔忠诚报国之志，而找不到可以施展才华的舞台，唯一能做到的，便是吟诗自遣，排解郁闷之情。

全诗借景抒怀，以描写山川的变化咏叹古往今来的社会历史变迁。借助自然景物来抒发对人与事的感喟沉思，景与情、情与思融为一体，诗文对仗工整，诗境豁达开阔，诗意寄寓深刻，体现出诗人沉郁顿挫的艺术风格。

・登楼

归　雁

东来万里客①,
乱定几年归②?
肠断江城雁③,
高高向北飞!

注　释

① 万里客：远离故乡的游子。
② 乱：指安史之乱。
③ 肠断：特别悲伤。

肠断江城雁，高高向北飞

题　解

此诗是诗人于唐代宗广德二年（764）春暮在成都草堂所作，是杜诗中最后一首五言绝句。诗中寄托了深切的乡思之情，流露出诗人对朝廷的系念之情和对国家之事的关心。

赏　析

这首诗表达了诗人浓烈而又深沉的思乡之情，字里行间流露出诗人对国家、对朝廷割舍不下的担忧和关心。

诗人以"东来万里客，乱定几年归？"起句，点明了这首诗的写作时间和诗人客居时的情况，同时也传达出诗人渴望回归故土的急切心情。安史之乱发生以后，诗人携妻带子背井离乡、颠沛流离，一路从长安、洛阳、秦州辗转漂泊到达四川成都。这年初春，他在漂泊到川北的阆州时，做好了准备从水路下渝州出峡"东归"故乡河南的打算。但因故友严武第二次到成都后特邀诗人到成都就职，于是诗人决定取消计划返回，举家迁回成都浣花溪畔的草堂定居。"万里客"三个字，饱含着诗人战乱期间四处奔波、流离失所的艰辛和渴望迫切回归故里的心情。此时的诗人，面对已经平息的安史之乱，曾满怀激情地在《闻官军收河南河北》一诗中表达过自己希望"还乡"的激动之情。然而，朋友的相邀不好婉拒，重新回到蜀地的诗人，盼望回到故乡的愿望不知什么时候才能真正变成现实，于是诗人以"乱定几年归"这样一个问句，写出了自己的矛盾心情，日日夜夜堆积起来的重返故乡的愿望，不知又要等到什么时候了？这一句，将诗人盼望回乡而不能的急迫心情体现得真实感人。

本来打算在战乱结束后回到故乡的诗人，陷入回归与留居的矛盾中。春天来了，望见北去的大雁，勾起了诗人深深的怀乡之情，于是诗人写出了"肠断江城雁，高高向北飞"的诗文。"高高"二字，包含着自由自在、畅通无阻之意。成群结队的大雁排列整齐地从成都上空向北方飞去。大雁要去的地方，正是诗人故乡所在的北方。面对此情此景，诗人心中更加不是滋味。一想到大雁都能伴随季节更替一年一度地回到自己的故乡，而诗人却因战乱多年漂泊在外，不能归乡的缕缕愁绪纠结在心中，是多么的无奈与无助。

　　这首诗用字不多，短短四句却用语精练，回味无穷。诗人将自己强烈的思乡之情用最平凡质朴的语言表达出来，用北飞的大雁一年一度地回到故乡这样一个行为，给人以具象化的感觉，从而抒写自己渴望回到故里的急切与盼望。不仅情景交融，而且也使得诗人思乡恋国的情感表达得更为强烈、更为深长。

·归雁

绝句四首（其三）

两个黄鹂鸣翠柳①，
一行白鹭上青天②。
窗含西岭千秋雪③，
门泊东吴万里船④。

注 释

① 黄鹂：黄莺。
② 白鹭：鹭鸶，羽毛纯白，能高飞。
③ 西岭：指岷山，岷山在成都西。千秋雪：指岷山终年积雪，千古不化。
④ 东吴：三国时孙权在江南定国号为吴，也称东吴。指长江下游的江苏一带。成都水路通长江，故云东吴万里船。本句说：门外江上停泊着远航东吴、行程万里的船只。

门泊东吴万里船

题 解

此诗为唐代宗广德二年（764）春夏之交杜甫于成都草堂所作。杜甫用"绝句"为总题写了组诗共四首，本诗是其中的一首脍炙人口的名作。面对一派生机勃勃的生动景象，诗人即兴而来，写下这一首小诗，描绘出一幅色彩明丽的优美画卷。

赏 析

这是一首清新明丽、节奏明快的写景小诗。短短的四句诗，诗人为我们描绘出四幅美丽画面，从而构成了一幅生机勃发的自然美景图。

前两句"两个黄鹂鸣翠柳，一行白鹭上青天"描写了初春时节万物萌发的景象，成双成对的黄鹂在刚抽出嫩芽的柳枝上欢快地鸣叫，一行白鹭列队飞向了高远的天边。诗人在这里从不同角度写出了黄、翠、白、青四种颜色，体现了春天绚丽多彩的特点。黄鹂怡然自得地"鸣"叫在翠柳之间；湛蓝的天空中，一行白鹭正列队整齐地飞向辽阔的天空。诗人不但从视觉角度描写春光宜人，还从听觉角度向我们描绘了春光美好。诗人有声有色的摹绘，为读者刻画出一幅绚丽多姿、生机盎然的早春景色。一个"上"字在再现出白鹭悠然飘逸的身姿与情态的同时，昭示了一种盎然奋发的力量。诗人在展示出春天的明媚景色之时，也传达出一种欢乐愉悦的心情。

"窗含西岭千秋雪，门泊东吴万里船"两句，诗人的视角由近及远又由远至近，用精彩的画笔描写自己所观静态之景。从窗口望去，西岭上千年不化的积雪，似乎触手可及；门外江上停泊着行程万里、从东吴归来的航船。"窗含西岭千秋雪"写诗人凭窗望远所见到的西山雪岭的奇特景观。因为岭上积雪终年不化，所以积聚了千秋之雪。这句诗也暗写了天朗气清的天气，只有在这种天气下才看得到千年积雪。诗人在这里巧妙地运用一个"含"字，运用拟人手法，十分贴切生动地写出诗人凭窗远眺的景致有如一幅嵌在窗框中的图画，近在咫尺，而这种只有天气晴好时分才能难得一见的景象，能够被诗人尽收眼底，心情的愉悦自然不言而喻。诗文中的"含"与下句的"泊"，一静一动，相得益彰。

"千秋"点出时间的久远，更显出其静。

"门泊东吴万里船"写诗人将目光从窗户里的美景收回，投向门外，又看到了新的奇观：透过院门，诗人看到苍茫的水面上漂来东吴的航船，因为太远，让人感觉不到它行走，好像静止停靠在那里似的。诗中的"万里"点出了空间的辽阔和时间的邈远。多年的战乱，东吴的船只不可能来到这里，如今战乱平定，交通恢复，诗人终于看到了来自家乡的船只，心底不禁激起浓浓的思乡之情。

如果说诗的前两句是单纯写景的话，后两句的景物描写则蕴含了诗人复杂的思想感情。景物描写的背后，是诗人多年漂泊不定生活的影像。"千秋雪"暗示了诗人渴望实现个人理想但又深知非一时可以改变的现实。"门泊东吴"，在写出诗人触景生情、想念故乡的同时，用一个"泊"字，衬托了诗人多年来漂泊不定、没有着落的生活状况，再现了诗人对未来生活前景不知何去何从的纷乱心境。而"万里"则暗示了很难实现夙愿。全诗在清新轻快的景色描写中寄托了诗人内心复杂的情绪。这首小诗，四句诗一句一景，景物描写有声有色，意境优美。诗文两两相对，对仗工整。视角由近及远，再由远及近，给人以既细腻又开阔的感受。空间与时间的巧妙运用，描绘出一幅动静相宜、色彩鲜明而又和谐的画卷，是杜诗写景的佳作。

丹青引赠曹将军霸①

将军魏武之子孙，于今为庶为清门②。
英雄割据虽已矣，文采风流今尚存。
学书初学卫夫人，但恨无过王右军③。
丹青不知老将至，富贵于我如浮云④。
开元之中常引见，承恩数上南薰殿⑤。
凌烟功臣少颜色，将军下笔开生面⑥。
良相头上进贤冠，猛将腰间大羽箭⑦。
褒公鄂公毛发动，英姿飒爽来酣战⑧。
先帝天马玉花骢，画工如山貌不同⑨。
是日牵来赤墀下，迥立阊阖生长风⑩。
诏谓将军拂绢素，意匠惨澹经营中⑪。
斯须九重真龙出，一洗万古凡马空⑫。
玉花却在御榻上，榻上庭前屹相向。
至尊含笑催赐金，圉人太仆皆惆怅⑬。
弟子韩干早入室，亦能画马穷殊相⑭。
干惟画肉不画骨，忍使骅骝气凋丧。
将军画善盖有神，必逢佳士亦写真⑮。
即今漂泊干戈际，屡貌寻常行路人⑯。
途穷反遭俗眼白，世上未有如公贫。
但看古来盛名下，终日坎壈缠其身⑰。

注 释

① 丹青：指绘画。丹青引：即绘画歌。曹将军霸：指曹霸，唐代名画家，以画人物及马著称，颇得唐高宗的宠幸，官至左武卫将军，故称他曹将军。

② 魏武：指魏武帝曹操。庶：即庶人、平民。清门：即寒门，清贫之家。唐玄宗末年，曹霸因得罪朝廷，被削职免官。

③ 卫夫人：即卫铄，字茂猗。晋代有名的女书法家，擅长隶书及正书。王右军：即晋代书法家王羲之，官至右军将军。

④ "丹青"二句：这两句是说曹霸一生精诚研求画艺甚至到了忘老的程度，同时他还看轻利禄富贵，具有高尚的情操。

⑤ 开元：唐玄宗的年号。引见：皇帝召见臣属。承恩：获得皇帝的恩宠。南薰殿：唐代宫殿名。

⑥ 凌烟：即凌烟阁，唐太宗为了褒奖文武开国功臣，于贞观十七年（643）命阎立本等在凌烟阁画二十四功臣图。少颜色：指功臣图像因年久而褪色。开生面：展现出如生的面貌。

⑦ 进贤冠：古代成名、文儒者的服饰。大羽箭：大杆长箭。

⑧ 褒公：即段志玄，封褒国公。鄂公：即尉迟恭，封鄂国公。二人均系唐代开国名将，同为功臣图中的人物。

⑨ 先帝：指唐玄宗，死于762年。玉花骢（cōng）：唐玄宗所骑的骏马名。骢：青白色的马。山：众多的意思。貌不同：画得不一样，即画得不像。

⑩ 赤墀（chí）：也叫丹墀。宫殿前的台阶。迥（jiǒng）：高。阊阖（chānghé）：宫门。

⑪ 诏：皇帝的命令。意匠：指画家的立意和构思。惨澹（dàn）：费心良苦。经营：即绘画的"经营位置，结构安排"。

⑫ 九重：代指皇宫，因天子有九重门。真龙：古人称马高八尺为龙，这里比喻所画的玉花骢。

⑬ 圉（yǔ）人：管理御马的官吏。太仆：管理皇帝车马的官吏。

⑭ 韩干：唐代名画家。善画人物，更擅长鞍马。他初师曹霸，注重写生，后来自成一家。穷殊相：极尽各种不同的形姿变化。
⑮ 盖有神：大概有神明之助，极言曹霸画艺高超。写真：指画肖像。这两句是说韩干画马仅得形似，不能传神。
⑯ 干戈：战争，指安史之乱。屡貌：即写真。
⑰ 坎壈（lǎn）：贫困潦倒。

题　解

这是杜甫所作的一首七言古诗。曹霸是盛唐时期著名的画马大师，安史之乱后，因得罪唐玄宗，被贬为庶人，流落潦倒。唐代宗广德二年（764），杜甫与他在成都相识，对他的不平遭遇颇为同情，于是写下了这首《丹青引赠曹将军霸》。此诗可以看作是诗人为曹霸述写的一篇小传，诗人借写曹霸来形容自己，抒写身世飘零之感，可谓匠心独运。

赏　析

《丹青引赠曹将军霸》是诗人杜甫有感于曹霸的不幸遭遇而写下的一首气势宏大的好诗。全诗共分为五个部分。前八句为诗文的第一部分，起笔简练，风格苍凉沉郁，内容主次分明、错落有致。开篇四句用简练的语言叙写了曹氏乃魏武帝曹操之后，如今已沦为寻常百姓。在此基础上，诗人歌赞曹霸先辈曹操独霸一方的功劳以及在诗歌上的杰出的艺术成就，称赞他的诗歌流光溢彩，韵味无穷。后四句则写出曹霸在学习书画方面的用功进取和高尚情操。曹霸最初习练东晋卫夫人的书法，初以书法见长。一生沉湎于丹青绘画之中，而不思富贵、不慕荣华以至不知老之将至，把功名富贵看得如天上浮云一般淡薄。诗人用灵活之笔，虽然写"学书"，实则意在点出"丹青"之题，写出诗人的真实意图之所在，主次分明，错落有致。

从"开元之中常引见"到"英姿飒爽来酣战"是第二部分，着笔于赞颂曹霸在人物绘画方面取得的非凡成就。开元年间，曹霸应唐玄宗诏见，登上南薰殿重绘凌烟阁上的功臣像。他用生花妙笔将功臣们画得栩栩如生。文臣头戴朝冠，武将腰佩长箭。褒国公段志玄、鄂国公尉迟恭，神形毕肖，呼之欲出，仿佛要纵马奔驰在疆场。短短数笔，诗人便将曹霸肖像画中形神兼备、生动逼真的高超画技给以全面的表现。

第三部分"先帝天马玉花骢"到"一洗万古凡马空"等八句是整首诗的中心内容，直逼诗歌主题。在这一部分，诗人对曹霸描画"玉花骢"的过程进行了细腻生动的描写，细致地刻画出曹氏描绘"玉花骢"的经过。玉花骢是唐玄宗的御马,曾被诸多画师描摹但无一逼真形象。一日,玉花骢扬首站在宫门阶前,玄宗令曹霸当场临摹。曹霸在经过巧妙构思便落笔作画,一气呵成。一只望空腾跃、雄峻矫健的神马顷刻间跃然纸上,比较之下,其他凡马都显得光泽顿失、不值一看。在这里,诗人用"生长风"写出了真马的威武之气,以众画工的平凡之马来对比画师的笔下的"真龙"之骏,以此突出曹霸画马技艺的绝妙高超,体现了作者对画师无比敬佩的盛赞之情。

"玉花却在御榻上"至"忍使骅骝气凋丧"八句,作为诗的第四部分,表现了曹霸画马的高超技艺与非凡的艺术魅力。玄宗御榻之上的那幅画上之马,抬眼望去与真马一样真假难辨。诗人以一个"屹"字,准确生动地写出了画马神态的传神与逼真。玄宗看到画马轩昂的姿态后满心欢喜,高兴得催促属下赐金奖赏曹霸。朝廷掌管车马的官员和养马人见此情状则若有所失。诗人通过描写玄宗、太仆和圉人的不同反应,着力渲染、烘托出曹霸画技的精湛绝伦。而以画马有名的韩干之画作反衬,更加生动地突出了其画马技艺的高超。

最后八句,诗人再次运用对比手法,以悲凉的笔调叙述了这位画技高人一等的大师曹霸沦落民间的窘迫之境。动荡的战乱岁月,一代画马名师竟然沦落到卖画为生的地步,画家的辛酸境遇不禁让诗人发出世态炎凉的悲叹,面对残酷的社会现实,诗人不禁失意怅惘至极。

这首诗以写画马为主要内容,通过对画家身世、经历的描写,以画家再绘凌烟阁功臣像和玉花骢马为中心突出了曹霸当年绘画技艺的高超,运用对比手法,以晚景的凄凉与生活的贫困突出人才的不幸遭遇。全诗共四十八句,每八句一换韵,诗意随韵律而流转,平仄有致。全篇内容叙事之中兼有抒情,情节跌宕起伏,在艺术上有"古今七言诗第一压卷之作"的美称。

别房太尉墓^①

他乡复行役,驻马别孤坟^②。
近泪无干土,低空有断云。
对棋陪谢傅,把剑觅徐君^③。
唯见林花落,莺啼送客闻。

注 释

① 房太尉:房太尉即房琯,少好学,任县令时多兴利除弊,颇有政声。安史之乱时,他在唐玄宗来到四川时拜相,为人比较正直。后领兵平叛,择将不力,致使官兵败于陈涛斜。肃宗即位被贬为邠州刺史。后因政绩突出,改为汉州刺史。唐代宗宝应二年(763)拜刑部尚书,在入朝路上遇疾。该年七月改元广德,所以他于唐代宗广德元年(763)八月卒于阆州僧舍,葬于阆州城外。死后赠太尉(见《旧唐书·房琯传》)。广德二年(764),杜甫从梓州(今四川三台县)到阆州暂住,闻严武再次镇蜀,遂于春末返归成都草堂。此诗为杜甫临行前特来拜谒房琯墓时所作。

② 复行役:指一再奔走。

③ 对棋:对弈、下棋。谢傅:指谢安。以谢安的镇定自若、儒雅风流来比喻房琯是很高妙的,足见其对房琯的推崇备至。

题 解

这一首五言律诗。该诗是诗人经过阆州看望老友之墓时创作,表达了诗人对老友的思念和内心对国事的殷忧和叹息之情。

赏 析

这是杜甫在造访房琯墓时写的一首悼念诗。首联以"他乡复行役,驻马别孤坟"起句,写出诗人还在他乡复值行役的行程之中,因为身有公务必须离开,在临行之前,诗人来到老友孤坟之前,拜谒亡友之墓,向亡友表达哀悼之情。由此可见他们二人友谊非同一般。也正是因为如此,诗人在起身之前必须来探望一下孤独地长眠在这里的老朋友,做一个告别。

颔联"近泪无干土,低空有断云"抒发诗人在老友墓前拜谒时肝肠寸断的悲痛之情。因为"近泪"使得土也无干土,可见此刻的诗人在坟前哭泣伤悼老友是多么的悲伤,所以洒下的泪水打湿了身旁周围的土壤。而自己的悲痛仿佛感动了上苍,天低云断,和自己一同哀悼这位逝去的老友。此刻诗人的悲伤与孤寂随"低空""断云"自然流出。

颈联"对棋陪谢傅,把剑觅徐君"两句,诗人借用两位史上人物的典故,深层抒发与亡友的深情厚谊。诗人先借淝水之战中谢安破苻坚的典故,以谢安喻指房琯讨贼时的镇定,虽然被打败,但他表现出的从容儒雅与谢安是相同的。《说苑》载:吴季札聘晋过徐国,心知徐君爱其宝剑,等到他回来的时候,徐君已经去世,于是解剑挂在徐君坟旁的树上而去。诗人以延陵季子自比,表示对亡友虽死不忘的深情厚谊。诗人在这里引经据典,寄寓自己与房琯的永不相忘的生死之交,表达了自己对老友的赞颂之情。

尾联,诗人以"唯见林花落,莺啼送客闻"的景物描写戛然收尾,写出了诗人站在房琯墓旁所见到的寂寞凄凉之景。只看见林花纷纷落下,只听见莺啼送客之声,孤零零的坟地、孤零零的吊客,幽静肃穆之中衬托出的是无限的凄凉与悲哀。读完余味悠长。

在这首诗中,诗人以极其蕴藉而又深沉的笔法,将自己对老友那深沉的哀痛之情表达了出来。诗篇布局严谨,前后关联十分紧密。言简而意蕴深厚,以景衬情,句句含情。雍容典雅而又一往情深。

将赴成都草堂途中有作先寄严郑公(其四)①

常苦沙崩损药栏,也从江槛落风湍②。
新松恨不高千尺,恶竹应须斩万竿③。
生理只凭黄阁老,衰颜欲付紫金丹④。
三年奔走空皮骨,信有人间行路难⑤。

注　释

① 严郑公:即严武。唐代宗广德元年(763),严武封郑国公,故称严郑公。
② 药:芍药。栏:栅栏。药栏:泛指花栏。从:任凭、听从。江槛:江边防水的栏杆,杜甫亲手修筑。湍:急流的水。
③ 新松:指此前手种的四棵小松。
④ 生理:指生计、生活。黄阁老:指严武。唐时两省(中书省和门下省)官员相呼为"阁老"。严武此时以黄门侍郎为成都尹,故称"黄阁老"。衰颜:衰老的面容,这里指杜甫自己。紫金丹:烧炼的丹药,道家的所谓仙丹,吃了可以长生不老。
⑤ 空皮骨:只剩下皮包骨头。信有:前闻其语,今身经其事,故曰信有。

题 解

唐代宗广德二年（764）正月，杜甫携家人出陕赴阆州避难，听说了严武再次出任剑南节度使的消息。不久，严武邀杜甫回成都，于是诗人重返成都。在由阆州归成都的途中写组诗共五首，诗题中的"严郑公"为严武，代宗宝应元年（762）被封为郑国公。此为其中第四首，主要述写诗人三年奔波辛苦归来之后的感慨，亦表露出自己生活将有依靠的欣喜之情。其中"新松恨不高千尺，恶竹应须斩万竿"作为诗中的名句，含有象征意义。

赏 析

全诗一共八句，前四句主要叙述诗人返程途中琢磨如何整理草堂之事。"常苦沙崩损药栏，也从江槛落风湍"两句，诗人写自己离开成都之后，草堂周围自然环境的变化，这是想象之笔：沙岸伴随着流水的冲刷，大概已经塌陷并损毁了药栏，恐怕连同江槛一起都已经掉落到湍急的水流中了吧。诗人在这里写出了对草堂周围环境的担忧，而这种风雨飘摇的不定和当时的社会现状是多么相似与接近，诗人怎能不对此而忧心忡忡、焦虑万分。再联想到当年自己亲手培育的四株小松树，恨不得让它们快速长大成为高耸入云的千尺大树；而那些到处乱长的竹子，回去后则肯定是要全部砍光。诗人在这里一褒一贬，毫无遮掩地写出了自己的喜好："新松恨不高千尺，恶竹应须斩万竿。"两句诗文，隐含着诗人对世事的爱憎与感慨。置身于动荡不安的乱世之中，看多了人世间各种跳梁小丑的极致表演，而自己却始终保持着一颗赤诚的报国之心，想起人世间的捉摸不定，诗人怎能不心生感喟？在这里，诗人以此流传千年之名句，十分准确恰当地抒发自己鲜明而又强烈的爱憎之情。诗人的高屋建瓴令后世之人赞叹不已。

诗的后四句内容又落脚到"赠严郑公"的主题之中。"生理只凭黄阁老，衰颜欲付紫金丹"两句，诗人直述自己的生活在严武的悉心关照下，仿佛连衰老多病的身体也交给了益寿延年的丹药。诗人在此写出了自己生活的有所依与有所养，言辞之中，充满了幸福满足感和对朋友的感激之情，其中的乐与情只有诗人自己能深深品味得出。诗人自唐代宗宝应元年（762）七月与严武分别，至代宗广德二年（764）应邀重返草堂，前后三年中经历兵祸，避乱他乡，过着漂泊不定的生活。也正是因为如此，诗人回顾过去，写出了"三年奔走空皮骨，信有人间行路难"的感慨之语。"行路难"三个字，语意双关。人的一生只有经历风雨，方知人生坎坷、世事艰辛。一个"信"字，包含着诗人历经千难万苦后的无限感慨。

　　全诗表达了诗人重回草堂前快乐的心境和对美好生活的憧憬之情。在诗文中，作者向严武表白了自己的生活艰难，并感谢多年来他给予的悉心照顾。全诗语挚情深，情致饱满，欢欣和感慨相融，瞻望与回顾同叙，表达出了诗人深厚的思想感情。而诗文中表达出的爱憎分明的优秀品质以及对真善美的事物无比热爱，也让我们看到了一个不平凡的杜甫。

宿　府

清秋幕府井梧寒①，独宿江城蜡炬残。
永夜角声悲自语②，中天月色好谁看③？
风尘荏苒音书绝④，关塞萧条行路难。
已忍伶俜十年事⑤，强移栖息一枝安⑥。

注　释

① 幕府：古代将军的府署。井梧：梧桐。叶有黄纹如井，又称金井梧桐。
② 永夜：整夜。自语：自言自语。
③ 中天：半空之中。
④ 风尘荏苒：指战乱已久。荏苒：指时间推移。
⑤ 伶俜（pīng）：流离失所。十年事：杜甫饱经丧乱，从天宝十四载（755）安史之乱爆发至作者写诗之时，正是十年。
⑥ 强移：勉强移就。一枝安：指他在幕府中任参谋一职。杜甫此次入幕府，出于为一家生活而勉强任职，虽是应严武盛情邀请，但也只是求暂时安居。

题　解

此诗为唐代宗广德二年（764）秋，诗人独宿节度使府时所作。当时杜甫在严武幕府中任节度参谋。诗中借独宿时所见所闻之景，伤时感事，表达出作者对于国事动乱的忧虑和他乡漂泊流离的愁闷。

赏　析

前四句写景，后四句抒情。首联写诗人自己独自一人留宿于江城幕府之中，而周围景色清寒。"清"和"寒"两个字，不但写出了当时环境的清凉，也烘托出诗人当时的悲凉心境。"独宿"二字是诗眼所在。在这样的一个环境下诗人眼睁睁地看着蜡炬在一点一点燃去，倍感孤夜难眠，孤独寂寞之感跃然纸上。"永夜角声悲自语，中天月色好谁看？"写"独宿"的所见所闻：漫长的黑夜，角声鸣咽，仿佛在诉说世态炎凉；中天的明月，月色清盈，却无人去欣赏望观。"永夜"指长夜、整夜，"角"指的是军中号角。彻夜不断的号角声，好像是用凄凉的音调向人们诉说战争带来的无穷悲苦。高悬在中天的月亮皎洁明亮，但此时的诗人已经无心观赏，他望月思乡，发出了"好谁看"的感喟。诗人孤独寂寞的心情更加浓厚、深沉。以上四句诗文，诗人借景抒情，写出了自己所观之景、所听之声，将一个看月听角、独宿不寐的人物内心世界表现出的人生苦短、悲凄难耐的复杂心情刻画得淋漓尽致。

后四句，诗人着笔于生活处境，字字透着哀怨。诗人以"风尘荏苒音书绝，关塞萧条行路难"直抒"独宿"之情。在离乱之世窘迫度日，又担心关塞之路行走太过艰难。"风尘荏苒"写出战乱延滞的时间太长。路途遥远，故乡依然杳无音信。时光流逝，音信断绝，独自流落在外却因关塞萧条、战争频发、道路险远而有家不能回。由此可见，诗人的心情是多么的沉重。也正是因为如此，于是引出"已忍伶俜十年事，强移栖息一枝安"。面对自己十年辗转流离的苦闷，诗人不知何去何从，只好安慰自己姑且勉强栖息一枝吧，用来维持生计求得暂时的平安。这四句，写出了诗人"宿府"时复杂的心情，尽管此时算是重入仕途，但面对世事的艰辛，诗人的政治理想仍然是难以实现的。

这首诗抒写旅愁，诗风沉郁顿挫。诗的前四句写"独宿"之景，情含景中。后四句直抒"独宿"之情，以情驭景，情景交融，意境完美。诗文对仗严谨，用字准确。全诗深刻地刻画出诗人的心情与遭遇，表达了作者悲凉深沉的情感和怀才不遇的心绪。

旅夜书怀

细草微风岸，危樯独夜舟①。
星垂平野阔②，月涌大江流。
名岂文章著③？官应老病休④。
飘飘何所似⑤？天地一沙鸥。

注　释

① 危樯：高高的桅杆。独夜舟：单独的一只夜行之舟。
② 平野阔：原野显得格外广阔。
③ 著：著名。
④ 应：应是，应该。
⑤ 飘飘：漂泊无依。

题　解

"旅夜书怀"，即是在旅途中的一个夜晚抒写情怀。所谓旅途，一般认为是杜甫在唐代宗永泰元年（765）的春天，因为严武的突然去世而被迫离开草堂，沿岷江，顺长江向东的漂泊之路。而这段旅程作为他在成都安定生活的终结，其孤寂无奈之情尤甚。

赏　析

这首五言律诗前四句重点描写旅途中的夜晚，写景由远及近，由小到大。首联写近景，点明地点、时间和周围环境。微风拂过岸边细嫩密匝的青草，小船的桅杆直指高空，孤单单地停靠在水岸。诗人漂泊江湖，前途未卜的悲凉与凄苦油然而生。景中含情，从景物里可以看出作者情感的端倪。

颔联作者将目光放至远处。星河远远地在天上闪耀，与旷野合在一处，组成苍茫而阔大的背景；而江上波涛汹涌，承举着涌动的月光奔向大地的尽头。星空衬出原野之广，原野又反衬出星辰之"垂"挂天际；月光被江水带着涌动不息，江水也因其上的月色而更显浩瀚澎湃。星空与旷野写静，月色与江水写动，如同构成这个宇宙的静止恒久的空间和永不停息从不等待的时间。而诗人就站在这广阔却孤独的空间中看着时间随波涛离他远去，月色翻涌仿若一个漫长的告别。《四溟诗话》中评此句"句法森严，'涌'字尤奇"。

颈联与尾联着重"书怀"。颈联二句，首句反问：我这点声名，难道是因为我的文章好吗？下一句却说：这官，却是因为年老多病而做不成了。《杜少陵集详注》中仇兆鳌说此诗"五属自谦，六乃自解"。但诗人曾言自己"以文章显中宗时"（《新唐书·杜甫传》），又在赠严武一诗中写道"岂有文章惊海内"。此句看似自谦，实则自信。而"官应"一句看似自嘲，实则讽刺世事。杜甫晚年"老病"缠身，但他在政治上失意的原因却是因为被排挤。故黄生说这是"无所归咎，抚躬自怪之语"（《杜诗说》）。

尾联以哀景来自况。将孤单无助的自己比作广阔天地间一只小小的沙鸥。诗人自问自答，自悲自叹。他的人生理想和政治抱负好像都遥不可及，将他弃

星垂平野阔

于这浩渺空旷的天地中，如孤独的沙鸥漂泊不遇，孤独终老。与开篇写景中寄寓的凄苦愤懑之情遥相呼应，一气呵成。

全诗借景抒情，情景交融，写景的目的意在书写羁泊江湖的人生感慨。然诗中着重描写的苍茫阔大的景色使得这种情感超脱了一般酸腐文人的自我哀悯，而有一种超然天地的深沉厚重之感。如《瀛奎律髓汇评》引纪昀评道："通首神完气足，气象万千，可当雄浑之品。"

禹　　庙

禹庙空山里，秋风落日斜。
荒庭垂橘柚，古屋画龙蛇。
云气嘘青壁①，江声走白沙。
早知乘四载②，疏凿控三巴③。

注　释

① 青壁：禹凿开的石壁。
② 四载：传说中大禹治水时用的四种交通工具，水行乘舟，陆行乘车，山行乘樏（登山的用具），泥行乘辇（形如船而短小，两头微翘，人可踏其上而行泥上）。
③ 三巴：指巴郡、巴东、巴西。传说这一带原是沼泽，大禹凿通三峡后成为陆地。

题 解

唐代宗永泰元年（765）四月，严武病逝。杜甫于五月携家人乘船离开成都，经嘉州（今四川乐山）、戎州（今四川宜宾）、渝州（今重庆）、忠州（今重庆忠县）而到云安（今重庆云阳）。这首诗为当年秋，杜甫由渝州前往忠州的路途之中拜谒禹庙时所写的一首缅怀和赞颂大禹治水功德的作品。禹庙，夏禹之庙，在今重庆忠县南，过岷江二里处。这首诗重点歌颂了大禹不畏艰险、征服自然、为民造福的创业精神。

赏 析

诗人以此诗缅怀和赞誉了大禹治水的功德。

首联以"禹庙空山里，秋风落日斜"开门见山，描写出诗人远望禹庙所见之景，点明了诗人拜谒大禹古庙的时间、地点。秋风萧瑟的时节，群山环抱，草木幽深，大禹庙独自伫立在沉静而幽寂的山谷之中，落日的余晖斜照在大殿之上，更加映衬出古庙的庄严、肃穆。而此时的诗人正是怀着敬意登临这座古庙。

颔联，采用移步换景的写作手法来依次写景。"荒庭垂橘柚，古屋画龙蛇"两句，诗人由远及近，描写走进四周环合庙宇庭院内所见到的景象。由于所处位置的偏僻，大禹庙内长年无人打理，庭院荒芜，房屋古旧。橘子树和柚子树上尽管挂满了累累果实，但因无人管理，致使树枝低垂，仿佛要被压垮似的。古庙的墙壁上残留下来龙和蛇的画像，依然清晰可见。在这里，诗人写出了古庙的荒芜，但是透过庭院中橘柚硕果压枝、墙壁上龙蛇飞舞的景象，似乎这座古庙原本拥有的一切并不能让人们感觉出它的寂寞与冷清。相反，肃穆之中它并不缺乏生机与活力。而诗人在这里，也借用"橘柚和龙"两个与大禹相关的典故（传说大禹治洪水使九州人民安居乐业，远居东南的"岛夷"之民也把丰收的橘柚包裹好进贡给禹以此来感谢他。又传说，禹"驱蛇龙而放之菹（泽中有水草处）"，使龙蛇有所归宿，不再兴风作浪。），歌颂了这位古代英雄创造的伟大业绩。

颈联转而重笔描摹大禹庙四周的环境和景象。"云气嘘青壁"写大禹当年治水开凿出的古老的山崖峭壁上长满青苔，一团团的云雾有如从口中"嘘"出来的一样在石壁上缓缓缭绕；"江声走白沙"描写滚滚长江水沿着白沙道向东急匆匆奔流而下，时时传来波涛拍打之声。此二句，诗人运用了拟人的手法，将自然景物拟人化，赋予其生命的活力。在这里，诗人将云雾的吞吐自如、奔腾的长江之水同大禹治水惠及天下的伟大壮举融合在一起，增强了全诗的艺术感染力。

看到眼前如此广阔的千里江山，诗人心中油然而起敬佩之情，不禁发出了"早知乘四载，疏凿控三巴"的感慨之语。诗人写自己早就听说了大禹为治理水患，乘着四种交通工具开凿石壁、疏通水道、治理水患，使长江之水顺河流入大海的壮举。感慨之余，更多的是对这位改天换地、艰危不惮、开山治水惠及万代百姓的英雄人物的赞誉与讴歌。

这首诗，层次井然有序，结构严谨合理。语言自然简练，感情基调昂扬。诗文借景抒情、运用虚实结合、拟人传神等手法，情文并茂，意味无穷。全文抒发了诗人对大禹的景仰之情，赞扬了大禹治水惠及九州的伟大壮举与丰功伟绩。为唐人祠庙诗之典范。

禹庙

八 阵 图

功盖三分国①,
名成八阵图②。
江流石不转③,
遗恨失吞吴④。

注 释

① 三分国：指三国时魏、蜀、吴三国。
② 八阵图：指由天、地、风、云、龙、虎、鸟、蛇八种阵势所组成的军事操练和作战的阵图，它聚细石成堆，高五尺，六十围，纵横棋布，排列为六十四堆，始终保持原来的样子不变，即使被夏天大水冲击淹没，等到冬季水落平川，万物都失故态，唯独八阵图的石堆却依然如旧，六百年来岿然不动。
③ 石不转：指涨水时，八阵图的石块仍然不动。
④ 失吞吴：是吞吴失策的意思。

题 解

这是诗人在夔州时作的一首咏怀诸葛亮的诗,写于唐代宗大历元年(766)。诗人在漂泊西南期间,写下了许多咏怀古迹的诗篇,而对诸葛亮则情有独钟,在蜀期间先后写下了《武侯庙》《蜀相》《诸葛庙》《古柏行》《夔州歌》十绝之九、《咏怀古迹》五首之五、《八阵图》等诗作。这首诗在盛赞诸葛亮的丰功伟绩之时,表达出了诗人的悲悼与惋惜。

赏 析

《八阵图》是一首怀古诗,属于借古抒发个人怀抱的佳作。诗歌用精短的篇章凝练准确地概括了诸葛亮这位名震史册、足智多谋的伟大人物在军事上的经天纬地之才和丰功伟绩,特别盛赞了他的八阵图所体现的军事价值。颂扬了诸葛亮在魏蜀吴三分天下格局的较量中,为创立蜀国基业立下的卓越功绩,指出蜀国在吞并吴国策略上的失误。全诗言简意赅,用意颇深,感情浓郁。

"功盖三分国"一句诗是对诸葛亮三分天下计谋的高度评价,这是站在历史高度所做的精辟概括,是对诸葛亮所建树的功绩的欣仰与追慕。而一个"盖"字,写出了这种功绩的历史地位,极大地丰富了诗文所要体现的内涵。诗人用这个"盖"字,突出强调了诸葛亮在三国鼎立格局形成中的重要作用:诸葛孔明的伟绩,超过了同时代任何一个人,其伟大之处就在于他定分三国,确定天下大势。诗人在这里用极其简练的笔墨称赞诸葛武侯的功业辉煌、盖世无双,可谓功力了得。

"名成八阵图"是从军事的角度来赞美诸葛亮的卓越才华。诸葛亮创制"八阵图",超越前代的任何一位军事家,巧妙地点出了诸葛武侯的盖世才华在于他的神机妙算。"八阵图"是孔明自创的一种战争工事,是全用石头堆聚而成的六十四聚石子堆,以此推演兵法。传说诸葛亮曾以此阵图大败吴军。"名成"两个字在文中的运用,精练、自然地概括了诸葛亮的军事功劳。在诗人看来,诸葛亮造八阵图,是最值得称道的功绩,也是诸葛亮的成名关键之所在。

第三句"江流石不转"一句告诉读者"八阵图"是几十堆石子,虽历经几朝遭受风侵雨蚀，却不减当年风采的神奇景观，任凭猛烈的江水冲刷翻转，依然十分牢固。"不转"一词，形象再现八阵图的牢不可破；同时也表现了诸葛亮对蜀国的一片忠心。诗人在赞扬八阵图神奇无比的同时，也巧妙地借助八阵图来称赞诸葛亮对蜀汉独霸一方和一统天下坚如磐石般无法动摇的忠诚。石头虽在，人却早已烟消云散，物是人非，诗人对诸葛亮出师未捷身先死流露出的无限的惋惜、遗憾之情在这里充分地得以表现。

"遗恨失吞吴"是说刘备因为着急为关羽雪仇，贸然派兵攻吴，破坏了诸葛亮联吴抗曹的用兵原则，以致最终葬送了诸葛亮联吴抗曹一统天下的英明谋略，而造成了千古遗恨。"遗恨"一词，突出诸葛亮因刘备攻打东吴失败而破坏自己的联吴抗曹计划的伤心遗憾。这一句，是诗的重点，也是诗人所要表达的感情高潮。

杜甫的这首《八阵图》，风格鲜明。诗人将咏怀古迹与抒发个人情怀巧妙融为一体，具有以议论入诗的特点。语言生动形象，抒情色彩浓郁，给人一种"此恨绵绵无绝期"的感觉。《八阵图》以较多笔墨赞颂诸葛亮的功绩和地位，表达诗人由衷的赞叹和无限的敬仰之情。而崇敬的背后，却写出了诸葛亮的遗恨，体现了杜甫对诸葛亮功业未成的叹惋，更重要的是这种叹惋之中融合了诗人郁郁不得志、终老无成的感伤情怀。

白帝城最高楼

城尖径仄旌旆愁①,独立缥缈之飞楼②。
峡坼云霾龙虎卧,江清日抱鼋鼍游③。
扶桑西枝对断石,弱水东影随长流④。
杖藜叹世者谁子⑤?泣血迸空回白头⑥。

注 释

① 城尖:指白帝山尖陡峭,白帝城建在上面。旌旆(pèi):指军旗。
② 缥缈:指高远不明的样子。楼高好像要飞起来了,所以说"飞楼"。
③ 龙虎:指山峡突兀盘踞的样子,峡静所以说"卧"。鼋鼍:形容江流湍急闪烁的样子,水动所以说"游"。日抱:指太阳照在江面好像是环抱着一样。
④ 扶桑:一种神木,传说是太阳升起的地方。断石:指峡。长流:指江。
⑤ 谁子:哪一个,这里是"谁氏之子"的省略语。
⑥ 迸:散、洒。诗人身在高楼,泪散落在空中,因此说是"迸空"。回白头:摇头叹气的样子。

题　解

这首诗约作于唐代宗大历元年（766）。杜甫由云安初到夔州时所作。白帝城位于夔州（今重庆市奉节县瞿塘峡口）的白帝山上，地势高危，为长江三峡之名胜。杜甫晚年寄居夔州，咏白帝城作品很多，此诗为其中之一。这是一首自创音节的拗体七律，此诗写诗人登楼远望所见之景，饱含了历尽沧桑的深重情感。

赏　析

这首诗是杜甫拗体七律的代表作之一。首联描写高楼，颔联着笔眼前景，颈联摹写远景，尾联抒发家国之叹，仿佛满纸都是愤懑不平之气。

首联描写白帝城高而险的地势。用一个"尖"字突出了城的险峻。一条崎岖不平的小路通往这个险峻之地，就连插满城头的旌旗都暗自发愁登临之难，可以想象，此楼有多么高险。白帝城最高楼竟然耸立在这样一个缥缈的云层之端，凌空若飞。诗人站在楼前，极目远眺，视野无限广阔，大好风光尽收眼底。此二句，使全诗笼罩在雄奇壮丽的气势之中。

"峡坼云霾龙虎卧，江清日抱鼋鼍游"写诗人楼头所见之景：云霾将起伏的山峡从中截断，被裁出的山脉如同龙虎静卧盘踞在江岸；阳光洒向清可见底的江水，日照当空，滩石于波光潋滟之中，好像鼋鼍在玩耍嬉戏。这两句诗，动静相宜，将楼头观景的倏忽万变写得活灵活现，仿佛眼前之景一般。这两句采用实虚结合的写法，将动荡的离乱之世和社会隐含的危机巧妙地暗示出来。

颈联写的是诗人极目远眺时的联想："扶桑西枝对断石，弱水东影随长流。"扶桑，是神话传说中出现在东方的一种神树，长约数千丈；弱水，是古代神话中位于西方昆仑山下的一条流水。诗人登高临深，俯仰眺瞰，禁不住心驰神往：如见扶桑西边的枝条正与山峡相对，弱水东边的影子似与长江相随。在这里，诗人以虚景衬实景，以可望扶桑西向，着力渲染城楼之高；以可接弱水东来，极言江流之远。虚实相生，意韵深厚。

尾联，笔锋一转，诗人的目光由远景落回楼头，"杖藜叹世者谁子？泣血迸空回白头。"周围的人们看见一位白发苍苍、拄着藜杖的老人在楼上望远感叹,好奇地打听他究竟是谁。没想到这一问,触动了诗人蓄积已久的伤感:一生胸怀天下、忧国忧民、才华出众,却报国无门、命途舛测,老来竟漂沦江湖、无人知晓,人生的坎坷与辛酸,郁积于胸,无法言说唯有泪洒天畔。

  作为一首拗体七律,这首诗格局严谨,起承转合,诗法井然。突破了七律中传统的和谐,给人以耳目一新之感。

• 白帝城最高楼

宿江边阁

暝色延山径①，高斋次水门②。
薄云岩际宿，孤月浪中翻。
鹳鹤追飞静，豺狼得食喧。
不眠忧战伐，无力正乾坤③！

注　释

① 暝色：即暮色。暮色从阁上看，好像由山径接引而来。
② 高斋：即所宿西阁。次：临。水门：即瞿塘峡口两山对峙处。
③ 正乾坤：即整顿乾坤。

题　解

　　这首五言律诗，作于唐代宗大历元年（766）。当时年近花甲的杜甫移居夔州（重庆奉节，即刘备托孤地白帝城），落脚在山中客堂。秋天来临，移住西阁。这首诗描写作者在移居之前，夜宿西阁的所见、所闻、所感。诗人通过描绘不眠之夜的所见所闻，抒发了他关心时事、忧国忧民的爱国情怀。

赏　析

　　这首诗是当时年近花甲的诗人在移居夔州之前，夜宿西阁时所作。全诗四联八句，抒发了诗人心系时政、忧心国事的爱国情怀。

　　首联以"暝色延山径，高斋次水门"两句，点明了诗人深夜观景的时间和所处的位置，写出了诗人登上高阁远眺之景。"暝色"指天色已晚，"高斋"即西阁，"水门"指瞿塘峡口。暮色中一条山间小径蜿蜒至西阁之前，而此时的西阁因雄踞瞿塘峡江边的山峰而更显居高临下之气势。渐浓的暮色中由远及近的山间景致在诗人笔下由远而近，愈渐清晰起来。

　　颔联，以"薄云岩际宿，孤月浪中翻"两句紧承首联，继续描写出诗人登上高楼远望之夜景。诗人夜宿西阁，不能入睡，起坐眺望，只见薄云飘浮好似栖宿在岩边，江波之上，一轮明月倒映水中似随波翻滚。诗人用简洁的笔触，将长江瞿塘峡上薄云依山、孤月没浪的月下江景自然地呈现出来，勾勒出江上之夜宁静、清幽之美。

　　颈联"鹳鹤追飞静，豺狼得食喧"两句，再现了诗人深夜难以入睡之时所听到江上、山中传出的水禽与山兽的叫声，动静结合，以动衬静。上句写寂静的深夜，白天在江面飞翔追逐的鹳鸟与水鹤，在深沉的夜色之中安栖于林间，听不见一丝声响；下句写远处的高山深谷之中，豺狼相互觅食争夺，发出阵阵凄厉的嗥叫之声。这两句，诗人采用了虚实相生的写作手法，用鹳、鹤的宁静安栖同争喧抢夺的豺狼做对比，一静一喧，衬托出夜下野外凄清与悲凉的气氛。诗人笔下描写的豺狼为食物而争夺打斗，很容易让人联想到当时社会环境下豺狼当道的社会现实，而这种残酷的争斗方式，映衬出的正是战乱时期穷苦

・宿江边阁

大众被掠夺、被压榨的悲惨景象。

尾联表达诗歌的内涵。"不眠忧战伐，无力正乾坤"揭示出诗人不眠的原因所在。因为担心战乱而不能入睡，因为自己能力所限而不能扭转时局，辟正社稷，而这正是诗人多年纠结在心中的社稷情怀。一生因为时局动荡漂泊在外、居无定所的诗人，怀揣着报效国家的政治理想与远大抱负，却终因无力改变动荡不安的社会现实而心急如焚、彻夜难眠。诗人是无奈的，也是尴尬的。这两句诗，将杜甫心忧国家大事的胸怀和他忧愁苦闷的心情真实地再现于字里行间。

这首诗，语言凝练，层次跌宕有致。全篇诗文对仗工整，感情质朴、自然、真实。诗人寓情于景、景中有情、情景相融。以大江奔流烘托自己孤寂难平的心绪；以鹳鹤、豺狼之声表现自己通宵难眠的悲凉与凄苦。全诗从傍晚到深夜于江阁之上的所闻与所见，传达出的是诗人心系国家、心忧民众的情怀与胸襟，不愧为一首声情并茂、感人至深的名作。

白　帝

白帝城中云出门①，白帝城下雨翻盆②。
高江急峡雷霆斗，翠木苍藤日月昏。
戎马不如归马逸③，千家今有百家存！
哀哀寡妇诛求尽④，恸哭秋原何处村⑤。

注　释

① 白帝：即白帝城。这里的白帝城，是指夔州东五里白帝山上的白帝城，并不是指夔州府城。
② 翻盆：即倾盆。形容雨极大。
③ 戎马：指战马，比喻战争。归马：从事耕种的马。出自《尚书·武成》"归马放牛"，比喻战争结束。
④ 诛求：强制征收、剥夺。
⑤ 恸哭：失声痛哭。秋原：秋天的原野。

题 解

唐代宗大历元年（766）秋于夔州（今重庆市奉节县）作。白帝城，位于夔州东五里的白帝山上，历史记载为汉末蜀称帝时所建，地势险要。诗人以白帝为题并不是专门来描写白帝城的景致，而是以此来反映由于连年的战争暨官府的残酷诛求带给人民的无尽苦难。

赏 析

《白帝》是一首拗体诗，诗中融入了古调或民歌的风格，风格雄奇峻拔、典丽高雅。作者用白帝的狂风骤雨，喻唐代社会局势的动荡不安；以荒村的萧条冷落，比喻安史之乱后国家的满目疮痍，表现出诗人对国家动荡、民不聊生的社会现实的沉郁忧虑。

首联运用反复句法描写出三峡之中云雨大作时的奇幻凶险之景。白帝城高踞于白帝山之上，登城而望，山谷中升起的云雾之气似乎从城门中涌出，低头俯视白帝城中，一瞬间已是暴雨大作，如倾盆而泻。"云出门"，写云气、云雾之景，突出云气之大之浓，是雨来之兆。"雨翻盆"，写山雨、峡江之雨景，来得快、大、急且陡，雨势猛烈，不可阻挡。

颔联紧承前景中"雨翻盆"的描写而来，具体描述雨景之势。"高江急峡雷霆斗，翠木苍藤日月昏"两句为工整的对仗句式，以"高江"对"急峡"、"翠木"对"苍藤"，对仗精巧，读来音韵和谐，绘声绘色地写出了雨势的猛烈。"高江急峡"绘写出白帝城地势高峻凶险，江流狭窄的奔涌呼啸之势，加上急风骤雨，江水陡涨，湍流凶急，大浪冲天，气势有如雷霆。一个"斗"字，生动形象地描绘出大雨倾泻而下时浊浪翻滚、惊天动地的壮观景象。而在暴雨的来势迅猛之下，"翠木苍藤"顿时失去了昔日的光泽，天地之间、高峡两岸，一派昏暗无光。

以上四句，以云雨变幻寄兴，暗写的却是当时社会的动乱，也是为下一步展现后面那个腥风血雨中民不聊生的社会现实做铺垫。

诗人俯视雨后的蜀郡大地，"戎马不如归马逸，千家今有百家存！"在急风骤雨过后，眼前呈现出一片荒芜萧条的土地，一匹疲惫懒散的归马，因失去主人在荒凉的原野上闲荡。山村之内的景象比荒原更显清冷与凄凉，横遭洗劫后的村庄里，从前的千户人家如今只剩下百户，这情景怎不叫人触目惊心。

　　面对眼前景象的凄惨、乡村的荒芜，诗人用自己的笔写出了"哀哀寡妇诛求尽，恸哭秋原何处村"的社会现实。面对官府的横征暴敛，本来就已是孤苦无依的寡妇，仅有的一点维持生计的粮食和物品，也被官府的横征暴敛搜刮得什么也不剩。本来应该是秋天收获的季节，荒原中却传来阵阵悲恸欲绝的哭声，哀号遍野，悲怆凄凉。

　　这首诗，前四句写景，后四句抒情。前四句诗将三峡山雨欲来之时的风声、雨声、雷声和急流水声表现得准确而又传神。诗人似乎是在鼓乐齐鸣中为我们勾画出了一幅三峡骤雨图。后四句抒写雨后感受。诗人借着白帝城阴森惨淡的雷雨之景，巧妙地反映了在横征暴敛、兵连祸结的战乱时代人民的那种悲伤苦痛的生活情绪，诗中充满着郁愤不平之气。

・白帝

咏怀古迹五首（其三）

群山万壑赴荆门，生长明妃尚有村①。
一去紫台连朔漠，独留青冢向黄昏②。
画图省识春风面，环珮空归月夜魂③。
千载琵琶作胡语，分明怨恨曲中论④。

注　释

① 明妃：即王嫱，字昭君，汉元帝宫人，晋时因避司马昭讳改称明君，后人又称明妃。昭君村在归州（今湖北秭归县）东北四十里，与夔州相近。尚有村：还留下生长她的村庄，即古迹之意。
② 紫台：犹紫禁，帝王所居。江淹《恨赋》："明妃去时，仰天太息。紫台稍远，关山无极。"朔漠：北方沙漠，指匈奴所居之地。
③ 环珮：妇女装饰品，指昭君。
④ 作胡语：琵琶中的胡音。曲中论：曲中的怨诉。

题 解

《咏怀古迹五首》是杜甫于唐代宗大历元年（766）在夔州写成的一组诗。夔州和三峡一带本来就有宋玉、王昭君、刘备、诸葛亮等人留下的古迹，杜甫正是借这些古迹，怀念古人，同时抒写自己的身世家国之感。这是其中的第三首，也是五首中写得最好的一首。诗人借咏昭君村、怀念王昭君来抒写自己的怀抱。诗人有感于王昭君的遭遇，寄予了自己深切的同情，同时表现了昭君对故国的思念与怨恨，并赞美了昭君虽死，魂魄还要归来的精神，从中寄托了诗人自己对昭君的无限同情与深切悼念之情。全诗叙事明确，形象突出，寓意深刻。

赏 析

这是七言律诗《咏怀古迹五首》的第三首，是杜甫离开夔州东下、途经荆州府归州（今湖北秭归）东北四十里的昭君村——王昭君的故乡时，因事所感而写下的一首借怀念王昭君来抒写自己怀抱的咏怀之作。

首联以"群山万壑赴荆门，生长明妃尚有村"两句发端，向读者呈现出一幅昭君故里群山连绵、峦峰叠起，万壑争流、直赴荆门的雄奇之景。诗歌运用拟人手法，以一个富有情感气势的"赴"字，写出了千山万壑的雄伟气象，先点出昭君家乡所处的地理位置和环境。正是在这样一个景象万千的地方，出现了叫王昭君的女性。"明妃"，即王昭君，名嫱，字昭君，湖北秭归人，汉元帝时宫女。竟宁元年（公元前33年），昭君被遣，嫁给匈奴呼韩邪单于，后死于匈奴。晋时因避司马昭讳，改称明君，也称明妃。诗人在此以景物描写，引出了自己所要歌咏的对象——王昭君，从侧面烘托了昭君的形象。一个青年女子远离故乡、远嫁异域并度过余生，需要足够的勇气与超凡的毅力，而这千山万壑的阳刚之气却正是她坚强性格的象征。作者在此，以江山的奇绝之景赞颂了风华绝代的佳人之美。"生长明妃尚有村"一句，表达了诗人在历尽了世事沧桑后，在废与存的对比中，突出了对昭君的同情与爱戴。

颔联以"一去紫台连朔漠，独留青冢向黄昏"两句，道出了王昭君一生的悲惨命运。上一句，写出了生前的命运捉弄难以回转；下一句，则道出她死后的孤寂与冷落，连魂魄都无法回归故里。诗文中，用"一去"对"独留"，将她生前的寥落与死后的孤寂做对比，"连朔漠"描写出塞之景，"向黄昏"道出其思念汉室之心。诗人以简洁之笔，为读者描绘出一幅空旷、凄清的画面，与前两句形成生地和死地的鲜明对照，概括了昭君一生的遭遇。

　　颈联"画图省识春风面，环珮空归月夜魂"紧承前两句，进一步揭示造成昭君不幸命运的主要原因。"画图省识春风面"一句，运用历史典故，直写昭君被迫远嫁的不公命运。《西京杂记》载：汉元帝因宫女太多，不得常见，就让画工为宫女画像，便于随其临幸。宫女们争相贿赂画工，而昭君貌美不肯行贿，画工故意丑化她。后元帝实行和亲政策，匈奴入朝，元帝凭画像派昭君去匈奴。临行时才发现她青春貌美，娴雅大方。元帝后悔遂将画工处死。诗人在此道出了由于汉元帝的昏庸才导致昭君身葬塞外的悲剧所在。"环珮空归月夜魂"写出了昭君虽骨留青冢，魂灵已经在月夜回到生养她的故里，由此可见其怀念故土之心是多么的强烈。而一个"空"字，将诗人的悲愤、伤悼之情传达得淋漓尽致。

　　尾联以"千载琵琶作胡语，分明怨恨曲中论"作结，借千载作胡音的琵琶曲调，点明昭君"怨恨"的主题。"千载"极言昭君之恨的时间之长，"分明"表达出昭君怨恨的强烈。"怨恨"二字，成为点明全篇的主旨。千百年来琵琶弹奏出的总是胡地传来的哀怨乐曲，正是昭君在倾诉着她内心的怨恨与哀愁。

　　这首怀古作品，诗人借古讽今，并以古事喻己怀，借咏王昭君不被帝遇、终去塞北、一生难回的不幸遭遇来抒写自己怀才不遇、身世漂沦的悲愤之情。全文感情格调深沉，诗风浓郁顿挫。对比鲜明，对仗工稳。辞采艳丽而情感悲凄哀婉，字字皆泪，绵丽之中隐含着诗人的一腔悲愤，这首诗被誉为"咏昭君诗之绝唱"。

阁　夜

岁暮阴阳催短景①，天涯霜雪霁寒宵②。
五更鼓角声悲壮，三峡星河影动摇③。
野哭几家闻战伐④，夷歌数处起渔樵⑤。
卧龙跃马终黄土⑥，人事音书漫寂寥⑦。

注释

① 岁暮：冬季。阴阳：指日月。短景：指冬季日短。景：通"影"，日光。
② 霁（jì）：雪停。
③ 三峡：指瞿塘峡、巫峡、西陵峡。星河：银河，这里泛指天上的群星。
④ 野哭：战乱的消息传来，千家万户的哭声响彻四野。几家：一作"千家"。战伐：崔旰之乱。
⑤ 夷歌：指四川境内少数民族的歌谣。夷：指当地少数民族。
⑥ 卧龙：指诸葛亮。《三国志·蜀书·诸葛亮传》："徐庶……谓先主曰：'诸葛孔明者，卧龙也。'"跃马：指公孙述。字子阳，扶风人。西汉末年，天下大乱，他凭蜀地险要，自立为天子，号"白帝"。这里用晋代左思《蜀都赋》中"公孙跃马而称帝"之意。诸葛亮和公孙述在夔州都有祠庙，故诗中提到。这句是贤人和愚人终成黄土之意。
⑦ 人事：指交友。音书：指亲朋间的慰藉。漫：徒然、白白地。寂寥：稀少。

题 解

这首诗写于唐代宗大历元年（766）冬天，当时的诗人寄居夔州西阁。诗中善以壮景写哀，为杜诗此类作品代表。诗中通过描写诗人在阁夜中的所见、所闻的悲怆景象，在惊心动魄的场面中，诗人感慨世事无常、人生艰辛。

赏 析

这首诗感时伤事，将自身的境况遭遇凝于笔端，落笔却如此的凄美。诗人在这年冬天漂泊到了夔州西阁。当时西川军阀混战，吐蕃也趁机入侵蜀境。杜甫好友李白、严武、高适等人先后亡故，诗人深感寂寞悲哀，面对家国不宁、故友离去的现实，诗人忧时伤怀写下了这首诗。这首诗成为诗人感时、伤乱、忆旧、思乡心情的真实写照。

诗人以阁夜为题，点明了时间、地点，并预设了情境。全诗共分四联。第一联以"岁暮阴阳催短景，天涯霜雪霁寒宵"起句，描绘出冬夜的景色，萧瑟凄凉中蕴含着悲凉落寞的情思，有伤乱思乡之意。"岁暮"交代时间是在一年将尽的冬季，有时光易逝、人生苦短的伤感。一"催"字的运用，形象地说明夜长昼短的时光让人感觉岁月流逝、光阴逼人。面对黯淡灰涩、凄冷孤寂的景象，客居夔州的诗人，想到自己沦落天涯，心中难免愁苦凄凉。霜雪方歇的冬夜，诗人彻夜难眠。面对清冷的雪光，大地如同白昼一般，给人的心头平添了几分感慨。这两句，从内容上讲，为全诗笼罩了一种凄清、悲苦的氛围，奠定了全诗的感情基调。从结构上，紧扣题目，为下文写听到当地驻军的鼓角声做铺垫。

第二联以"五更鼓角声悲壮，三峡星河影动摇"两句，写出了寒夜中诗人的所闻所见。时间已是深夜，气温骤降，诗人一夜未眠。天近五更之时，听到远处传来军中鼓号吹奏的声音。起伏的号角声听起来更显得悲壮感人。而这种声音的传出，也是诗人从侧面烘托出夔州一带动荡的社会时局。天还没有完全放亮，军队已经开始了一天的活动。一场大雪过后，美丽的三峡水映衬出雪后晴空中的繁星点点，天花板上银河的倒影伴随着江水的涌动而起伏不定。此二句诗，诗人用鼓角声鸣映衬出自己所处之地的寂静、悲凉；用星河摇动烘托出三峡美景的波澜壮阔。诗人将战乱的频繁与美丽的河山进行了鲜明的对比，同时也表达出诗人对时局动荡的忧虑。

"野哭几家闻战伐，夷歌数处起渔樵"两句，紧承第二联，按照时间的顺序，写拂晓前的所见所闻。因为又听到了军中传出的鼓角之声，千家万户的恸哭声哀婉凄楚，传彻四野。渔民和樵夫也不时在深夜唱起了悲伤的民歌。"数处"是说这种景象不止一处。"野哭"和"夷歌"则是这个特定历史环境下最具时代特征的声音和场景的真实再现，对这位忧国忧民的伟大诗人来说，这两种声音都使他倍感悲伤。

结尾"卧龙跃马终黄土，人事音书漫寂寥"两句，诗人放眼望去，夔州西郊的武侯庙和东南的白帝庙历历在目，不禁生发无限感慨，牵引出自己忧愤感伤的情绪。卧龙，指诸葛亮；跃马意在指公孙述在西汉末年乘乱占据蜀地称帝一事。即便是诸葛亮、公孙述这样当年曾经成就千秋功业的人物都已经消失在历史的尘埃之中，固然是人世变迁、音书的断绝，这样的寂寞苦闷也算不了什么。这句话从字面来理解是诗人的自遣之词，但实际上，诗人是在以此来表达自己对战乱时局的忧虑与无奈，这两句是诗人直抒伤时感事无奈情怀的告白。

这首诗是杜甫律诗的典范之作，代表了杜甫诗歌的基本特点。诗歌运用正面烘托、对比等表现手法，笔调苍凉、音调铿锵，借景抒情、直抒胸臆。诗的前四句写阁夜看到的战乱时的凄凉景象，后四句则表达出诗人对国家、民族前途的担忧。诗文中着意渲染了战乱给人民带来的深重灾难和难以弥补的创伤，表达的是诗人对战乱的厌恶，对人民的同情，对国家民族前途的忧虑。

又呈吴郎[①]

堂前扑枣任西邻，无食无儿一妇人[②]。
不为困穷宁有此？只缘恐惧转须亲[③]。
即防远客虽多事，便插疏篱却甚真[④]。
已诉征求贫到骨，正思戎马泪盈巾[⑤]。

注释

① 呈：呈送，尊敬的说法。这是用诗写的一封信，作者以前已写过一首《简吴郎司法》，这是又一首，所以说"又呈"。作者用了小辈给老辈的"呈"让吴郎更易接收。吴郎：作者的一个亲戚，辈分比作者小。郎是对人的爱称。
② 扑：打。任：放任，不拘束。西邻：就是下句说的"妇人"。
③ 不为：要不是因为。宁有此：怎么会这样（做这样的事情）呢？宁：岂，怎么。此：代词，代贫妇人打枣这件事。只缘：正因为。恐惧：害怕。转须亲：反而更应该对她表示亲善。亲：亲善。
④ 即：就。防远客：指贫妇人对新来的主人存有戒心。多事：多心，不必要的担心。便：就。插疏篱：是说吴郎修了一些稀疏的篱笆。甚：太。
⑤ 征求：指赋税征敛。贫到骨：贫穷到骨（一贫如洗）。戎马：指战乱。

题　解

唐代宗大历二年（767），杜甫漂泊到四川夔府，住在瀼西一所草堂。后来，杜甫把草堂让给一位姓吴的亲戚（即诗中吴郎），自己搬到离草堂十几里路远的东屯去。草堂前有几棵枣树，西邻的一个寡妇常来打枣，杜甫从不干涉。不料这吴姓亲戚来后便在草堂插上篱笆，禁止打枣。寡妇向杜甫诉苦，杜甫便写此诗去劝告吴郎。因为此前杜甫写过一首《简吴郎司法》，故此诗题作《又呈吴郎》。全诗表现了作者对贫苦百姓的同情和关爱，揭示出横征暴敛和战乱是造成民贫的重要原因。

赏　析

这是一首以小言大的劝谏诗，记述了诗人语重心长劝说吴郎莫要阻止老妇人打枣的过程，体现出诗人对老妇人处境的理解和同情的同时，对吴郎心情和面子的关注，表现的是诗人心忧天下、仁慈博大的情怀。

第一、二句以"堂前扑枣任西邻，无食无儿一妇人"直截了当地向吴郎陈述自己对邻家妇人打枣的态度和理由：是一种不加任何干涉的态度。一个"任"字，表明了诗人对此事鲜明的态度。紧接着诗人说明了原因，道出了妇人的悲惨遭遇。她是一个没有食物、没有儿女无依无靠的老寡妇。这一句，有启发感化吴郎之意，同时也表现出诗人对老妇的怜悯和同情。从这一句诗中，我们读出了老妇人贫苦艰难的生活。接下来，诗的第三、四两句"不为困穷宁有此？只缘恐惧转须亲"，连用两个反诘句式，强调出自己对邻妇的深深的同情怜悯。诗人告诉吴郎，邻妇打枣是因为实在穷得无计可施、迫不得已才这样做的。"宁有此"是诗人用反问语气说明老妇打枣的原因是因为生活所迫。也正是因为如此，她应当值得同情和哀怜，同时诗人也是以委婉的语气劝说吴郎最好要改变看待老妇人的态度，最好不要让她害怕，因为艰难的岁月，大家毕竟还是要互相体谅着生活的。以上四句，言简意深，语重情长，诗人通过劝说，目的是为了启发吴郎要善于体谅、同情穷苦人的处境；而透过这四句，我们也看到了一个心地善良、仁义和蔼的诗人形象。

五、六两句，诗人写到了吴郎。"即防远客虽多事，便插疏篱却甚真"两句的意思中说那妇人一见你插篱笆就担心你不让她打枣，虽未免有些多心，但是你忙着插篱笆，给人的感觉好像真的要阻止她打枣。为了让吴郎易于接受自己的劝说又不至于因为这么一件小事伤及面子，诗人用委婉含蓄的言词，从责备老妇人有点多事的角度来劝说吴郎。这两句诗文，通过对吴郎的进一步劝说，诗人十分自然地表达出自己对他人不幸的理解与关注。

　　最后两句"已诉征求贫到骨，正思戎马泪盈巾"，是全诗诗眼，也是全诗感情的极点。"已诉征求贫到骨"一句是诗人借老妇的哭诉，指出了导致老妇人乃至广大劳苦大众穷困的生活根源，正是因为官吏们的剥削，像老妇人这样的穷苦百姓只能靠打枣勉强生活下去。"正思戎马泪盈巾"一句，诗人从更深层次指出了安史之乱以来持续了十多年的"戎马"生涯是让人民陷于水深火热、穷困潦倒的生活窘境的根本原因。一个穷苦的寡妇扑枣维系生活的一件小事，让诗人由近及远想到了整个国家，想到了生活在这个国家的贫苦百姓，想到了战乱给他们带来的痛苦。面对此情此景，一向心系国家命运和百姓疾苦的诗人不禁潸然泪下。

　　本诗的中心是关爱弱者、同情百姓疾苦。这首诗以诗代书信，语言明白如话，用意恳切真诚，感人至深、催人泪下。诗人用迂回的方式劝说吴郎，没有一句横加指责的话语，而是现身说法，用实际行动启发对方，措词委婉，入情入理。与其说是劝谏，不如说是诗人在倾诉心曲，平易质朴的语言之中，感受到的是一颗博大、仁爱之心。

孤　雁

孤雁不饮啄①，飞鸣声念群。
谁怜一片影，相失万重云②？
望尽似犹见，哀多如更闻。
野鸦无意绪③，鸣噪自纷纷。

注　释

① 不饮啄：不喝水，不啄食。
② 万重云：指天高路远，云海弥漫。
③ 意绪：心情。

题 解

《孤雁》这首咏物诗作于唐代宗大历二年（767），由于四川政局混乱，杜甫带家人离成都乘船沿长江出川，当时的杜甫滞留夔州。加之晚年多病，故交零落，处境极其艰难，心中经常充满失意和哀伤。这首《孤雁》，表达的就是乱离漂泊中失群人的痛苦心情。诗另一题作"后飞雁"。全诗借孤雁失群之苦愁，来寓意兄弟离别之情思。

赏 析

《孤雁》是杜甫托物言志诗歌的代表作。这首诗描写了一只失群的孤雁哀鸣着寻找雁群的孤独形象，哀其声，悲其生，悯其情。诗人将孤雁自比，把自己流落在外、思念故土的情感融入其中。

开篇以"孤雁"点题，以"孤雁"着笔。诗人笔下的这只失散的大雁，孤独地飞翔在浩渺的天际，不饮、不食，只是孤单地执着地向前飞行，不时地发出阵阵的哀鸣之声，它是在用自己的声音追寻着自己失散的伙伴，它在奋力前飞、拼命地追寻着，因为它不愿意失去自己的同伴。在它的心中，渴望快一些找到同伴的愿望是那么的强烈、那么的执着与坚定。"孤雁不饮啄，飞鸣声念群"写出了"孤雁"执着的精神。

看着这只小小的孤雁，作者悲从中来，不禁联想到，云海茫茫之中，它怎样才能找到与自己失散在"万重云"间的亲人？此时这只小小的孤雁一定是内心充满了迷茫和焦虑。然而这一切，又有谁会去怜惜它呢？颔联"谁怜一片影，相失万重云"中的"谁怜"二字，将诗人的感情与这只孤雁此时的内心紧密地联系在了一起。昔日的同伴都在高耸的云端里飞得很远了，谁会同情我这个形单影只的失群孤雁呢？字里行间流露出一种落群的伤感与无奈。这两句，形象生动地写出了路远雁孤、同伴难寻的凄苦之情，而这其中也凝聚了诗人对孤雁的怜悯与同情。在那个动荡不安的岁月里，经历了"安史之乱"的诗人流落他乡，亲朋离散，天各一方，可他也无时不渴望骨肉团聚，无日不梦想知友重逢，在这只孤零零的雁儿身上，寄寓了诗人自己的影子。

颈联"望尽似犹见，哀多如更闻"紧承上联，写出了孤雁一边飞行一边观望，望尽天涯，却始终看不到同伴的身影，看不到希望；追飞不及，心中哀伤不已，好像又听到了同伴的呼喊之声。在这一联中，诗人从心理角度细致地刻画孤雁的鲜明个性：被思念缠绕，被痛苦煎熬，不停地飞鸣、哀唤声声。"似""如"二字表现出似见而未见、犹闻而未闻的幻觉。通过对孤雁飞着、叫着寻找同伴的描写，将其的渴望、煎熬、情深意切、哀痛欲绝表现得淋漓尽致。

　　结尾，诗人以"野鸦无意绪，鸣噪自纷纷"句作结，巧用反衬手法，以热闹喧嚣的野鸦来反衬凄凉寂寞的孤雁，表达了诗人的爱憎之情。孤雁念群之情是那样浓烈与迫切，尽管心中充满了悲痛，但寻找同伴的热情依旧不减。而所有这一切，鼓噪不停的野鸦是根本无法理解的。在这里诗人以孤雁自比，而野鸦则是一些缺乏情感的平庸之辈的象征。诗人以野鸦的平庸鸣噪突出了孤雁的高远追求，这其中有诗人对亲朋好友的思念，也有对一些俗客庸夫的反感。

　　这是一首感情真挚的咏物诗，诗歌直抒胸臆，刻画了一只孤独无依而又执着寻找的"孤雁"的形象。诗文境界开阔，立意高远。诗人以"孤雁"比喻自己，传递出乱离漂泊中失群者的痛苦心情。表达了对漂泊生涯的苍凉感慨，对故乡亲人的真切思念，对青云之志的高远追求。全篇咏物传神，自然天成。

九 日

重阳独酌杯中酒，抱病起登江上台。
竹叶于人既无分①，菊花从此不须开。
殊方日落玄猿哭②，旧国霜前白雁来。
弟妹萧条各何在③，干戈衰谢两相催④！

注　释

① 竹叶：竹叶青酒。
② 殊方：异域，他乡。
③ 条：萧瑟冷清，没有生气。
④ 戈：指战乱。

重阳独酌杯中酒

题 解

此诗是唐代宗大历二年（767）重九日杜甫在夔州登高之作。诗人回溯两年来客寓夔州的现实，抒写自己九月九日重阳登高的感慨。

赏 析

这首诗是杜甫在九月九日重阳节登高望远而写下的作品。诗人当时因病客居在夔州，由于年老多病所以更加思念故乡、亲人，忧心国事家事，无法排解心中悲苦，于是登上高处，赋诗一首，聊寄情怀，抒写自己家国身世之慨。

首联点明了时节、个人状况、登高原因。重阳节来临，诗人带病登台，形影相吊，独自一人品尝杯中酒，欣赏九月重阳时节秋高气爽的景色。此二句，写出了诗人对生活的热爱之情，表现出诗人盎然的生活情趣。

颔联笔锋有所变化，由于诗人已是垂暮之年，身体又经常生病，昔日喜饮的竹叶青酒也无法承受酒力。本来作者要在重阳节登高饮酒，借此消散心中忧闷，但却因老病而无法开怀畅饮，因此，诗人也无心赏菊，于是便发出了"菊花从此不须开"的命令之音。多年来艰难困苦的生活遭遇让诗人有时会显得焦虑与不安，浪迹天涯、漂泊无依，暮老还不得归乡的惆怅与凄苦能与谁人诉说？

在接下来的颈联，诗人便以"殊方日落玄猿哭，旧国霜前白雁来"二句，描绘出一幅他乡日暮之时，黑猿哀啼，晚来霜重，白雁南来的凄凉之景。诗人将西沉的落日、凄厉的猿啼、南飞的白雁用同一情感串联起来，用异乡之景与旧国之物、黑猿与白雁的相互对比，从而绘声绘色地渲染出重阳登高时的凄清之境。他乡日暮之下，一声声黑猿的啼鸣，凄清哀怨，让漂泊异地、思乡情浓的诗人难免泪下沾襟。霜天秋晚，白雁南来，更容易触发诗人思亲怀乡的感情。于对比之中，诗人自然地透露出自己内心的隐秘：一抹浓重的思乡愁绪撩人心弦。

尾联以佳节思亲作结，诗的上句"弟妹萧条各何在"一句，想到弟妹音信杳无，自己不知何时可与之见面，以此表达诗人对弟妹的惦念之情；下句则以

"干戈衰谢两相催"句哀叹自己身遭战乱，衰老多病的凄惨处境。字里行间，寄托着诗人飘零寥落和伤时忧国之感。在这里，诗人以"干戈"一词，形象地揭示了造成诗人生活悲剧的根源所在，发泄出的是自己对这种"吃人"的社会现实更多的不满情绪，这正是诗人伤时忧国的思想感情的直接流露。

　　这首诗，以重阳登高为题，由因病戒酒，对花独悲，黑猿哀啼，白雁南来，引出思念故土、思念弟妹的情怀，进而述写了诗人思亲怀乡、无奈身老体弱的感伤，抒发了诗人遭逢战乱伤时忧国的感慨。诗文句句对仗，音律工整。语言流畅、自然，语气苍劲有力，写景、叙事之中自然融入了诗人的忧思之情，诗风悲壮感人。

・九日

登 高①

风急天高猿啸哀,渚清沙白鸟飞回②。
无边落木萧萧下,不尽长江滚滚来③。
万里悲秋常作客,百年多病独登台④。
艰难苦恨繁霜鬓,潦倒新停浊酒杯⑤。

注 释

① 诗题一作"九日登高"。古代农历九月九日有登高习俗。
② 啸哀:指猿的叫声凄厉。渚(zhǔ):水中的小块陆地。鸟飞回:鸟在急风中飞舞盘旋。
③ 落木:指秋天飘落的树叶。萧萧:风吹树叶声。
④ 万里:指远离故乡。常作客:长期漂泊他乡。百年:一生。
⑤ 艰难:兼指国运和自身命运。苦恨:极其遗憾。苦:极。繁霜鬓:形容白发多,如鬓边着霜雪。繁:这里做动词,增多。潦倒:衰颓,失意。这里指衰老多病,志不得伸。新停:刚刚停止。

不尽长江滚滚来

题 解

这首诗作于唐代宗大历二年（767）九月九日，诗人在夔州时所写。全诗通过登高所见秋江景色的描写，倾诉了诗人长年漂泊、老病孤愁的复杂感情，情景交融，浑然一体。

赏 析

这首诗被誉为"古今七言律第一"，是诗人五十六岁时所写。由于地方军阀的纷争，杜甫入主严武幕府，不久严武病逝，杜甫失去依靠，离开成都草堂辗转南下几月后到达夔门，在万分窘迫的情况下写作了这首诗。作者在诗中描写自己独自登上夔州白帝城外的高台登高望远。萧瑟凄冷的秋江景色，引发了他对自己身世飘零的无限感慨，触动了他老病孤愁的深切悲凉。

前四句写出了诗人登高后的所见所闻。风急天高传出猿猴啼叫的悲凄之声，鸟儿在水清沙白的河洲上低回。广阔天地之间无边无际的树叶萧萧落下，望不到边际的长江水流向浩渺的水天边际。诗人从苍茫寂寥的眼前景物写起，通过哀鸣的猿声、盘旋的飞鸟、萧萧而落的木叶、滚滚东去的流水极力渲染了秋天的萧瑟凄冷的氛围，用烘托的手法借景抒情，抒发自己深沉的人生感喟。这四句诗，让我们仿佛看到此时的诗人正站在高台之上，直视四下苍茫、萧萧而下的木叶，俯瞰日夜奔袭、滚滚而逝的江水。诗文中"无边""不尽""萧萧""滚滚"这些词语的使用，让景物更加形象、生动。透过这些悲凉的诗句，也让我们感受到了诗人对于人生韶华已逝、壮志难酬的感慨与叹惜。

后四句，诗人主要是在抒写感情。面对此情此景，作者感叹自己常年漂泊在外，居无定所，羁泊他乡的人生遭际。一生中疾病缠身今日独上高台，一时间人生的复杂滋味一齐涌上心头。历尽艰难万险白发染白了双鬓，穷困潦倒中只好罢酒。诗人由异乡漂泊写到了多病残生；从白发日多、因病断酒，总结出世事艰难是自己潦倒不堪原因所在。字里行间展现着秋的悲凉。"独登台"，写诗人独自在高处远眺，"常作客"，写出诗人漂泊无定的生活际遇。诗人忧国伤时的真情实感呈现在读者面前。"百年"，本来指短暂的人生，此处特指晚年时光。"悲秋"两字写出了诗人目睹苍凉肃杀的秋景，不由想到自己沦落他乡、年老多病的处境时的无限悲愁之绪，将眼前之景和心中之情紧密地联系在一起。"万里""百年"和上一联的"无边""不尽"相为呼应：诗人长期漂泊在外的孤寂愁苦，就好像是这萧萧落木和滚滚江水一样排遣不尽，人生的悲凉与无奈溢于言外。

这首诗前半部分以写景为主，重点刻画所见所闻；后半部分内容着重抒情，集中表达作者的思想情感。诗人从景物写到了人物，从时间写到了空间，八句诗句句对仗，字字精当，读来节奏感很强，富有韵律之美。

・登高

登 岳 阳 楼

昔闻洞庭水①，今上岳阳楼②。
吴楚东南坼③，乾坤日夜浮④。
亲朋无一字⑤，老病有孤舟⑥。
戎马关山北⑦，凭轩涕泗流⑧。

注 释

① 洞庭水：即洞庭湖。在今湖南北部，长江南岸，是我国第二大淡水湖。
② 岳阳楼：在今湖南省岳阳市，下临洞庭湖，为游览胜地。
③ 吴楚：春秋时二国名，其地略在今湖南、湖北、江西、安徽、江苏、浙江一带。坼（chè）：分裂，这里引申为划分。
④ 乾坤：天地。
⑤ 无一字：音讯全无。字：这里指书信。
⑥ 老病：年老多病。杜甫时年五十七岁，身患肺病、风痹，右耳已聋。有孤舟：唯有孤舟一叶飘零无定。
⑦ 戎马：军马。借指军事、战争、战乱。这年秋冬，吐蕃又侵扰陇右、关中一带。
⑧ 凭轩：倚着楼窗。涕泗：眼泪和鼻涕，偏义复指，即眼泪。

题　解

岳阳楼，指湖南岳阳城西门楼，是我国三大文化名楼之一（黄鹤楼、滕王阁），该楼地理位置优越，可以俯瞰洞庭，视野开阔。唐代宗大历三年（768），老病缠身的杜甫乘一叶小舟沿着江陵、公安一路漂泊，来到岳州（今属湖南）。登上向往已久的岳阳楼，面对烟波浩渺、壮阔无垠的八百里洞庭，感慨万千。想到自己晚年漂泊无定，国家多灾多难，抚今追昔，于是挥笔写下这首蕴含着忧国忧民之浩然胸怀的名篇。

赏　析

杜甫的这首五言律诗《登岳阳楼》被誉为古今"登楼第一诗"，主要抒发作者登高望远、心系社稷的复杂心绪，表达诗人报国无门的深沉感伤。诗歌意境开阔，这与诗人忧国伤时的宽广胸怀表里一致，悲伤却不沉沦、苍凉却不压抑。

诗以"昔闻洞庭水，今上岳阳楼"开篇，写诗人早就听说洞庭湖水势浩渺，名闻天下，而今我登上水畔的岳阳楼，广阔的江山尽收眼底。"昔"与"今"的时间跨越与相互对照，为全诗浩大的气势奠定了基础。岳阳楼是千古名胜，诗人早有夙愿一游，无奈战乱频发，时局动荡，诗人漂沦江湖，难以如愿。今日流落至此，才得以登楼望远，饱览千古江山。

"吴楚东南坼，乾坤日夜浮"这两句是说广阔无边的洞庭湖水，划分开吴国和楚国的疆界，日月星辰都像是漂浮在湖水中一般。诗人用凝练的语言，将洞庭湖水势浩瀚无际的磅礴气势和宏伟壮丽的形象真实地描画出来，给读者勾勒出一幅气象万千的画面。"日夜浮"三字寓情于景，隐含了诗人漂泊不知归期的复杂感情。

"亲朋无一字，老病有孤舟"突然将广角镜头变为特写镜头，描写孤舟中自己的形象和心绪。面对浩渺的洞庭湖，诗人回想到了漂泊的自己，一生郁郁不得志，漂泊天涯，怀才不遇。亲朋好友们仿佛是消失了一般杳无音讯，得不到精神和物质方面的任何帮助，而自己已是年老多病，一家人乘孤舟四处漂流，不堪其苦。诗人心中那种凄凉哀痛、忧己伤世的无限悲苦之情清晰可感。

"戎马关山北，凭轩涕泗流"写诗人站在岳阳楼上，遥想关山以北，战乱频仍，民不聊生；凭窗遥望，胸怀家国，不禁泪流满面。诗人在穷途末路的情况下登上岳阳楼凭栏远眺，想到自己多年来目睹国家的离乱动荡，却怀才不遇、报国无门，不禁悲从中来，泪如雨下。在这一句中，诗人把个人命运和国家前途紧紧联系在一起，意境深远，寄寓遥深。诗的意境从狭窄转到宽阔，由个人的悲苦转而想到国家的衰颓，由此可见，诗人总是以国事为念，体现了诗人同情人民疾苦关心国家命运的高尚情操，而国家的动荡与个人的命运又是如此休戚相关。

唐代宗大历三年（768）之后，杜甫出峡于江湖漂沦，此诗是登岳阳楼而望故乡、触景伤怀所作。开头写出自己早闻洞庭盛名，然而到暮年才得以实现目睹名湖的愿望，表面看有初登岳阳楼的一丝欣悦，实际上这种喜悦全被无情的命运与动荡的局势所淹没，更何况诗人早年胸怀家国事的理想至今未能如愿，可谓报国无门。二联描写出洞庭的浩瀚无边。三联则表现自己政治生活坎坷，漂泊天涯，怀才不遇的心情。末联抒写出诗人眼睁睁看着国家离散而又无可奈何，空有一腔热忱却报国无门的凄伤。全诗中写景的诗文虽只有两句，却显得意蕴丰厚，抒情虽低沉抑郁，却吞吐自然，显得雄浑大气，气度超然。

这首诗意境开阔，风格雄健。全诗以情景交融，寓情于景，用意极深。全诗对仗精巧，节奏沉郁顿挫。诗人写登岳阳楼却没有只局限于写岳阳楼与洞庭水，而是通过时空的交错变化，抚今追昔，将其身世之悲、国家之忧与浩渺的洞庭水相融合，景中有人，人在景中，更彰显出诗人的伟大的家国情怀，形成沉雄悲壮、博大深远的意境。写景气势宏大，抒情感人至深。

江　汉

江汉思归客①，乾坤一腐儒②。
片云天共远，永夜月同孤③。
落日心犹壮④，秋风病欲苏⑤。
古来存老马，不必取长途。

注　释

① 思归客：思归故乡的游子，作者自指。
② 乾坤：犹天地。腐儒：迂腐的儒者。
③ 永夜：长夜。
④ 落日：比喻暮年。时作者五十七岁。心犹壮：壮心犹在。此即曹操《龟虽寿》"烈士暮年，壮心不已"意。
⑤ 病欲苏：病要好了。苏：苏活，指病愈。

题 解

唐代宗大历三年（768）正月，杜甫从夔州出峡东下，秋天时又从江陵前往公安，在路途中写此诗以描写江上行舟所见的景象，长江在这里因汉水汇入，故称江汉。诗人描写江景引发感慨，表达了诗人虽然年迈但仍有一颗不已壮心的坚韧精神。此诗写景简约，情景交融，句句精警。

赏 析

《江汉》是杜甫晚年流落湖北时所写的一首五言律诗代表作。此诗以江汉为题，暗示自己漂泊羁旅的境遇。诗人一生漂泊不定，直到垂暮之年，依旧羁留他乡。尽管如此，诗人匡世济国之心未泯，忠君爱国之志不改。

全诗共为八句。首联叙写诗人客居江汉、一心归乡的落魄心境。"江汉思归客，乾坤一腐儒"两句诗文带有明显的自嘲意味，意思是说：漂泊于江汉，我这思归故乡的天涯游子，在茫茫天地之间，只不过是一个迂腐的老儒而已。"思归客"是杜甫自谓，因为身在江汉，时刻思归故乡而不得，语句中饱含着天涯沦落之人的无限辛酸与感慨。"腐儒"，迂腐的读书人，诗人以此自指不会迎合世俗。世事变迁，人到暮年的时候越发感觉自己力量的渺小，这其中的痛楚和无奈只有诗人自己用心才能品出个中滋味。

"片云天共远，永夜月同孤"两句承接首联，意思是：我如今漂泊他乡，如同一片浮云在遥远的天际飘荡；寂寞中与孤月为伴，慢慢熬过这孤独寂寞的长夜。诗人在此把自己的感情和身外的景物融合为一体，表面上是在写片云孤月，实际是在写诗人自己。诗人以片云和孤月衬托自己客居他乡的孤独寂寞与漂泊无依，描绘出诗人自己长期客居在外孤单寂寞的落寞处境。然而，在皎洁、清冷的明月下，我们体会到了诗人有一颗孤高自许但十分明亮的心。

接下来，诗人以"落日心犹壮，秋风病欲苏"两句，生动形象地表现出积极入世的精神。诗人自述：我虽已到暮年，就像日将落西山，但一展抱负的雄心壮志依然存在；面对飒飒秋风，不仅没有悲秋之感，反而觉得病逐渐好转。诗人在这里直陈胸臆，形象地表达出积极的人生态度和身处逆境而自强不息的精神，诗意深沉而阔大。

结尾，以"古来存老马，不必取长途"作总结语，力在表达诗人老当益壮、壮心不已的情怀。自古以来存养老马是因为其智可用，而不必取其体力，跋涉长途。诗人用老马识途的典故来比喻自己的虽年老多病，但智慧尚存，还能有所作为，表现出诗人身处逆境而壮心不已的精神状态。

这首诗笔法简练疏朗，格调深沉蕴藉，将自己对于国家的深情苦志，通过一匹老马的形象来表现，充分表达了诗人晚年的处境、心情和愿望，抒发出诗人报国情深、思家心切的慷慨情思。诗味深厚，作品蕴藏着强大的艺术力量。

• 江汉

南 征

春岸桃花水,云帆枫树林①。
偷生长避地,适远更沾襟②。
老病南征日,君恩北望心③。
百年歌自苦,未见有知音④!

注 释

① 桃花水:即春水,因水生于桃花开放的时节,因此称之为"桃花水"。
② 避地:即避难而逃往他乡。适远:到远方去。沾襟:为了苟全性命,到处逃难漂泊,因此眼前景物虽美,却使人伤心流泪。
③ 君:指代宗。君恩:诗人流落成都之时,代宗曾召他补京兆功曹,但是诗人没有接受,后因有严武的表荐,被授为检校工部员外郎,赐绯鱼袋。此句当指此事。
④ 百年:指人的一生,一辈子。

题 解

《南征》一诗，作于唐大历四年（769）春，杜甫由岳阳往长沙途中所作，距诗人去世只有一年时间。诗作反映了诗人死前不久极度矛盾的思想感情。

赏 析

这首诗再现了诗人流离漂泊他乡的坎坷和悲凉，抒发了诗人垂暮之年孤老无所依的极度矛盾与迷茫之情。

首联，诗人以"春岸桃花水，云帆枫树林"的景色描写落墨，描写出春江两岸春意萌生的优美景象。春水潺潺，春江两岸一片桃花盛开之景。千里征途，极目远望，云帆一片。两岸枫树相映成林，郁郁葱葱。在这里，诗人将南行途中桃红繁盛、枫林繁茂的美丽景象再现于诗文之中，为人们描绘出一幅美丽的自然图景。

然而，美丽的景色之中却蕴含着诗人内心深处的痛苦与愁闷。颔联，笔锋一转，由写景转向抒情。"偷生长避地，适远更沾襟"两句，由"偷生"二字起笔，写出了诗人长期颠沛流离、漂泊客居在外而不得回归故乡的羁旅之愁。面对眼前的江山美景，一想到自己已是人至暮年的时日不多与前途渺茫，诗人心中感到分外寒冷与凄凉。旅途中的美景与诗人行程中的忧郁感伤形成鲜明的对比，就算是再美好的景色，诗人也无心去看、更无心去赏，唯有远适南国的悲凉际遇让自己不禁情绪低落，泪沾衣襟。

颈联"老病南征日，君恩北望心"，进一步抒发作者暮秋之年热切期待回到故里安度晚年的真挚情感。多年的旅居生涯让诗人渴望早日回归故乡的愿望变得日渐一日的浓烈。然而，命运之神却让他在本应归乡之年南下衡湘，此时的诗人心中充满了矛盾与无奈。但即便是在这样的情况之下，"老病"之年的诗人依旧是丹心一片，报效国家与朝政的忠善之心丝毫没有改变。"君恩"指经严武推荐，诗人获授检校工部员外郎一事。"南征日"和"北望心"在诗文中形成鲜明对比，将诗人归乡不得、报国无门的矛盾心理刻画得细致入微、淋漓尽致，使人读后无不为诗人多舛的命运扼腕叹息。

尾联，诗人以"百年歌自苦，未见有知音"作结，抒发诗人对自己一生命途坎坷的感慨。空有济苍生安天下理想的诗人一生仕途坎坷，壮志未酬，一生吟诗千首，无人理解其中"真味"。杜甫的一生是悲剧的一生，他对于诗坛的巨大贡献并没有得到当时朝代的认可和重视，这是杜甫的悲哀，也是当时这个时代的悲哀，当时的诗人即使有再宏大的抱负、再旷世的才华，也同样会沦落到"未见有知音"的境地，而这些恰恰成为杜甫晚年生活与思想的自我写照。

　　在这首诗中，诗人首先描写了春天美丽的景象，而文中"偷生"与"适远"的伤感之泪，让全诗充满了悲苦与凄凉，诗人正是用这种情与景的不协调，将自己内心的矛盾与悲哀刻画得入木三分。诗文以悲凉的基调，真实地反映了诗人衰病之时无以自遣的愁苦与悲哀之情，感情真挚、感人至深，读之令人怆然。

发 潭 州

夜醉长沙酒，晓行湘水春。
岸花飞送客，樯燕语留人。
贾傅才未有，褚公书绝伦①。
名高前后事，回首一伤神。

注 释

① 褚公：褚遂良，初唐名臣，书法冠绝一时，因谏武则天被贬为潭州都督。

题 解

《发潭州》一诗，是诗人在大历四年（769）春离开潭州赴衡州时所写，诗中抒写了诗人晚年流离失所、报国无门、归乡无望的别愁与苦绪，是杜甫晚年诗作中的名篇。

赏 析

《发潭州》是杜甫垂暮之年所写的一首五言律诗。首联"夜醉长沙酒，晓行湘水春"，抒发诗人晚年生活的穷困潦倒。一生辗转漂泊、居无定所的诗人，常常是满怀愁绪难以排解，在一个深夜借酒消愁，越喝越多，以至于沉醉。这一句，道出了诗人前途渺茫，生活没有着落的窘迫与无助，饱含着借酒浇愁的无限辛酸。一觉醒来，却见湘江两岸一派春意盎然，春色固然美好，但诗人却要伴着湘江两岸的明媚春色孤舟远行，生在这个动荡不安的年代，注定了诗人的辗转流徙、飘荡无依，而那种不愿离去的无奈与无助的悲凉心绪，是读者可以用心体会得到的。

颔联写的是诗人准备将要踏舟远行的景象。诗人环顾四周，却是"岸花飞送客，樯燕语留人"的场景。岸上春风中翩翩落下的飞花仿佛在为自己送行，船帆边呢喃鸣叫的春燕似乎也在极力地挽留作者。此二句，诗人运用了拟人化的手法，将落花和春燕描写得亲切动人，而在这看似温馨的场景背后，却折射出诗人不若花与燕的世态炎凉与人情淡薄。在这里，诗人将自己流落漂泊、落寞凄惨的寥落之情表现得入木三分。

颈联用"贾傅才未有，褚公书绝伦"两句，写诗人行舟途中的内心感受。常年漂沦江湖，诗人百般滋味俱上心头，自然联想到了西汉时期的贾谊，因才学渊博而遭人忌恨，被贬为长沙王太傅；再想到初唐时期因书法名冠一时的褚遂良，因谏阻立武则天为皇后，被贬为潭州都督。诗人由此二人的遭遇联想到了自己，而他本人也正是因为疏救房琯，离开朝廷而漂泊天涯，他们的命运与自己是多么的相似。杜甫在此用典，借古人之事抒写自己的情怀，可谓匠心独运。

尾联，诗人借古抒怀，表达深切的身世之慨。回望历史，贾谊、褚遂良在他们各自所处的时代都名望颇高，但最终都遭贬谪，抑郁而终。而如今自己也流落荆、湘之地，漂泊天涯、流离失所，无处可依。不堪回首的往事中，多少沉郁悲愤之情蕴含在其中。此二句，诗人的悲愤之情达到了极致，一生爱国而报国无门的内心悲苦之情没有人能体会得了，诗人只有借助于文字，直接抒发自己沦落他乡、空有一腔抱负却无以施展的情怀。

　　这首诗，文笔凝练，意境深阔，语言质朴，情感真挚，感人至深。诗中运用了托物寓意、借古抒情等多种表现手法，诗意深沉，情景交融，有着极强的艺术感染力。

・发潭州

江南逢李龟年①

岐王宅里寻常见②,
崔九堂前几度闻③。
正是江南好风景④,
落花时节又逢君⑤。

注 释

① 李龟年:唐代著名的音乐家,受唐玄宗赏识,后流落江南。
② 岐王:唐玄宗李隆基的弟弟,名叫李范,以好学爱才著称,雅善音律。寻常:经常。
③ 崔九:崔涤,在兄弟中排行第九,中书令崔湜的弟弟。玄宗时,曾任殿中监,出入禁中,得玄宗宠幸。崔姓,是当时一家大姓,以此表明李龟年原来受赏识。
④ 江南:这里指今湖南省一带。
⑤ 落花时节:暮春,通常指阴历三月。落花的寓意很多,人衰老飘零,社会的凋敝丧乱都在其中。君:指李龟年。

题　解

此诗大概作于唐代宗大历五年（770），当时杜甫流寓长沙，与流落的宫廷歌唱家李龟年相遇，回忆起当年同在岐王和崔九的府第频繁相见和听歌的情景，诗人感慨万千写下这首诗。诗中用含蓄的语言道出了昔盛今衰、人生蹉跎的感慨，言简但意味深长。此诗为杜甫七绝名篇。

赏　析

这首诗是杜甫绝句作品当中写作时代最晚的一篇。开元盛世时代的少年杜甫曾经同李龟年熟识，四十年的辗转奔波两人不期而遇，却正值国家的衰弱破坏和个人命运的起伏跌宕。抚今追昔，诗人有感而发，写下了这首格调深沉的作品。短短的二十八个字中，蕴含的却是世事的离乱，华年早衰，人情的离散与彼此的凄凉流落等极其丰富的时代生活内容，抒发的是诗人对昔盛今衰、命途多舛的万般感喟。

前两句"岐王宅里寻常见，崔九堂前几度闻"写诗人回忆当年在岐王宅里经常观看李龟年的演出，在崔九堂前多次欣赏他卓越的才华。李龟年是唐玄宗时期的著名歌手，常出入达官贵人之家演唱。杜甫少年时常出入于岐王李范和殿中监崔涤的门庭，有机会欣赏李龟年的歌唱艺术。但在安史之乱后，李龟年辗转江南，流落乱世，屈身于各种宴请，为各种人演唱以求生计。而这一切如今回想起来，却已是可望而不可即的过去了。"岐王宅""崔九堂"是开元时期京都长安的王侯第宅，也是他们两人的相逢之地，"寻常见""几度闻"写出两人当时相会的次数之多。诗人在这里追忆昔日繁华时与李龟年的情谊，寄寓诗人对开元初年鼎盛的眷怀。

"正是江南好风景，落花时节又逢君"写出了诗人与李龟年的邂逅相遇是在江南风景正好的落花时节。故友相逢两人都已是垂暮之年，追忆往事，不禁感慨万千，自有一份凄楚。诗人在这里用"落花时节"，既说明了故友相逢的季节，又恰当地比喻了二人人生暮年邂逅他乡而又穷困潦倒的那种难以言表的悲戚处境与心绪，也蕴含着对大唐帝国盛衰无常的深沉感叹。这四字意蕴丰厚，国事、家事、人生之事一时凝聚在落花的意象中，情景交融。一个"又"字，抒发了诗人抚今追昔、感时伤世的伤感。

有人评价这首诗是杜甫的压卷之作。短短四句诗文，从岐王宅里、崔九堂前的"闻"歌，到与故友落花江南的重"逢"，时间跨越四十载，承载着时代沧桑、人生巨变。这里既有国家兴亡之感，也有个人身世浮沉之叹，诗人将大唐帝国昔盛今衰的命运寄托在落花时节之中，用平易质朴的语言，用单纯朴素的意象，蕴蓄着丰富的人生滋味，于有意无意之间，深藏着精雕细琢、炉火纯青的功底。

图书在版编目(CIP)数据

杜甫诗歌赏析 / 马玮主编.—北京：商务印书馆国际有限公司, 2017.6（2024.10重印）
（中国古典诗词名家菁华赏析丛书）
ISBN 978-7-5176-0407-5

Ⅰ.①杜… Ⅱ.①马… Ⅲ.①杜甫（712-770）-唐诗-诗歌欣赏 Ⅳ.①I207.227.42

中国版本图书馆CIP数据核字(2017)第109123号

DUFU SHIGE SHANGXI
杜甫诗歌赏析

主　　编	马　玮
出版发行	商务印书馆国际有限公司
地　　址	北京市朝阳区吉庆里14号楼 佳汇国际中心A座12层
邮　　编	100020
电　　话	010-65592876（编校部） 010-65598498（市场营销部）
网　　址	www.cpi1993.com
印　　刷	北京中科印刷有限公司
开　　本	710mm×1000mm 1/16
字　　数	306千字
印　　张	18.75
版　　次	2024年10月第1版第8次印刷
书　　号	ISBN 978-7-5176-0407-5
定　　价	35.00元

版权所有·违者必究
如有印装质量问题，请与我公司联系调换。